新潮文庫

賊　将

池波正太郎著

新潮社版

4970

目次

応仁の乱 ……………… 七

刺客 ………………… 七五

黒雲峠 ……………… 一二七

秘図 ………………… 一六一

賊将 ………………… 二二三

将軍 ………………… 二六五

解説　八尋舜右

賊将

応《おう》仁《にん》の乱

足利義政《あしかがよしまさ》は、足利八代将軍である。宝徳元年（西暦一四四九年）将軍となったが、彼の将軍職就任は幕府権力が最大の、そして最後の危機に直面した時に当っていた（中略）もともと守護大名の連合的権力の上に据《す》えられた幕府は、守護同士の抗争によって、その足下を揺がせられるに至り、将軍の威令は、ほとんど失われた。

義政は、このような状態にあって、まじめに政治を考えることができず、享《きよう》楽《らく》と放心のうちに日を送った。

彼の夫人、富子《とみこ》は、その権力、義政以上で、収賄《しゆうわい》した金で暴利をむさぼるほどの、おどろくべき守銭奴であった。のちに、この夫妻は将軍継嗣の問題から争いを起し、これに、当時、最も強力な守護大名であった山名・細川の両家が紛争に巻き込まれることによって、ここに日本全国が、東西両陣営に対立する応仁の戦乱が勃発《ぼつぱつ》した。

——或《あ》る歴史書による——

一の章

一

足利義政が、はじめて庭師善阿弥《ぜんあみ》を知ったのは、嘉吉《かきつ》元年（西暦一四四一年）の春の、よく晴れた或《ある》朝のことであった。

まだ六歳になったばかりで、義成《よししげ》と名のっていた義政は、京の室町《むろまち》にある将軍邸の庭で、侍女たちに取りまかれ、鞠《まり》に興じていた。

宏大《こうだい》な林泉の芝生へ、くまなくふりそそいでいる春の陽光に、すっかり上機嫌《じょうきげん》になった義政は、侍女たちの手をふりもぎって、自分が放《ほう》り投げた鞠の後を追った。

義政は、喜々とした叫び声をあげ、築山《つきやま》から泉殿の前の小島に掛っている小さな石橋を駈《か》けわたろうとして、池に落ち込んだ。

池といっても舟屋があるほどの大きな深いものである。水が、たちまちに義政の鼻や口にながれこんだ。恐怖に押しつぶされ、義政は夢中でもがいた。

奥庭の石垣《いしがき》を改修していた善阿弥が、池へ飛び込み、義政を救いあげたのはこのときである。

当時の善阿弥はまだ五十そこそこで、矮軀《わいく》ながら二十余貫の庭石を一人で運ぶほどの怪力だったそうである。

善阿弥は泣き叫ぶ義政を抱きあげて、叱《しか》りつけた。

「公方《くぼう》様の御子《おこ》ともあろうおん身が、橋を踏みはずして、池へ落ちるようではなりませぬ。しっかりとなされませい」

色をうしなって駈けあつまって来た侍女たちにも、善阿弥は一喝《いっかつ》をくらわせたので、侍女たちは大いに怒り、口々に彼を罵倒《ばとう》した。

すると、善阿弥はうなだれ、黙念と背を向け、築山の蔭《かげ》へ消えて行った。

侍女たちが何といって罵《ののし》ったものか、義政はおぼえていないが、立ちはだかってい た善阿弥が急に悄然《しょうぜん》となり、逃げ隠れてしまった、その姿。侍女たちに投げた怨《うらみ》のこもる白い眼《め》の色だけは、今も忘れてはいない。

おそらく侍女たちは、善阿弥の卑《いや》しい生い立ちをいいたてて極《き》めつけたのであろう。

「あの頃《ころ》の私めは、まだまだ庭師としての誇りも芸もうすく、ただもう山犬の子のように路傍へ生み捨てられて、父《てて》も母《はは》も知らず生い育った身の上の浅ましさ卑しさのみにとらわれ、世の中にも、草や樹《き》や石にも、憎々しげに眼を向けていたのでございました」

後年、善阿弥は述懐したことがある。

善阿弥は河原者《かわらもの》であった。

河原者というのは牛馬の皮を剥《は》いだり、乞食《こじき》をしたり、工事の土運びなどの雑役によって、虫のように生きている人々の群れをさす。

世に卑しまれ恥かしめられていたこういう人々の中から専門の庭師という職業が生まれかかったのは、義政の祖父に当る三代将軍、義満《よしみつ》あたりからであろうか。

義満以後、義教《よしのり》、そして義政と、足利将軍家の庭園に対する関心と愛情がたかまるにつれ、河原者出身の庭師たちの中には名人と呼ばれるほどの者も幾人か擡頭《たいとう》しはじめてきた。

乕菊《とらぎく》・乕・四郎・市・次郎・彦三郎《ひこさぶろう》・彦六・善阿弥などがそれである。

そして、こうした人々の造った庭は、確かに従来までの貴族的な伝統を重んじた作庭界に力強い庶民の生命力を張《みなぎ》らせはじめた。

「私めが、物ごころつきましたときには、もう一人で生きておりました。路傍に食を乞《こ》い、仲間に助けられながら……そして、どうやら躰《からだ》が固まるころには、牛馬の皮をはぎ、道普請《ぶしん》や建築の工事場で、はたらいてまいったのでございまする」

こういった善阿弥に義政は、たずねたことがある。

「お前たち河原者の中から、すぐれた芸が生まれ出たということは、どういうことなのであろうか？」

善阿弥は、かなり長い間を黙考していたが、やがて、

「私どもは、何とかして、たとえ蜘蛛《くも》の糸ほどの細い道でもよい、それを見つけ出して青い空の下へ浮かび上ろうともがきぬいていたのでござります。いえ、今もって、河原者のほとんどは、そうおもっておりましょう。そう念願しつつ、一日を食べることに全身の力をつかいつくしてしまう明け暮れでは、到底、その細い道に足も手も指もかからぬと申してよろしいのでござりまする。なれども私ども庭師となった者は、さて、どういうめぐり合せなのでござりましょうか……石を運び、土をこね、樹を植える労働に従いながら、数多くの宏大な寺院や館《やかた》の庭を見ているうちに……左様でござります、何時《いつ》の間にか、庭仕事の人夫をすることが、何よりも楽しみになってまいったのでござります」

四季それぞれに複雑な陰影をもって変化する樹の、草の、花の、石の、微妙な諧調《かいちょう》の美しさを見ることは、

「家もなく、身につけるものとても一枚きり、行先も戻るところも知らぬ私に、それは何よりも生きている人間の心、脈打つ血の唄声《うたごえ》を、しっかと、この身内におぼえさ

せてくれたのでございます」

「うむ……岩にある苔《こけ》の緑の匂《にお》いひとつさえも、われらによろこびを感じさせるということの不思議さなのだな」

「はい……」

「それは何故なのであろう。のう善阿弥……」

「それは人間というものの、上下《じょうげ》貴賤《きせん》を問わず、絶えることのない苦しみに悶《もだ》えつづけているからでございましょうか……」

庭師として、湧《わ》き起る美への憧憬《どうけい》を抱く河原者のうちの、撰《えら》ばれた少数のものは灰色に閉ざされた宿命のうちに微《かす》かな灯を得た。そして、彼らの雑草のような粘り強い生得《しょうとく》の血は、追いまわされ小突きまわされながらの労働のうちに、作庭家としての知識を求めつづけたのだ。

善阿弥が、どういう方法によって、すぐれた庭師になれたのか、彼はあまり語るのを好まなかったが……後年、義政との間に暖かい愛情の交流がなされるようになってから、ふと彼は洩《も》らしたことがある。

「なれど、おもうことの一足も進まぬうちに餓死しかけたことも何度かございました。あれは、たしか永享《えいきょう》のはじめのころでございましたろうか。公方様と関東方の合戦が起った前後のことで、京畿《けいき》の諸国が大饑饉《だいききん》に見まわれたときのことでございましたが

「……」

「わしが生まれる四年ほど前のことじゃな」

「はい。その折、飢《うえ》に苦しむ土民や仲間たちと洛中《らくちゅう》の酒屋、土倉（質屋）などへ盗賊となって押し入ったことも何度かございました」

「ふうむ……」

「浮かんでは沈み、沈んではまた這《は》い出してまいったのでございまする」

善阿弥が庭師として擡頭できたのは、義政の父、義教の庇護《ひご》があったからである。義教は所菊と四郎の二名を庭師として用いていたが、所菊のすすめによって、善阿弥をも館の庭へ出入りさせるようになった。

善阿弥は、当時、すでに四十の坂をこえていたが、ようやく石組《いしぐみ》の感覚に独自なものをあらわしはじめていた。

「私は、前も今も、庭を造るについては、石組を主眼としております。それは、木も草も年を経るごとに伸び育ち、庭の景色を次第に変えて行くものでございます。どのように変って行くか、凡《およ》そ十年二十年の目算はたちまするが、なれどおもうても見なかった悪い醜い景色が、四年五年のうちにあらわれて来ることもございます。木や草の命のふしぎさは、まだ私などには計りきれませぬ。なれど、岩や石は変りませぬ。組み立て変るのは、苔むすに従って厳かな重味が、その色に加わるのでございます。

た形は、人の手や天の災いがゆりうごかさぬかぎり、変りませぬ」

「変らぬがよいか？」

「はい。余り世の移り変りが、激しく人の営みを揺り嬲《なぶ》りますゆえ、私の造ります庭だけは……」

と、このようなことを義政と語り合ったこともあるが、とにかく善阿弥が不動の願望をこめて、組み立てる岩や石の配置には、強烈な逞《たくま》しさがあり、武人肌《はだ》の義教の気性に、ぴったり合ったと見える。

義教は彼を寵愛《ちょうあい》した。

見る間に、善阿弥の名は作庭家として、世に知られるようになった。

永享五年（西暦一四三三年）十月。

室町御所の庭園を改造するに当り、義教は、その石組のすべてを善阿弥にまかせた。太秦《うずまさ》や鞍馬《くらま》。または四国・紀州の海岸から、足利最後の独裁者であった義教が莫大《ばくだい》な費用と人力をかけて運ぶ岩、石を、各大名から派遣された数千の若党や人夫が転木《ころぎ》や修羅《しゅら》にかけ、掛声を合せて曳《ひ》き運ぶのを、一人で指揮に当った善阿弥の胸のうちは、どのような感動にゆさぶられていたことか――。

「そのときこそ、私めは、初めて、獣《けもの》の世界から、ぽっかりとぬけ出したような心持がいたしました」

そういったときの善阿弥は満面を紅潮させ、昂奮《こうふん》していたものだ。

だが、善阿弥を、むしろ同朋衆《どうぼうしゅう》の一人として愛した義教は、それから八年後に暗殺されたのである。

二

義教は、足利将軍の六代目に当る。

足利幕府は、三代義満に至って、ようやく全国の統一、幕政の確立をなしとげたかに見えた。

義満は、社寺の勢力や地方豪族の制圧に成功したばかりでなく、朝廷や公卿《くぎょう》ともむすんで、内大臣、左大臣まで歴任し、明《みん》国との交易もおこない、壮大華麗な示威と政治力とを見せた。

義満の死後、長子の義持《よしもち》が将軍となった。

その頃から……幕府の支柱となり関東の政治を総管していた〔関東管領〕をはじめ、地方の豪族たちも、政権をねらって微妙なうごきを示し出したのである。

義持の子、義量《よしかず》は若死し、その為《ため》、僧籍にあった義持弟の義教が兄将軍の歿後《ぼつご》、将軍位についた。

義教は義満の第四子にあたる。

応永十年に仏門へ入り、大僧正に任じ、天台座主《ざす》に補せられていたほどの人物であった。

幕府の主脳であった畠山満家《はたけやまみついえ》は、早くから義教の豪毅《ごうき》な性格に着眼しており、幕府の支配を好まぬ豪族たちの勢力を義教によって制圧しようとしたのだった。

義教は、この期待にこたえた。

満家の死後も、その子の持国を管領に任じて力を合せ、豪族勢力の削減、南都北嶺《ほくれい》の僧徒の暴動鎮圧などをやってのけたばかりでなく、東国に君臨して幕府の脅威となっている時の関東管領・足利持氏をも、その内紛に乗じて攻めほろぼすことが出来た。

諸国の動乱や合戦が相次いで起り、義教は席のあたたまる暇もないほど、政治に忙殺されていた。

「今日は、赤松の館の庭ができあがって、鴨《かも》の子を池に浮かべて見せるそうじゃ。吾《わ》子《こ》も行かぬか？　うむ、どうじゃ？」

嘉吉元年六月二十四日の午後。

会所から寝殿へ戻って来た義教は、六歳の義政を抱きあげ、

「吾子よ。鴨の雛《ひな》を見とうはないか……」

「見とうございます」

「なりませぬ」

傍《そば》にいた母の重子《しげこ》が、微笑して、

「お父様は嘘《うそ》をおっしゃっているのですよ」

「嘘ではないではないか」と義教。

「いえ、いけませぬ。上様は手荒うおっしゃいますが、酒宴も猿楽《さるがく》も催されるそうではございませんか。夜ふけの風は、まだ吾子《あこ》には毒でございます」

義政は健康であったが、一つちがいの兄・義勝は病弱で、このときもたしか、きびしい京の暑さにどこかをいためて、病床についていたようである。

それだけに母の重子は、溺愛《できあい》する四人の子供たちの病気が何よりも恐ろしく、丈夫な義政にまで、何かと、うるさく気をもんだものだ。

義教も、ふとおもいたって口にしたまでなので、

「よい、よい。そのうちに、この庭の池にも鴨の子を浮かべて見しょう。な、それでよいであろう」

と、しきりにせがむ義政に頰《ほお》ずりをした。

そのときの父の、高い頰骨の感触と、癇高《かんだか》いが鋭い力のこもった声と、たくましい両腕が、自分の小さな躰を抱きしめてきたことを、義政は忘れてはいない。

このときのことだけが、顔もよくおぼえていない父への記憶の中で、もっとも鮮明

なものであった。

父は仏門にあったときも、騎射や長刀《なぎなた》を使うことを好んだそうで、一見痩《や》せて見える躰も裸になると堂々たる筋骨ぶりであったらしい。

病弱の兄や、二人の弟よりも、ひとしお自分を愛していてくれることを義政は子供ながら、よく感得していたものだ。

とにかく、その夕刻、義教は気軽に東洞院《ひがしのとういん》にある赤松満祐《あかまつみつすけ》の館へ出かけて行った。

赤松家は初代将軍尊氏《たかうじ》をたすけて活躍し、摂津《せっつ》・播磨《はりま》・美作《みまさか》など五カ国の守護職として権勢が大きい。

当主の満祐は六十余の老体だが傲岸《ごうがん》不屈の性格であり、そのくせ絶えず密偵《みってい》をはなって、室町《むろまち》御所の空気や、将軍の身辺を窺《うかが》うことを忘れない。

前将軍義持との紛争が、満祐をこのような性格にしてしまったのだ。

義持は、かつて赤松家に内紛が起きたとき、一族の持貞《もちさだ》の甘言、讒訴《ざんそ》のままに満祐を攻めたことがある。そのとき、寵愛になれた持貞の専横を厭《いと》う攻略軍の諸将が連署し、満祐の赦免《しゃめん》を強硬に願い出て、義持に反抗した。

これはまさに義持の政治的な失敗であり、ついに寵愛する赤松持貞を自殺させて片をつける。ということになったのだが……これより後、赤松満祐が将軍家にふくむところの出たのは否《いな》めないことであった。

ことに現将軍の義教《よしのり》は絶えず地方豪族の弾圧を強硬におこなってきている。満祐としては警戒の眼を見張り不安の耳を立てずにはいられない。

そこへ、前に騒動の原因だった持貞の子の貞村を義教が取り立ててやり、特別に目をかけている様子が、満祐にしてみれば一層不気味におもえるのである。

義教にとっては、「罪を憎み、人を憎まず」という足利家の風習を受けついでいるだけのことで、貞村自身は忠実に仕えてくれるのだから目をかけてやっているにすぎない。

しかし、その頃には、ようやく満祐の不安そのものが、洛中の大名や町民たちの口にまでのぼるようになってきていた。

すなわち、将軍が赤松満祐の領国を削り、これを寵愛する赤松一族の貞村にあたえようとしている。という流言、浮説である。

肚《はら》の太い義教は気にもとめず、

(将軍のわしが住む京の都で、遠く領国を離れている満祐に何がたくらめるものか)

という気持だし、機会があれば妄想《もうそう》に硬張《こわば》っている満祐の心を解きほごしてやろうというつもりもあって、造園の好きな自分を新庭に招待してきた満祐の胸のうちを、

(満祐もこの際、わだかまりを解きたいと思うているのかも知れぬ)

と、計ってみたのである。

その日の夕刻に驟雨《しゆうう》があり、これがやんでから、義教は五十人ほどの行列をつくって赤松邸へ向った。

饗宴《きようえん》のさなかに、満祐は館中の馬、十数匹を放ち、その奔走をふせぐと称して、まず惣門《そうもん》を閉ざした。

同時に館内にひそんでいた家来二百余人が躍り出し、獰猛《どうもう》果敢に将軍の供廻《ともまわ》りや侍臣を斬《き》りまくった。

満祐は、ひそかに、播磨の領国から二百余人の家来を呼びよせ、刀鍛冶《かたなかじ》の備前泰光に三百腰の刀を打たせて準備をすすめていたことが後にわかった。

悪夢を見るような一瞬であった。

蛍《ほたる》の飛び交う雨あがりの新庭の美しさに酔っていた饗宴の場は、絶叫と、怒声と、飛び疾《はし》る血にまみれた。

将軍義教は、満祐・教康《のりやす》の父子《おやこ》に組みつかれたかと見る間に、屛風《びようぶ》の蔭《かげ》から躍り出た安積行秀という者の刀に胸を突き刺された。

「満祐。そちは、まだうたがいが解けぬか……」

呻《うめ》きながらいうのへ、満祐は憤然と、

「かねての宿怨《しゆくえん》を晴らすのみでござる!!」

と、言い放った。

義教の首が鮮血と共に、踏み倒された金屏風の上へ、叩《たた》きつけられるように落ちた。

義教に同行した重臣たちや、供廻りの武士たちはほとんど斬殺《ざんさつ》されたが、管領・細川持之《もちゆき》は身をもって逃れた。

赤松満祐は老体を鎧兜《よろいかぶと》に固め、斬死の覚悟で幕府の討手を待ったが、その後七日間、一兵も寄せては来ない。

「公方《くぼう》にへつろう腰抜け大名共も、まさかこれほど腐っていようとはおもわなんだわい」

満祐は幕府の弱腰を憫笑《びんしょう》した後、館《やかた》に火を放ち、一族郎党三百八十余人を従え、堂々と暁の町を油小路から東寺へ抜け、播磨へ帰って行った。

これを追うものもなかったというのは、強力な独裁者に従っていたものの常なのであろう。

というよりも、在京の諸大名は将軍暗殺のことを聞いて、たがいに疑惑と妄想の眼《め》を向け合い、自分たちの防備を固めるばかりであった。

一カ月のちに、細川持之の奔走によって、ようやく幕府は軍を発し、播磨に赤松満祐を攻め、どうにかこれを滅亡させることができた。

しかし、この事件は、将軍の権威のおとろえ、幕府の無力を遺憾なく衆目にさらすことになったのである。そうして幕政は大名や権臣たちの権略の中につかみ取られた。

足利義政《よしまさ》は、こうした状況のうちに病歿した兄、義勝の跡をつぐことになった。赤松満祐が滅びて二年後の、嘉吉《かきつ》三年七月のことである。

ついで六年後の宝徳元年四月二十九日。十四歳の義政は、征夷《せいい》大将軍の宣下《せんげ》を受けた。

二の章

一

「そのときはすでに、わしは将軍職という網の目に絡《から》められ、閉じこめられた小魚のようなものだった。あれから十余年になるが、今日の騒乱の芽は、そのときから勢いにまかせて伸び、育ち、必死につみとろうとしたわしの手を何度もはらいのけ、そのたびに波紋をひろげていったのだ」

義政の声には、荒涼としたひびきがあり、それが谺《こだま》のように善阿弥の胸底にしみとおってくる。

雷鳴が近寄るにつれ、嵐山《あらしやま》と松尾山つづきの山裾《やますそ》が抱きすくめているこの西芳寺《さいほうじ》の伽藍《がらん》は、鬱蒼《うっそう》たる樹林の下に、深く、暗く、沈み込んでいった。

また稲妻が疾《はし》った。

庭の景観が鉛色に浮かびあがり、本堂のあたりで、侍女たちのあげる叫び声が聞えたかと思うと、黒い空に溶けた山肌《やまはだ》を引き裂いて雷鳴がとどろき、沛然《はいぜん》と雨が叩いてきた。

「この庭が、これほど狂おしく凄《すさ》まじい顔をして見せようとは……いままでおもうてもみなかったことだ。のう善阿弥《ぜんあみ》……」

返事はなかった。

義政が振り向いて見ると、一間《けん》ほど後ろで、侏儒《こびと》のように踞《うずく》まっている善阿弥の視線が、ひたと義政に射つけられているのだ。

今年七十四歳になる老人の眼ではない。ぎらぎらと精気に満ちた、大きな瞳《ひとみ》であった。

「どうしたのだ?……何故、わしを睨《にら》んでいる?」

善阿弥の唇《くちびる》がうごいたが、激しい雨音に声は消された。

「聞えぬ。もっと前へ……」

と、義政はいった。

善阿弥が、影のように板敷の上を辷《すべ》って来た。

「公方様……」

「うむ?」

「この庭の草や木も、われら人間と同じく戦乱の炎に焼かれ、死に果てるのでござりましょうか」

乾いた、重苦しい声であった。

「お前は何を考えていた？……都に合戦でも起るというのか」

「起りませぬか？」

「都には帝《みかど》が在《お》わす。将軍のわしがいる。そして都に暮しをたてる数万の人びとが住んでいる」

きっぱりといい切ったが、このとき、飛沫《しぶき》をあげてけむっている豪雨の中に、義政は細川勝元の針のような眼の光りを見た。

そしてまた山名《やまな》持豊《もちとよ》の、厚い、ぬめぬめした唇と太い鼻、その傍若無人な哄笑《こうしょう》を脳《のう》裡《り》に聴いた。

（無駄《むだ》だ！　今になってどのように狼狽《ろうばい》し、彼らに立ち向ってみても……）

義政の子、義尚《よしひさ》は山名持豊に……弟の義視《よしみ》は細川勝元に……それぞれ擁立されて将軍位を争っている。

近く、この二つの勢力が、必ず都を中心にして惨烈な戦争を引き起すにちがいない、という風説は洛中《らくちゅう》洛外に充満している。

諸国の守護大名を二分して、それぞれの傘下《さんか》に擁している細川勝元も山名持豊も、この年の春ごろから、領国の兵を少しずつ洛中へ移動させていることは事実であった。

「なれど、善阿弥……」

義政は、考えれば考えるほど、絶望の壁に吸い寄せられるのを意識しつつ、

「お前の思うていることは間違いではないかも知れぬ。わしは、ただ将軍という名目

が辛《かろ》うじて支えている威厳に縋《すが》りつき、萎《な》えきった手足を、大名たちの権謀にもみつ

くされながら、むなしく振りうごかしているにすぎないのだから……」

善阿弥は、稲妻に浮かび上る将軍の横顔から視線を捨て、白髪の頭を伏せて、かす

かにうめいた。

義政が将軍就任のころに、宮中での蹴鞠《けまり》の会にのぞんだ折、

――御直衣《おんひたたれ》、うち色、御指貫《おんさしぬき》、世の常のことながら、御容《おんすがた》の光るさまに見えさせ給《たま》

えば――と、参会の殿上人《てんじょうびと》たちをおどろかせたほどの気品高く大らかな義政の容姿は

天性のものだといってよい。

だが、この一年ほどの間に、善阿弥は、義政の馥郁《ふくいく》とした顔貌《がんぼう》が、蒼黒《あおぐろ》い焦躁《しょうそう》に、

じりじりと蝕《むしば》まれてきていることを、はっきり感じとっていたのである。

眩《めくら》む閃光《せんこう》と雷鳴は、尚《なお》もつづいていた。

轟然《ごうぜん》たる雨の幕は、咆哮《ほうこう》し身を捩《よ》じる庭の樹林を、まだ押し包んでいる。

侍臣を遠ざけて、二人がいる池畔の一閣は瑠璃殿《るりどの》といって、西芳寺仏殿の南にあり、

閣上に水晶の宝塔を安じ、中には如来《にょらい》の舎利一万顆《か》を貯《たくわ》えてある。

この寺は、京の都を囲む山なみの西に在り奈良時代に出来たものだが、百三十年ほ

ど前に、足利初代の将軍、尊氏と親交の深かった夢窓国師《むそうこくし》が入り、禅院にあらためたものであった。

国師は、この寺を禅学の理想郷として堂宇を再興し、庭園を造った。

庭は、天然のままに繁茂していた松、楓《かえで》、樫《かし》、樅《もみ》などの樹木をそのまま利用して園池を設計し、池には寺院に沿い北から東へ流れる西芳寺川の水を引き入れてある。

街道から山裾へ吸い込まれるように曲折しながらつづいている塀《へい》の白壁も美しいし、紅葉も桜の老樹も、池を中心にした石組《いしぐみ》も、義政をたのしませた。

四季を問わず、義政は西芳寺を訪れ、この庭を愛していたのだが、雷雨の西芳寺庭園を見たのは初めてであった。

ここ数日は秋も近いというのに、きびしい暑さがつづき、今日も、つい先刻までは、蒸し暑くたれこめた雲の間から、いらだたしい陽《ひ》の光りが、四条街道を進む義政の行列に落ちてきていたのである。

そして寺院の山門をくぐったとき、義政は輿《こし》の中で、遠い雷鳴を聴いていたのだ。

「善阿弥。お前は合戦が怖いか？」

義政は振り向きもせずに尋《き》いた。

「恐ろしゅうござりまする」

「死ぬのがか？　それとも、お前が精魂をこめて造った、京や奈良や寺の館にある庭が焼け果てるのを恐れているのか？」

「私めの造りましたものが未来永劫《えいごう》、焼け果てぬとならば、死ぬことは恐ろしゅうございませぬ」

義政は急に身を返して善阿弥に近寄り、その肩をつかみ、ほとばしるように、

「善阿弥！」

「はい」

「わしも……わしもな、いざとなれば、お前たち庭ものの中へ入り、石を運び、草を刈っても、生きぬいて見せるつもりだ」

熱した二人の視線が空間に凝結したとき、義政も、善阿弥も、洛中を包む炎の怒りを到底避けることはできまいという予感におそわれた。

雷雨は去った。

何時《いつ》の間にか、午後の陽が木の間から落ち、勾欄《こうらん》の下の敷石が池の舟着場にみちびいてゆくあたりの繁《しげ》みに、うす紅色の芙蓉《ふよう》の花が、たっぷりと吸い込んだ雨に飽満して生き生きと……いや、むしろ気倦《けだる》く微《かす》かな風にゆれている。

馬蹄《ばてい》の音が一騎、参道の敷石を鳴らして近寄って来たのはこのときであった。

善阿弥が、

「御所からお使いでござりましょうか？」

「うむ。遅くとも今夜には何か事が起きなくてはならぬはずなのだ」

義政の唇元《くちもと》が、ちらりと陰鬱な笑いに歪《ゆが》んだ。

「あ。大場様が……」

見ると、本堂の廊下に侍臣の大場治五郎《じごろう》の姿が見え、それが敷石づたいに園池をまわり、瑠璃殿へ近寄って来た。

樹林の彼方《かなた》の築地《ついじ》塀の向うで、馬がいなないている。

大場治五郎は、勾欄の下に膝《ひざ》を折って、

「御所からの使者でございますが……」

「何と？」

「ただちにお帰り下さいますようにと……」

「ふむ。勝元からか？」

「はい」

治五郎は義政を見上げ、眼で語った。

治五郎は、すべてを知っているのである。

「よい。急ぐな。酒宴の仕度は？」

「ととのうております」

「では、ゆっくりとしてまいろう。それからでよい」

「はっ」

義政の顳顬《こめかみ》がひくひくとうごき、義政はつぶやいた。

「無駄かも知れぬが……やってみることが、わしのつとめだ」

例のごとく一泊するつもりで訪れた西芳寺なのだが、義政は、その日の夜もふけてから、室町《むろまち》へ帰館した。

細川勝元と山名持豊は、すでに対面所に当てられている嵯峨《さが》の間に待っていて、義政を迎えた。

この二人は、婿《むこ》と舅《しゅうと》の間柄《あいだがら》であるが、もともと仇敵《きゅうてき》のように牙《きば》を磨《と》ぎ合い、憎み合っているのである。

それが、こうして、もったいらしく肩を並べ、義政に緊急の事を願い出たのであった。

「二人そろってめずらしいことだ」

義政は皮肉をあびせてやったが、二人は仮面をかぶったままだ。少しも動じない。

(わしの思うた通りになってくれた。伊勢守貞親《いせのかみさだちか》を弾圧するため、この二人は、また何度目かの同盟をむすんだようだ)

文正《ぶんしょう》元年八月十日の夜のことである。

二

「そちたちは、この義政が、伊勢守貞親の甘言につられたとでも言うのか」

「申すまでもないことでござる」

山名持豊が、はっきりと、いってのけた。

「勝元も、そう思うか？」

細川勝元は、まだ沈黙の仮面をぬがない。

「どうなのだ？　勝元」

いきなり持豊が割って入った。

「伊勢貞親は姦臣《かんしん》でござる。その妄言《もうげん》をお信じなされ、このたびは、まことの弟御様を討とうとおおせられる」

「わしものう、持豊。父上の二の舞はふみとうないのでな」

「何とおおせられます。将軍家へ対し、義視様にそのような害心があろうはずは……」

「あるかないか。何処までが本当か嘘《うそ》か。人の口の端《は》に引きずり廻《まわ》され、おのれの一身をまもるためにどのようなことでもしてのけるのが当世ではないのか。のう、勝元……どうじゃ？」

仮面が口を開いた。冷たい声だ。

「洛中の諸大名は、ことごとく伊勢守を誅《ちゅう》すべしと申しております」

「わかっておる。諸大名の連署まで書きつらねて、そちたちが、わざわざこの夜ふけに西芳寺からわしを呼びもどしたということは……」

「申しわけございません」

骨張った躰《からだ》を大紋に包んでいる細川勝元は、面上を硬張《こわば》らせたまま、頭《こうべ》をたれた。

「上様！」

と、山名持豊は、何時ものように義政を圧倒してかかろうとする態度で、一時も早く結着をつけたいらしく、

「ともかく由々《ゆゆ》しい大事でござる。公方様御家の一大事が、貞親ごとき諂《へつら》いものによって引き起されますことは、天下動乱のもとになりまする。愚図愚図しているうちに、貞親め、風をくらって逃げようもはかりがとうござる。すぐにも討手を……」

持豊は今年六十三歳になるが、その六尺余の肥軀は、いささかのおとろえも見せていないように、義政には思われる。

（天下動乱のもとになるから、伊勢守貞親の姦臣ぶりを見逃せぬ）

と、厚顔にいいきったふてぶてしい持豊に、義政は不快と苦笑とを同時にさそわれた。

老人になっても、いっこうに女色がおとろえないという伊勢守貞親は、古法・礼典

に精進し、書も巧みである上に文筆の才能がすぐれている。若い頃《ころ》からすらりとした長身の美貌は五十になるいまもふしぎなほどつやつやかで、宮中へも出入し、内裏での評判もよく、隠然たる勢力をもっている。

それだけに、勝元にとっても持豊にとっても何かにつけて邪魔になる存在なのであった。

まだ若いころの義政《よしまさ》にとって、気のきいた伊勢守貞親の存在は何かと便利でもあったし、政治上の憂悶《ゆうもん》を散ずるには恰好《かっこう》の相手だったので、つい心を寛《くつろ》げ、義政は同朋《どうぼう》の一人として重く用いるようになった。

策謀に巧みで、政庁に暗躍していることも知らぬではなかったのだが、その愛嬌《あいきょう》にほだされ、それほど危険な男だとは思われなかったのである。

また伊勢守の、もっともらしい世辞や煽《おだ》てがうれしかったことも事実であった。

やがて貞親は、政庁にも、義政の妻、富子の側近としても勢力を得、次第に眼に余る挙動をするようになった。

（これはいかぬ……）

義政が舌打ちをしたときにはもう遅く、貞親はすっかり富子の気に入られて、義政の手がとどきかねるところで踊りはじめていたのである。

（失敗《しま》った！）

と思う義政の胸のうちは、貞親にも感得されたらしく、近ごろでは、これ見よがしに富子が住む高倉の館へ入りびたっているのだ。

去年の寛正《かんしよう》六年十一月……富子が初めての男子、義尚《よしひさ》を生んだときに、

「あれは公方《くぼう》様の御子ではあるまい。貞親と御台《みだい》様が……」

といううわさが洛中にながれたことも、義政は気づかないではない。

(ばかなやつめ。あれで富子の信任を得ていると思いこんでいるところなど、思いがけぬほどの、おろか者だったな)

富子は富子で、貞親という人間を将軍継嗣の争いに利用しているのにすぎないことが、義政には手に取るようにわかるのであった。

義政が後嗣にしている弟の義視《よしみ》には細川勝元が執事となって後見をしている。

富子が義視を退けて後嗣にしようと狙《ねら》っている義尚には、山名持豊が、富子の依頼をうけて後見になっている。

つまり将軍夫妻は、それぞれの後継者と後見人を立てて離反し、今日は別居のかたちになっていたのである。

伊勢貞親が、めずらしく室町御所へ来て、義政に目通りをねがい出たのは一昨夜のことであった。

「その顔を忘れかけていたところだ。御台に何か叱《しか》られでもしたのか」

と、義政がからかうと、

「たわむれごとではございませぬ。上様の御身にかかわる大事が……」

「ふむ。申してみよ」

貞親が勿体《もったい》らしく義政に擦り寄ってきて、義政が苦い思いをしてまで後継者に立てようとしている弟の義視が、斯波《しば》義敏《よしとし》と通じて乱を起し、義政に背く事実が起りつつある……と、いった。

「だれから聞いたうわさなのか？」

「申しあげてもようございますが、そうなると、あらぬところへも火が飛びかねませぬので……」

貞親が威厳をつくってこういったのは、謀略の糸をたぐると義政にとっては意外な姻戚《いんせき》関係の人物があらわれ、義政自身が困るようなことになる、と、ほのめかしたのである。

義政にとっては、妻・富子とのつながりで、宮中や公卿《くぎょう》に深い関係をもつものが少なくない。

しかし貞親が、こうした大胆な煽動《せんどう》を開始したのは、いよいよ富子の義政へ対する挑戦《ちょうせん》が露骨になってきたと見てよかった。

だが、義政はわざと乗りかかった。

「憎いやつ！」

一触即発の空気をはらむ対立がつづいているときだけに、義政の狼狽《ろうばい》ぶりも堂に入っていたといえよう。

むしろ、貞親にとっては意外なほどの効果があったわけなのだが。

「弟が、そのような心ならば、わしにも考えるところがある」

と、激怒する義政を見て、貞親は、薬がききすぎたかも知れぬ……と、冷やりとした。

巧妙な富子の示唆《しさ》に乗りかかった貞親は、疑惑の芽を一つ、義政に植えつけておくだけでよかったのだ。義政の怒りがかたちになってあらわれたとなると告げ口の張本人である貞親自身、いまは、いささか困惑する。

「誰がそのようなことを申しましたか」

と、義視が、もし反問すれば「貞親からだ」と義政は答えよう。となると、根も葉もない拵《こしら》えごとだけに貞親も不安になるのである。

「申し上げまするが、これはあくまで、私が耳にはさんだこととなれば、そこを上様も……」

「わかっている。もうよい」

「は……」

やや蒼《あお》ざめて伊勢守貞親が退出したあと、義政は股肱《ここう》の侍臣、大場治五郎を呼んだ。

治五郎は義政幼少の頃から傍《そば》に従う忠実な武士である。すぐに治五郎は密命を受け、義視捕縛罪の流言を撒《ま》き散らすべく工作にとりかかった。

人の口からの伝播《でんぱ》によって事態を判断するより仕方のない当時のことであるから、何処《こ》も此処《こ》も流言浮説に恟々《きょうきょう》となっている現在、これは容易なことであった。

今出川《いまでがわ》の北室町に住んでいた足利義視が、考えてみたこともない自分の陰謀と義政の怒りを知って仰天するのまでには、それほどの暇もかからなかった。

義視は、義政が西芳寺の山門で雷鳴を聞いたころには、屈強の供廻りを従えて、目と鼻の先にある細川勝元の館《やかた》へ逃げ込んだのである。言いわけもできぬうちに首が飛んではたまらないからだ。

もとより義政は、義視を討つつもりはない。

伊勢貞親を憎むことにおいては共同の利害をもつ細川と山名の反目を、このさい、貞親の排撃運動によって協力させ、そこに生まれ得るかも知れない両者の融和に……義政は、儚《はかな》い期待を托《たく》したのであった。

（この二人さえ解け合《お》うてくれたら、将軍継嗣のことなどは、義視でも義尚でもどちらでもよいことなのだ）

ただちに侍所から伊勢守貞親捕縛の者を出すことに決め、

「ならば仕方なし。そちたちのよいようにせよ」

わざと不承々々にうなずいて、勝元と持豊を帰した後も、義政は嵯峨《さが》の間に坐《すわ》ったまま、ぽつねんと月光に濡《ぬ》れた庭園に見入って、しばらくはうごかなかった。

(勝元と持豊が和解することは——わしが、どんな手段を講じてみても、今はともかく結局はむだなのやも知れぬな)

そう考えると何も彼《か》も絶望の底に沈んでしまうのだった。

室町御所とよばれて、二町四方もあるこの義政の館には、寝殿・会所などの居館の他に問注所・侍所・政所《まんどころ》などの政庁もふくまれ、十三棟の館があった。

宏大《こうだい》な庭は、虫声に満ちている。

(勝元と持豊の和解を願うなど、いまさら考えてみたわしは、どうかしている。彼らにとっては、いつもいつも、和解は闘争の前提にすぎなかったではないか……)

何のために、このような策謀をめぐらせ、その中で眼や歯を剝《む》き、青くなったり赤くなったりしなければならないのだろう。

急速な虚脱が得体の知れぬ昂奮《こうふん》に変った。

(わしは、まだ懲《こ》りてはいなかったのだ)

義政は自分で自分に投げつけた恥辱に堪えきれなくなり、荒々しく立ち上った。

対面所の床を両足で踏み鳴らして、義政は拳《こぶし》で空を二、三度撲《なぐ》りつけ、低く唸《うな》った。

なるほど、義政の思惑通り、勝元と持豊は束《つか》の間《ま》の提携をむすびはしたが……その後に来るものは、過去十余年のくり返しにすぎまい。

「上様……上様……」

大場治五郎が、そっとあらわれて義政を呼んだ。

「む……何か？」

「御台様が寝殿にてお待ちでございます」

侍女も、お部屋衆と呼ばれる警護の武士たちも、すでに次の間へ下らせてあった。

寝殿に、富子は酒肴《しゅこう》の仕度をととのえ、義政を待っていた。

一月《ひとつき》ほど会っていないだけに、義政を見入る富子の瞳《ひとみ》は潤《うる》み、きらきらと短檠《たんけい》の灯に輝いている。

富子は、肩と裾《すそ》を紅の雲形に絞り染めた白地の上を花鳥模様の描《か》き絵で埋めた小袖《こそで》を着、その上に金襴《きんらん》の腰巻をつけていた。

ふっくりと白い豊かな躰も顔も、きらびやかな衣裳《いしょう》に負けぬ派手やかさなのである。

「久しゅうお目にかかりませぬ」

一礼して、富子は恍《とぼ》けた微笑を浮かべ、

「先日、伊勢守がまいっていたようでございますね」

「そなたが、よこしたのではなかったのか」

「ま……何故でございましょう」

「ははは……何となく、そう思うたまでだ」

夫妻は久しぶりで酒を酌《く》みかわした。

一年前に別居してからも、富子は月のうち一度か二度は、夜更《よふ》けてから室町へやって来る。

三条高倉の館から室町御所までは半里ほどの道のりだが、富子は堂々と行列を連ねて乗込んで来るのだ。

継嗣を争って別れている将軍夫妻だけに、富子の行動は注目の的でもあり、細川・山名の両派に属する諸大名、公卿なども好奇と不安の目で見まもっている。

富子は平気であった。

「争いは争い。妻のわたくしが上様をお慕いする心は心。別のものでございます」

と、言うのである。

それは、義政にとっても同じことであった。

義政は富子の盃《さかずき》へ酒をみたしてやり、機嫌《きげん》をとるようにのぞきこんで、

「のう富子。どうであろう、一応、義視を将軍につけ、数年の後に義尚に宣下《せんげ》を受けさせればよいではないか」

「その数年の後が、気にかかりまする」

「何故か？」

「上様は義視どのを後嗣《あとつぎ》になされ、勝元に後見をさせておいでになるではございませんか」

「それが、どうしたと言うのか」

「一たん義視どのが宣下されましたら、細川勝元がうごこうものではございません。義視どのを立て、おのれが栄達をはかるためには、到底、義尚のことなど気にかけますものか」

「それは、わしが前もって……」

「なりませぬ。それはなりませぬ」

富子は盃を置き、切長《きれなが》の眼に見る見る燐《りん》のような光を宿らせながら、

「亡《な》き父君さえ、赤松の徒党の手におかかり遊ばした世の中でございます。まして、あれから二十年以上もたちました今の世は……」

「将軍のわしに、それだけの力もないと申すのだな」

「諸国の大名が都に館を構えているのは将軍家の威風をおそれてのことではありませぬ。将軍を、幕府を、監視するがためと申してもよろしいのです」

「ようも……ようも其処《そこ》まで、思いきって言うたな！」

「上様がお悪いのではございません」

「またそれを言うか！　だれもかれも、みなわしが悪いのではないと言えばすむものだと思っているのだな」

「わたくしは、遠からず足利《あしかが》の家も絶え果てるものと思うております」

「そなたもか！」

「上様も、そうお考えあそばす？」

義政は詰った。

（富子には勝てぬ！）

義政は、たてつづけに酒を呷《あお》った。

富子は、尚もつづけた。

「日本国中に散らばる大名たちを、とうてい押え切れるものではございません。これも、元はと言えば、初代将軍さま以来、大名・家来のうちに罪あって罰することのあっても、その子、その一族には変りなく温情をそそぎ給《たも》う足利家の生温《なまぬる》い家風が、そうさせたのでございます」

「罪を憎み人を憎まずの温情がか？」

「はい。一見、美風に見えまするが、これは将軍の家に最も邪魔なものでございました。誰にもよく思われ、何処にも波風を立てまいとする風習は知らず知らず伝統となって根を張ってまいり、大名たちをつけあがらせるばかりになったのです」

「それは仕方のないことだ、富子。彼らの力を借りて打ち立てた幕府なのだから……」

「なれど、わたくしや義尚、そしてまだ、その後二代三代の間は、将軍の名目を利用することによっての栄達への争いが、大名たちの間につづけられるものと考えます」

「そちには、かなわぬ」

「建武以来の出来事を思い浮かべてみれば、わかることでございます。力で押えつけられていたものが、その力を跳ね退《の》けて躍り出ようとする態《さま》は、この百年ほどの間に、眼《め》に見えて激しく、強くなってまいりました」

そのとき富子は、急迫した真剣な口調になり、

「河原者《かわらもの》の善阿弥《ぜんあみ》ですら、一芸に秀《ひい》でたものとして上様の同朋《どうぼう》にまで成りあがってまいったのもそれでございます。人の世の、最高の栄位にある上様と……もっとも形ばかりのではございますが……」

「いやなことを言う富子だ」

「申しわけございません」

「いまさら詫《わ》びることとの方が可笑《おか》しい。将軍の妻が言うことだ、間ちがいはあるまい」

義政は、もう何やら、他人事《ひとごと》のような気になってしまっていた。

　こうまであからさまに、はっきり言ってもらうと、むしろ義政としては胸に鬱積《うっせき》したものが霽《は》れる。彼女の強靱《きょうじん》な行動に裏打ちをされた言葉を聞いていると、義政は一種の、こころよい厭世感《えんせいかん》にひたることができ、直面している憂悶《ゆうもん》を人生のつまらぬ雑事のように放擲《ほうてき》できるのである。

「その最高の栄位にあるわしが、どうしたというのか？」

「はい。その将軍さまと、人の世の下の下、泥沼《どろぬま》の底にうごめいていた河原者とが、仲もよく一緒に庭の石を組み、樹《き》を植えられまする」

「いかぬのか、それが……」

「いえ。そのような暖かい、ものにこだわらぬ足利の家風を申し上げましたまで……」

「また家風か……」

「底の底から燃え上るものの力は、これでは、とうてい押え切れませぬ」

「ならば……そなたは何故、それほどまでに将軍位に執着するのか？」

　富子は、うすく笑ったのみでこたえなかったが、彼女が愛するひとり子を将軍位に就け、そのときこそ、持ち前の激しい活動力をもって財力を肥《ふと》らせ、いざというときになっても足利の子孫がゆるがぬだけの地盤を築く決心なのは、義政にもよくわかる。

「義視を立てたのは、少し早まったかも知れぬ」

「たしかに……」

「だが、わしにはわしの決心があったのだ。将軍位を退いて引きこもり、まだこの身に力のあるうち、しておきたいことがあったからだ」

「私も吾子《わこ》はもう生まれぬものと、あきらめておりました。そうなれば上様と共に洛《らく》外《がい》に山荘でもいとなみ、静かに暮す心でおりましたが……」

と、富子は盃をとりあげ、

「上様は吾子が可愛《かわ》ゆくはございませんか？」

「可愛ゆい。なれど、一たん弟の義視を立て、勝元を後見にした以上、すぐには……」

「では、当分、わたくしも高倉の館に住むより仕方がございません」

富子はきっぱりと言い、そして急に華やいだささやきを洩《も》らした。

「もう、おやすみになりましては……」

帳台のうちの黄色い灯が、上畳の上の敷物や、金襴の褥《しとね》を、くっきりと闇《やみ》の中に浮かび上らせていた。

富子の冷たい重い髪が、彼女の背に、さやさやと音をたててゆれうごいた。

鉄漿《かね》の歯をかすかにのぞかせ、喘《あえ》ぎながら富子は寄り添って来た。

（それにしても、富子は、勝元と持豊《もちとよ》が来ていたことを知らなかったのであろうか……知っているとすれば伊《い》勢守《せのかみ》の危急を気づきそうなものだが……それとも気づいても尚、黙っているのだろうか……）

先刻から気にかけていたことも、脳髄を痺《しび》れさせ始めた酔いと鋭い官能の疼《うず》きに、義政は忘れ果てた。

明国《みん》から渡来し、「唐の土」と呼ばれている愛用の白粉《おしろい》を、富子は乳房のあたりにまで、淡く、丹念に、極く自然に塗り込めている。

義政は、ひたむきに、その匂《にお》いの中へ溺《おぼ》れ、沈んでいった。

三の章

一

富子は、義政《よしまさ》の母の兄、日野義資《よしすけ》の子、政光《まさみつ》のむすめだから、義政のいとこの子ということになる。

足利将軍が、公卿《くぎょう》の日野家のむすめを娶《めと》るのは義満《よしみつ》以来の吉例になっていた。

康正《こうしょう》元年（西暦一四五五年）八月。

十六歳の富子は、義政の妻となった。

そして、このころから、細川勝元と山名持豊の確執は、その行手への暗示をこめて不気味な姿を露呈しはじめたのである。

初代将軍・尊氏《たかうじ》が武力によって後醍醐《ごだいご》帝を中心とする公家《くげ》政権を排し、武家勢力の衆望を担《にな》って覇権《はけん》を握り、その後百十余年ほどの間に、じりじりと擡頭《たいとう》しはじめた守護大名の地力は、もう将軍一個の力では到底押え切れぬ激しさと決断をそなえてきていた。

源氏の名門から出た足利尊氏は幕府をひらくについて、その所在地を祖先ゆかりの地盤である東国に置きたかったのだが……。

源《みなもとの》頼朝《よりとも》や北条《ほうじょう》一族のように、尊氏は広範な家人群を東国にもっていなかった。また中国との貿易による貨幣が経済をうごかす重要な因子となってきていたので、その結果、物を生み、これを消費する規模の大きさや外国貿易の関係では、はるかに東国をしのぐ近畿《きんき》・九州を把握《はあく》する必要があった。

尊氏は、これらのことを深く考えた上、京都に幕府をひらいたのであった。

それに、もう一つは南北両朝の争いを解決するために、どうしても朝廷の所在地である京都を離れることはできなかった。

後醍醐帝の南朝の皇族たちは、帝が崩御の後も、北畠親房《きたばたけちかふさ》などの名臣にたすけられ、尊氏が擁立する皇族を中心にした北朝に反抗し、しばしば幕府を脅《おびや》かした。

義政の祖父・義満に至って、ようやく南北両朝の合体が成立した。

義満は南朝の主張する皇位継承の正統をもみとめ、それを合体の第一条件にして仲介に立ち、両朝は、それぞれの主張を曲げて歩み寄ったのである。

南朝の後亀山《ごかめやま》天皇は、

「国内の戦乱が、これ以上に長びき、国民を苦しめることは忍びえない」

と、決断なされたという。

両朝の争いは、このように、五十余年の内乱という犠牲のもとに解決したのだが……幕府は、この頑強《がんきよう》な南朝への対策に甚大《じんだい》な精力をつかいつくした。

南北両朝の内乱は、この対策に悩む幕府内部において守護大名の発言を増大させることになった。

内乱の鎮圧に要する戦力の調達は、それぞれ、守護の領国に頼るよりほかに道がなかった。

貨幣の流通があったといっても、それは外国の通貨である。年貢《ねんぐ》や課役の納入が貨幣でおこなわれるということもまた完全に行きわたってはいない。

したがって、各領国を占領管理する守護や武将の勢力は、見る間に伸張の度を加えていったのだ。

中でも畠山・細川・斯波の各大名は足利一族から別れたものであり、したがって幕府での声望も高いし実力もある。

この三家は、義満のころから、幕政の主宰者である〔管領〕職を交替でつとめることになった。

義満は、この交替制によって権力を分散させ、互いに牽制《けんせい》させるべく計ったのだがこれがまた勢力争奪の原因にもなったのである。

足利義教《よしのり》が暗殺された後に……。

管領・畠山持国は、政敵の細川持之《もちゆき》が亡《な》くなってから、少年の義政を後嗣に立てて幕政を牛耳り、威望さかんであった。領国は紀伊《きい》・河内《かわち》である。

持之の長子・細川勝元は、当時まだ義政より六歳年上の若さだったし、交替期が来て管領の職に就いても、何かと畠山持国の圧力がかかってくるので、ついに憤懣《ふんまん》を押え切れなくなった。

すなわち宝徳二年、山名持豊のむすめを娶って縁をむすび、同盟したのであった。

山名持豊は、前将軍を殺した赤松満祐《みつすけ》を幕府が攻めたとき、ここぞと奮戦し、その戦功により但馬《たじま》・播磨《はりま》・備後《びんご》・伯耆《ほうき》など数カ国を領して、恐るべき新興勢力を誇っていたものである。

持豊も、かねてから畠山持国の独裁政治を、隙《すき》があれば突き崩してやろうとねらっていただけに、よろこんで勝元の手を握った。

二人は力を合せて畠山持国の圧力を牽制すると共に、持国排除の機をうかがった。

それから四年の享徳《きようとく》三年の春……。

畠山持国が発病した。

これを機会にして、畠山家に内紛が起り、一族や重臣は二派に別れた。

持国が世つぎに立てた子の義就《よしなり》と、養子（持国の甥《おい》）の政長との家督争いがそれである。

持国は病床に在って叱咤《しった》督励し、兵を出して政長を領国から追いはらった。政長は、自分を擁立する重臣たちと共に紀伊を逃亡。京へ潜行して、北小路の細川勝元邸へ隠れ、救助を求めた。

というよりも、勝元が、

「わしが力になる。来い、来い！」

と、招いたのであろう。

機会は来たのである。

山名持豊も勇躍して出兵し、勝元と協力して、その館《やかた》をかため、政長を護《まも》り、持国に反抗をしめした。

持国は居たたまれずに病床を蹴《け》って、当時は万里小路《までのこうじ》の館に暮していた義政に、政長討伐のことを願い出た。

義政も母の重子にしても、足利《あしかが》家の長老とも言うべき、畠山持国に恨むところはない。

独裁政治によって威望を高めたといっても、持国は、その頃《ころ》すでに財政の欠乏していた将軍家をよく助けて、義政の教育にも生活にも不自由な思いはさせなかったのだし、この争いは確かに政長が悪いと思ったので、すぐ勝元を呼び寄せた。

対面所に、義政と向い合った勝元は、このとき二十五歳である。明るい陽《ひ》を浴びて、林泉の緑が燦然《さんぜん》たる初夏であった。

勝元は教養も高く、どちらかと言えば文人肌《はだ》の武将である。造園にも心得があって、宝徳二年には、洛北《らくほく》に竜安寺《りようあんじ》を創立し、偆僧義天玄承《りんそうぎてんげんしよう》を請《しよう》じて開山とした折に、その庭園の構想をひとりで練ったほどである。

それよりも尚《なお》、義政の感情をとらえたのは……。

勝元が北小路の館の、宏大《こうだい》な庭園の池や樹林に、明国から渡来した奇魚・奇鳥を放って、これを洛中洛外の人びとに、貴賤《きせん》を問わず開放したことであった。美化された自然が、人の心に与える豊かさ楽しさを、多くの人びとと共にしたいのだと、勝元は義政に語ったものであった。

そのときの若々しい勝元の頰《ほお》は薔薇色《ばらいろ》にふくらみ、瞳《ひとみ》は涼しく輝いていたものである。

それほどの勝元なのに、いったん政治に関してのことになると、まるで刃金のような緊張に全身を固め、鋭く激しく義政に対応してくるのだ。

「では……そちはどうあっても政長を館へかくまうつもりなのか?」

「はい」

「なれど……なれど勝元。畠山の家督は、前々から義就をもって……」

「わかっております」

「義就を世嗣《よつ》ぎにすることをゆるし、政長討伐の許しをあたえたのは、このわしだ。それを今になって……将軍として命ずる。政長を畠山持国の手に渡せ。渡せ、勝元！」

「それはなりませぬ」

「何！　わしは、正しいことをせよと言っているのだ」

「上様」

青白い面上に血がのぼり、勝元は熱情的に、

「上様。今の世に、何が正しく何が悪いと決めることはなりませぬ」

「何!!」

「正しきものは……」

と、言いかけ、勝元は咳込《せきこ》んだ。

が、すぐに堪え、今度は重苦しい低い声になって、ゆっくりと、

「正しきものは正しく、悪しきものは悪しと、はっきりわかる世を迎えるべく、勝元は、力をつくしているつもりでございます」

「それならば、何故……」

「お待ち下さい。そもそも将軍家は、守護大名の持っておりました力を得て幕府をひ

らいたものでございます。将軍一人が天下をとり大名たちが手にしていなかったものを下されて、その上ではたらけ、と申されたのではございません。これは上様も、また大名たちも肚《はら》の底から承知しておられるはず」

「よ、ようも言えた」

「将軍ただおひとりでは、今の世は治められませぬ」

十九歳の義政は、太刀があれば勝元の口の中へ突込み、搔《か》き廻《まわ》してやりたいと思った。

(だが……勝元の、言うとおりだ)

勝元は、尚もつづけた。

「よし、私が手を引きましても、山名持豊は手を離しますまい、と存じます」

義政は、たまに会うこともある持豊の、自分を全く小児あつかいにして、冷笑を浮かべている逞《たくま》しく戦塵《せんじん》に灼《や》けた面貌《めんぼう》と、傲然《ごうぜん》たる肥軀を嫌悪《けんお》していた。

もし、持豊が政治を壟断《ろうだん》することにでもなれば、それは義政にとって慄然《りつぜん》たる恐怖以外の何ものでもない。

そしてまた勝元の言葉を否定する自信は何一つ義政にないのである。

「持豊が……」

「はい。恐らく畠山持国殿の病気は快癒《かいゆ》いたしますまい。となれば、上様。上様は山名持豊が一人で畠山家の争いを取りしきって、威望を加えますことを、お望みなのでございますか?」

「む……」

「それよりも、私が……」

「待て!」

長い沈黙があった。

勝元の希望で、侍臣たちは遠ざけられていた。

足利家の紋章でもあり、義政が好む桐《きり》の木が、土塀《どべい》境の切石の向うに淡紫《うすむらさき》の花を咲かせている。

その花蔭《はなかげ》をかすめ、矢のように燕《つばめ》が一羽、低く高く、見る間に園池に光る陽射《ひざ》しを縫って飛び去り、また飛び来《きた》った。

義政は、鋭く勝元を見守りながら、ゆっくりと座を立った。

「上様!」

義政は哀《かな》し気に勝元を睨《にら》み、

「よいようにせよ」

吐き捨てるように言った。

二

その年の夏から秋にかけて、京都は騒擾《そうじょう》ただならぬものがあった。

六月十一日に、東山の南麓《なんろく》にあり、禅宗の大道場として京都五山の一に列している東福寺が、醍醐《だいご》・山科《やましな》方面から洛中へ通ずる法性寺《ほっしょうじ》大路の一部を寺領と称して〝関〟をもうけ、これを通行する者には税銭を科した。

醍醐・山科の民衆は大いに怒り暴動を起し、東福寺焼打ちをくわだて、寺院の僧徒も武装を固めて防戦をしたが、五千余の民衆の反抗には敵《かな》わず、ついに〝関〟を廃止するという事件が起り、洛中でも大変な騒ぎであった。

禅宗は、政権をとった足利幕府が、京都在来の公家の文化に対抗するためにとり入れた宗教であり、鎌倉《かまくら》時代に宋《そう》国から伝来したこの宗教は、以後、幕府の絶大の庇護《ひご》を受けて盛大に発展し、政治的にも幕府と深い関係をもってきている。

東福寺の勢力も大きなものであり、このような騒乱の鎮圧には幕府も黙って見ていられないわけなのだが、畠山一族の紛争の拡大につれて、それどころではなくなっていた。

七月、八月となるにつれて、持国派と政長派は、それぞれに兵をあつめ、対峙《たいじ》した。

万里小路にある畠山持国の館は兵によって固められ、畠山政長もまた細川邸を出て相国寺《しょうこくじ》の裏手にある御霊林《ごりょうりん》の社に六百余の兵をあつめた。

内裏や将軍邸を中心にしての対峙だけに、義政は出来得るかぎりの努力をはらって諸将をあつめ、ようやく朝廷と幕府の周囲を守護させることができた。

細川勝元も山名持豊《もちとよ》も、館へ引き籠《こも》ったきりで、この召集には応じようともせず、奇怪な沈黙をまもっている。

公家の中でも火難を恐れ、衣類・文書などをあつめ、家族と共に洛外へ避難する者も出てきた。

怨嗟《えんさ》の叫びをあげつつ、洛中の人々は逃げ隠れはじめた。市商人の姿も消え、下京《しもぎょう》に住む庶民たちも逃げ、或《あ》るいは戸を閉ざし、都大路は惨として声も絶えた。

八月二十一日。

冷え冷えとわたる秋の夜気を破って、突如、政長は持国の館を襲撃した。

山名・細川からも、密《ひそ》かに兵を出してこれをたすけたことは勿論《もちろん》である。

しかし戦いは呆気《あっけ》なく終った。

細川・山名の二大勢力の援助を受けている政長の有利はだれにもわかることで、本家の持国・義就に味方する一族郎党の数はあまりにも少なかった。

畠山邸が炎上するうちに、持国、義就の父子《おやこ》は身をもって逃れた。

「持国殿は建仁寺《けんにんじ》に、義就殿は伊賀《いが》の国へ逃げられた模様でございます」

義政が細川勝元の白々しい報告を受けたのは、数日後のことであった。

しかも勝元は、畠山政長を伴って来たのである。

「畠山政長、洛中を騒がしました罪をお詫《わ》びにまいっておりますが……」

「会いとうない」

「かくなりましたからは……」

「わしは政長を畠山の世つぎにした覚えはない」

「なれど畠山一族は皆、今は政長を立てております」

「そちも、山名もそうなのであろう」

「いかにも……」

と、勝元は眉《まゆ》を上げ、

「政長の罪を赦《ゆる》されますよう、勝元からも願い上げます」

「会いとうない、わしは……」

「政長の罪、お赦し下されますか」

「勝元。そちはわしを威《おど》すつもりなのか」

勝元は、ひれ伏した。

今日は、侍臣も侍女も控えている対面所の中であった。

義政は震える掌《て》を握りしめ、蒼白《そうはく》になり、勝元へ射つけている眼《め》は血走っている。

夜来からの雨が払暁《ふつぎょう》から激しくなり、檜皮《ひわだ》ぶきの屋根を通してくる雨音が、館のうちに満ちていた。

そのうちに、平伏したままの、濃紫色《こむらさきいろ》の大紋をつけた勝元の肩がひくひくと震えはじめてきた。

義政《よしまさ》は、昂《たか》ぶる声を懸命に押えながら、

「勝元も、それほどまで、権力の座に、執着していたのか……」

勝元は、のろのろと首をあげ、じいっと義政を見た。

勝元の両眼に、きらりと光るものを、義政はたしかに見た。

(あ……？)

しかし勝元は、周囲の者への配慮もなく、しっかりとこたえた。

「上様。権力の座へのぼらねば、他にのぼった者に、細川の家はほろぼされましょう。また、勝元の命も失わねばなりません」

「言うな!!」

「上様がお悪いのではございません」

勝元は、また頭をたれた。

義政は強烈な絶望感に抱きすくめられた。

全身の力もぬけ果て、眩暈《めまい》がした。

翌、康正《こうしょう》元年三月二十六日。畠山持国は、ほとんど監禁同様に引き取られていた養子・政長の館で死んだ。五十八歳である。

政敵・持国の死後……勝元と持豊は、その提携を、むしろ暗黙の了解のうちに破り、不和となった。

今度は二人のうちのどちらが持国の位置に坐《すわ》るか、ということなのである。

この両家の反目に、数年前から持ち上っていた斯波《しば》一族の争いがからんだため、それは複雑の度合いを増し、同時に両家の争いは刻々と爆発点に歩み寄って行ったのだ。

斯波家も三管領の一つで、名家である。

名家であり、その勢力も強かっただけに、幕府を巻き込み紛争は大きなものとなったが、この間、地方の守護大名たちや、その下に属する地頭たちにも絶えず内紛が起り、ほとんど全国にわたって血なまぐさい争闘がくりひろげられて行った。

大名は将軍に、地頭は大名に、農民は庄官《しょうかん》に、それぞれの権利を主張して騒然たる闘いをいどむのである。

陰鬱《いんうつ》な明け暮れのうちに……義政は富子を娶《めと》った。

このころ、幕政は義政幼少の頃からの側近によって歪曲《わいきょく》され、彼らは私腹を肥やした。

権大納言《ごんだいなごん》の烏丸資任《からすまるすけとう》・有馬持家・伊勢守貞親《いせのかみさだちか》。それに義政の亡父・義教《よしのり》の愛妾《あいしょう》だった今参局《いままいりのつぼね》などが義政を取り巻き、一方、細川や山名に附いたり離れたりしながら暗躍をつづけていたのである。

康正二年五月。斯波家の内紛が頂点に達したとき、館の奥深く、貴族としての教育にしつけられ、純白な貴公子だった足利義政の眼は、はじめて妖《あや》しい光りを放った。

三

越前《えちぜん》・尾張《おわり》・遠江《とおとうみ》の三カ国を領する斯波家の当主、義敏《よしとし》は、老臣の甲斐常治《かいつねはる》の権勢に圧迫され、領国の政治にも常治の威望が及ぶようになったので、これを制することが出来ず、ついに幕府へ訴え出た。

甲斐常治は、これを憫笑《びんしょう》し、

「わしの妹が幕府の重臣、伊勢貞親の妻であることを、義敏殿は忘れておられるとみえるわ。まだ若い将軍の耳に、そのような訴え事が通るものか。訴え事などと言うものは二段にも三段にも途中で消えてしまう仕組に、今の世の中ではなっているのだからな」

味方に引き入れてある朝倉・織田《おだ》などの斯波家重臣をかえり見て、こう言った。

そして事態は、この通りに運ばれた。

貞親は、巧みに弁舌をふるって義政を説いた。

聞き入れてもらえなければ、他にまだ、いくらも打つ手はあると考えながら……。

「斯波家の当主義敏殿は、故義健《よしたけ》殿の実子ではありませぬ」

「知っている。なれど、それは、わしが義健の願いによって跡継ぎをゆるしたのだ」

「なれど、その後、斯波家の人望は甲斐常治にあつまっております」

「義敏は守護大名としてだめな男だと言うのか」

「義敏殿の訴えをお聞き入れなさいますことは、斯波の領国を乱すもととなろう、と、貞親は考えますが……」

「ふむ……」

義政は貞親を一瞥《いちべつ》してから、

「その言葉をひるがえすことは、のちのちあるまいな?」

「申すまでもありませぬ」

「よし。問注所の執事にようつたえておくがよい。この裁きは、あくまでも常治の勝ちにするようにと……」

「はい」

貞親は、いかにも温良な笑いを両頰《りょうほお》から絶やさず、やさしげに義政を見上げている。

「世のためならば、そうするがよいと、そちは申すのだな」

「おおせられるまでもありませぬ」

貞親は、甲斐常治からの莫大《ばくだい》な贈物への返事がわたせることになったので、勇んで退出した。

(わしも、今までのわしではないのだぞ、貞親……)

義政は、しずしずと対面所を出て行く伊勢守貞親の背へ、胸のうちで叫んだ。

義政の肚《はら》はこうであった。

甲斐常治は、かねてから山名持豊にも密接な関係をもっている。

つまり贈賄《ぞうわい》をし機嫌《きげん》をとっては取り入っていた。目下、ようやく細川勝元との権力争いに本腰を入れようとしている持豊にとっては常治を手ばなすわけにはいかない。

いざ勝元と戦いをはじめようとすれば斯波家の戦力は大変な味方になる。

そういうわけだから、義敏を敗訴にしてしまえば、必然、前の畠山政長と同じに義敏は細川勝元の庇護を乞《こ》い、その館《やかた》へ転げ込むであろう。

勝元もまた、山名持豊へ対抗するため、義敏を引き受けて乗り出すにちがいない。

そうして勝元と持豊の反目は、これを機会にして、見る間に爆発点へ近寄ることであろう。

(京の都が戦火に包まれようともかまわぬ。この際、斯波や畠山やそうして細川や山名が、たがいに嚙《か》み合い闘い合うことによって、その勢力をおとろえさせるのだ。わ

しは……わしは、そのときこそ……その隙《すき》に乗じて、名実共にある将軍となってやるのだ）

二十一歳の義政の血は躍った。

幕政は、政所《まんどころ》の執事という要職に在る伊勢貞親を中心にして、側近たちが猫《ねこ》の目のように変る政治網を張っている。

それと知りながら義政一個の力では、到底、その網の目をほごす手段さえ見つからないのである。

当時、十七歳だった妻の富子は、夜の臥所《ふしど》で新妻になげく義政へ、

「それは何時《いつ》の世にもあることではございませんか。もっとも高い座に坐る、ただ一人のものは、今までも、これからもひとりきりなのだと、わたくしは思うております」

「何を、何を馬鹿《ばか》な……ならば、父上はどうか。父上は、まことに立派な将軍であった。おひとりの力をもって闘い、すべてをしっかりと、つかみとっておいでになったではないか」

「いえ……そうは、おもいませぬ」

「何！」

「それならば、何故、前将軍さまは、赤松の手に、しかも赤松の館で、むざむざと

「……」

「上様のお考えなさることはあまりに……一本の杉の木のように正直すぎるのではございませんか」

「それが悪いというのか」

「いえ……」

帳台のうちに木犀《もくせい》の花の香が漂っている。

初夏の温気《うんき》に、じっとりと汗ばんだ富子の肌《はだ》の匂《にお》いであった。

富子は、義政の鼻をつまんだり撫《な》でたりしながら、

「それが……その上様が、わたくしは好き」

「もうよい。よい」

義政は拗《す》ねた。

「わたくしが持ちたいと思うても持てぬものを、上様は持っておいであそばす。ですから、わたくしは……」

「そなただけだ。わしには、そなただけだ。わしには、そなただけが……」

幼いときから年に数度は、宮中での賀筵《がえん》や、将軍邸での猿楽《さるがく》、月見、舟遊びなどの折に会ったこともあるし、語り合いもした。

しかし娶ってからの富子は、それまでのとりすました少女のそれではなく、ぎごちない義政の愛撫《あいぶ》にさえ、こたえて行く度合いが、目をみはるほどの鮮やかさなのであった。

「あのものたちが、伊勢守を頭に、政事《まつりごと》の網の目をせわしなく破ったり繕うたりしておりますのは……飢饉《ききん》に会《お》うて食に飢えた者と同じ心なのでございますね」

「ふむ……そなた、飢饉の折に、ものを食べぬことがあったのか」

義政は皮肉に笑った。

「わたくしはございません。なれど、公卿《くぎょう》の家と申しても格式や名目のみで別に立売商人や土民と、それほど変っているわけではございますまい。ただ、帝《みかど》の庇護の下にある特権だけが武器なのでございます」

「ふむ……で、その、いま言うた、その……」

「あ……それは、つまり」

富子は、くびをかしげてから、

「あのものたちは、現在おのれが貪《むさぼ》り喰《くろ》うている食物を、いつ、他のものに横取りされるかという不安で居てもたってもいられないのでしょうと思いまする。その政事という食物には甘い甘い味わいが、たっぷりとふくまれております。他人に食べられぬうちに、おのれだけで食べつくしてしまおうと、あのものたちは急いでいるのでございましょう……と申しますのは、あのものたちも、前に坐っていたものを突き落して食物にありついたからなのでございますね。おのれがしたことは他人もするということを、よく知っているのです。ですから突き落されぬうちに出来る限り……いえ、もう突き落されましたときのことを考えては、今のうちだ、今のうちだと焦《あせ》りながら、金銀を腹につめこんでいるのでございます」

義政は、妻の胸乳をさぐっていた掌《の》を退け、半身を起し、まじまじと富子を見やった。

女としてはまだ稚《おさな》い妻の、自信にあふれ、揶揄《やゆ》をこめた言葉を、はじめて意外と見たのである。

義政のおどろきを、富子は、くっくっと笑って見てから、しなやかで実のみちた双《もろ》腕《うで》を差しのべて良人《おっと》の首へ巻きつけながら、

「あの悪い悪いものたちを手なずけるのは、わけのないことなのでございますよ」

「何！……そ、そなたは……」

「でも、上様には、そのようなことをしていただきたくございません。わたくしがやりまする」

「そなたが？」

「上様は今のままの上様でいて下さいませ、いつまでも……なれど、いつ、どのよう

なことになろうとも、わたくしがおそばにおりますかぎり、上様のお身には棘《とげ》が刺さらぬようにいたします」

義政は、笑った。

「ま、何が……？」

「何でもよい。そなたにはわからぬことだ」

（わしはいま、魔物のように強く凄《すさ》まじい決意を固めているのが、そなたにはわかるまい。わしはきっとやりとげて見せるぞ。洛中《らくちゅう》のみか、諸国に絶え間なくつづいている血みどろな権力への争いの脹《ふく》れ上った傷口を、思いきって開き、一時は溢《あふ》れ出る膿《うみ》に浸ろうとも、必ず、わしのこの手に、すべてのものをつかみ取って見せてくれる）

しめつけてくる義政の両腕に、また喘《あえ》ぎをたかめながら、富子は眼を閉じ、

「細川も山名も、このたびの斯波家の争いには巻き込まれますまいと存じます」

むしろ、恍惚《こうこつ》とささやいた。

「兄の勝光は、何も彼《か》も承知の上で、細川にも山名にもはたらきかけておりまする」

富子の兄、日野勝光は内大臣として宮廷を左右している。

それればかりではなく理財にも長《た》け、洛中の酒屋・土倉を、ひそかに経営しているほどの利《き》けものであった。

「勝光が何を言うた？」

「ま、そのように乱暴な……」

「申せ。そなたはわしに……」

「はい、はい。申しまする」

「早く申せ」

「兄は帝の勅令をもってしても、この上の争いを募らせぬつもりでおります」

「何と！」

「都には帝がおわしまする」

「わ、わかっておる」

義政は狼狽《ろうばい》した。

「兄もわたくしも……いえ、公卿の名家の一つとして数えられる日野家は、永い永い間、朝廷の御恩をこうむり、この御恩は、われら公卿の家に強く強くしみとおっております。帝あっての公卿なのでございますから……」

義政は、恥辱と激怒に四肢《しし》を硬張《こわば》らせ、歯を喰《く》いしばって、けものじみた眼《め》を憎々しげに富子へ投げた。

富子は、ゆっくりと臥所の上へ身を起した。

「わたくしと兄は、どのようなことがありましても、この春、新しく造営されたばかりの皇居を戦火からまもるつもりでおりまする」

義政の怒りが引潮のように遠退き、妻に、いや女に対する男の敗北、劣等感が索漠《さくばく》と義政に襲いかかった。

富子はうれし気に勝ちほこり、

「上様。荒れ果て、古びた皇居を建て直すにつきましては、細川も山名も、それぞれおのれが声望を高め、守護大名たちを手のうちへ引き入れようとして、莫大な寄附を差し出し造営奉行の席を争いましたな。なれど兄勝光は勅命をもって、大名たちに、それぞれ過不足なき寄附の割当てをいたしました。それは兄にとっても戦火は怖《おそ》ろしゅうございましょう、おのが手の財産を一度に失うことになるのですから……」

富子は、いたずらっぽく眉をしかめて見せ、

「そのためには上様もわたくしも、この春から、どれほど苦心をして造営の費えを掻《か》きあつめましたことか。諸国に、段銭《たんせん》や棟別銭《むねべっせん》を課してまで、ようやく……」

「もうよい。よい……」

富子は義政の掌《て》をとり、その指をひろげて軽く嚙みながら義政を引き寄せ、

「焼いてしもうては、もったいのうございます」

と、言った。

四

後花園天皇の御内意をふくむと、称しての、日野勝光の運動は効を奏した。

後になってわかったことだが、斯波義敏《しばよしとし》は義政の思ったとおり、裁きがおこなわれる前から、すでに細川勝元へはたらきかけ、山名持豊《もちとよ》という大勢力を背後にもつ甲斐《かい》常治《つねはる》に対抗しようとしていたのである。

勝元は、斯波義敏・畠山《はたけやま》政長をはじめとして、京極・富樫《とがし》・武田《たけだ》などの大名を味方に引き入れ、御霊林《ごりょうりん》の社を中心に陣地の構築にとりかかっていたし、持豊は、甲斐常治・畠山義就《よしなり》、それに土岐《とき》・六角・河野《こうの》などの大名と呼応して、約二万の軍勢を動員させつつあったという。

まさに、一触即発のところであった。

勅命にさからってまでも、もともと無謀は承知の戦乱を引き起させるわけにはいかない。

高熱を押して武備に取りかかっていた勝元は、

「予期していなかったことではないが……もっと思いきって、早く事をすすめるべきであった。なれど勅命をもってされては……」

と、早速、幕府と朝廷に参内して謝辞をのべた。

敏感な男だけにこういうところに抜目はなかった。

山名持豊は、

「合戦に名目などというものがついて廻《まわ》るのは、何と邪魔なことだわ」

と、不敵に言いはなったのみである。

朝廷や幕府の名を踏みにじって勝った覇者《はしゃ》には人心が従《つ》いて行かぬ、ということは勝元も持豊も充分に知っていたわけである。もちろん、それは形だけのものであったにしてもだ。

「わが躰《からだ》の傷口の膿さえ切りほどく刀を、わしは持つことができないのか……」

義政の絶望は、深いあきらめに変った。

連歌・猿楽・蹴鞠《けまり》などばかりではなく、四季それぞれの洛外の野や山に、花、月、水をもとめ、酒宴行楽のうちに、義政は憂悶《ゆうもん》を忘れようとし、将軍の威令がもっとも届きやすい趣味生活のうちに、辛《かろ》うじて逃げ込んだのである。

細川勝元は、これを歓迎した。そして外国渡来の珍奇な品を献じたり、行楽の主催をすすんで買って出たりした。

義政は、明《みん》国との貿易によって渡来する書画や骨董品《こっとうひん》、金襴《きんらん》、緞子《どんす》の高級絹織物などにも手をのばし、惜しみなく買いあつめはじめた。

歌人、画家、芸能師、鑑定師などが義政の周囲にあつまるようになり、その庇護《ひご》をうけるようになったのも、このころからであった。

しかし、その中で、義政の心を強くとらえたのは建築と作庭である。

それは、何故だったろう……。

それは、他人の創《つく》りあげたものを観賞するという受動的なものではなく、自分自身の創意によって完成したものを、自分で観賞し、また他人にも観賞させるという特殊な精神の発揚が存在したからであろう。

「わしは、そのうちに、母上の住む高倉の館の庭を改築するつもりだ」

「それは、何よりのことでございますね。早くから父君がお亡《な》くなりあそばしたので、さぞおさびしいことと、いつも気にかかっているのでございます」

「母上は西芳寺《さいほうじ》の庭を、ぜひ一度見たいとおおせられている。なれどあの寺は夢窓国《むそうこく》師《し》の遺戒によって女人禁制のことゆえ、それもならず、わしも気にかかっていたのだが、今度は高倉の庭に西芳寺のそれを、わしの創意をも加えて模してみるつもりだ。亡き父上がつこうておられた庭師の善阿弥《ぜんあみ》な……そなたも知っていよう。あの男の行方を探させている。善阿弥にまかせるつもりなのだ」

「また入費が大変なものになりましょう」

富子が皮肉に笑うと、

「かまわぬ！」

義政は、むっとなり威高気《いだかげ》に、

「将軍としてのわしにできることは何一つとてないのだ。今のわしにできることをせずにおれというのなら、それはわしに死ねということだ」

「ま……」

「そうではないか。食をし寝《やす》む、それだけのことなら生きている要はないではないか」

「でも、そのほかに……」

「何？」

「わたくしがおりまする」

「そなたは女だ。男の心などわかろうはずはないのだ」

「上様の遊ばすことにつきましては、わたくしもできるかぎりのことをしておりますではございませんか」

「わかっている、もうよい」

「将軍家は僅《わず》かな御料所のみが、たよりにございます」

「言うなと申すのに……」

「明国との貿易、または段銭・棟別銭を課しましても、それが少しでも行きすぎ、また飢饉でも起きれば諸国の土民たちまで土一揆《つちいっき》などを起して、抗《さから》ってまいる世の中でございます」

「よい。もうよい。黙っておれ」

「はい……なれど、できるうちは、わたくしがいたします。ただ、わたくしのしておりますことに御理解がいただきたかったものでございますから……」

富子の義政へ対する情愛は、濃密になるばかりであったし、それに溺《おぼ》れきることが、そのころの義政の生活に或《あ》る均衡を保たせていたことはたしかである。その半面、富子は政庁にも手をのばしてたくみに重臣たちを手なずけはじめた。

また、兄の内大臣の指導によって、洛中に酒屋・土倉を経営し利殖にも没頭しはじめたのである。

商業の取り引きは年毎《としごと》に活気を呈してきて、貨幣の流通と共に京都にも定住商人が増える一方であった。

これまでは行商人も、鍛冶《かじ》・鋳物師《いものし》などの特殊なものだけだったのが、市場集落に定住しつつ各地を廻って歩く高荷商人や連雀《れんじゃく》商人が見る間に増加し、各地から塩・油・紙・青苧《あおそ》などの商品を運びこんで来る。

そればかりか、このごろでは、卸売りや商人宿をいとなむ問屋商人が勢力をのばしてきて商人の指導者となりつつあった。

替銭（為替）は年貢《ねんぐ》の送達のみか、商品代金の決済にまで用いられるようになってきている。

文化の発達は、庶民たちに権威と技術と、富をもあたえつつあった。

富子が投資をはじめた酒屋・土倉は、酒の販売も勿論《もちろん》するが、高利貸を兼業しているのであった。酒屋というのは商人のうちでも資本が多く羽ぶりがよいからなのであろう。

公家《くげ》・大名ばかりでなく寺社・商人・職人・農民にまで貸付けをおこなっていたが、富子は数年後に、明国への貿易にまで乗り出すようになった。

酒屋や土倉からあげる税金は幕府の重要な財源であったし、幕府の納銭方御倉《のうせんがたおくら》として、これらの高利貸商人は財政的に幕府の実権を左右するようになるのである。

剃刀《かみそり》のように鋭い兄の日野勝光を良き相談相手とし、天性の理財に長《た》けた性格を存分にのばして、富子がこの〔納銭方御倉〕の黒幕として君臨し、以後の幕府、ならびに義政の強力な支柱となったのは言うまでもないことであった。

足利《あしかが》将軍の収入は……領地として山城に八千九百余町。それに下野《しもつけ》足利の荘《しょう》に千五百町、摂津《せっつ》・河内《かわち》の一部に五千三百余町の地があり、米は全部で三十余万石を産することになっている。その一半は将軍府の収入となり一半は荘園にはたらく人びとにあたえるのである。

そして、そのうちから将軍は皇室費のいっさいをまかなわなくてはならず、諸国の守護大名たちの中には将軍よりも実収入の多いものがいくらもあるのである。尊氏《たかうじ》以来、貴族化した将軍家の出費は年々嵩《かさ》むばかりで、財政的になかなか苦しいのが実情なのであった。

一年、また一年……。

あわただしく時はすぎ、日はながれた。

関東をはじめとして、諸国には絶えず大小の戦乱があり、豪族たちは争っている。

そのうちに、富子は女子をもうけた。

義政も富子も大いによろこんだのだが、すぐに熱病にかかって亡くなってしまい、

「わしは、どこまで苦い目にあえばよいのか！」

と、義政を悲しませた。

夫婦の悲嘆が、まださめぬうちに、富子は、愛児を毒殺したというわさがいを、いまも政庁の黒幕として権力をふるっていた今参局《いままいりのつぼね》にかけた。

むろん政略はたくみであり、このさい、無実の罪を着せて、この強敵を幕府から追いはらってしまうことに、富子は、いささかの躊躇《ちゆうちよ》もなく容赦もしなかったのである。

今参局は、まさか、前将軍の愛妾《あいしよう》であるという自負が、突如、意外な攻撃に突きくずされるとは思ってもいなかったらしく、事前工作をすすめて対処する間もなかった。

彼女は、琵琶湖《びわこ》の江島に流罪《るざい》となり、間もなく、その激怒の錯乱から自殺してしまった。

「わしは、そなたが、怖ろしゅうなった」

凝然と言う義政に、富子は、眼を伏せ、

「わたくしも、わたくしをそのように思います」

しかし、今参局の存在は義政にとっても厭悪《えんお》以外の何ものでもなかったので、このときは義政も最後の断を下すにあたって、大いに富子に協力したのである。

何よりもよろこんだのは高倉邸に住む母の重子で、

「ようしやった。これで胸が晴れました」

と、狂喜せんばかりだったそうである。

この事件で、富子が利用したのは伊勢守貞親《いせのかみさだちか》である。

こうしたうちにも……斯波・畠山の紛争はつづき、細川勝元と山名持豊の暗躍は絶えなかった。

畠山家は、持国の死後、養子の政長が家をついでいる。

追い出された跡継ぎの義就《よしなり》を、今は山名持豊が味方に引き入れ、

「いまに勝元をほろぼしたらば、かならず、おぬしによって畠山の家をつがせて見せよう。まあ、安心しておるがよい。わしは、勝元に気をゆるし、その甘言を信じてお

ぬしを悪い男だと思うていた。まあ、ゆるせ。そのかわり、この持豊を、以後は父とも思うてくれい」

などと、若い義就を懐柔している。

義就は必死に、まだ二カ国ほどの領地を政長と勝元の侵略から、まもりぬいていたのである。

また斯波家では、調停によって、おさまっていた争いが、当主の義敏と老臣甲斐一派によって再燃しはじめた。

勝元と持豊は横合いから口を入れ、或時には義敏に、或時には甲斐派に、目まぐるしいばかりの豹変《ひょうへん》ぶりで、味方したり敵となったりした。

そのたびに、勝元や持豊は儀礼的な裁可をうけに、将軍邸へ伺候《しこう》して来るのだ。

「斯波義敏。上様の命により関東の戦乱鎮圧におもむく途中、急に引き返して甲斐常治を敦賀《つるが》に攻めましたることはふとどきにございます。何とぞ、義敏へ罪をたまわりますよう……」

「よいようにせよ」

または、

「義敏の代りに渋川家の子、義廉《よしかど》をして、斯波家をつがせますことをおゆるし願いとう存じます」

「よいようにせよ」

または、

「義敏、罪を深く悔い、上様のおゆるしを得たいと申しております」

「よい。会うてやろう」

または、

「この際、義廉を元の渋川家へ帰し、義敏を再び跡つぎとなさいますことが肝要かと存じます」

「ふむ。なれど、義廉を跡つぎにせよと言うたは、そちではないのか」

「いかにも。なれど、世の移り変りは如何《いかん》ともいたすことはできませぬ」

「ふん。そういうものか……」

「恐れ入りまする」

「よいようにせよ」

こうして、勝元と持豊という二大勢力は、幕府内の重臣とそれぞれにむすびつき、しだいに守護大名たちも、この両派に分断された。

そうして、義敏に追い出された義廉が山名持豊の聟《むこ》になることにより、この両派の確執はゆるぎないものになり、はっきりと決断を秘めた対決に向って行ったのである。

(狼《おおかみ》どもめ、勝手に餌《えさ》をあさるがよい。わしは、もう知らぬ)

義政は、政治に対して自暴自棄のかたちであった。

富子は、利殖に関する範囲のみにおいて傍目《わきめ》もふらず幕政を牛耳ったが、大名達の争いには無関心のように見えた。

長禄《ちょうろく》三年の十一月。

義政は、それまで住んでいた万里小路《までのこうじ》の館《やかた》から、亡父と共に幼時をすごした室町《むろまち》の宏大《こうだい》な館を改修、新築し移り住んだ。

当時の室町御所の敷地は、一万九千余坪。父義教《よしのり》と共に住んでいた頃《ころ》の建物の半分を取り毀《こわ》し、寝殿・会所・政庁など十三棟を改築した。

将軍の命をもって諸大名にも費用を割当てたのだが、細川勝元はみずから造営奉行を買って出て、その寄附金も莫大《ばくだい》なものであった。

「ようつづくの」

と、義政が揶揄《やゆ》すると、勝元は、めずらしく明るく顔貌《がんぼう》を和ませて、

「工事に従う庭師、工《たくみ》の者ども、引いては山より木《き》を伐り出す杣人《そまびと》や土を運ぶ土民まで、数万の民を潤《うる》おすことにもなります。勝元、できるかぎりは……」

なるほど立派な言葉であったが、その底には、もう一つ、守護大名たちへの示威もふくまれていることだろう。

しかし、この勝元の言葉は、義政の胸底にひそむものと、ぴたり合致していたこと

もたしかである。

義政はひさしぶりに溌剌《はつらつ》と生気を取りもどした。

善阿弥と共に設計図を書き、材料の物色、運搬にまで気をつかい、造園の施工にあたって、共に地形縄張《ちぎょうなわば》りまで、手を泥《どろ》だらけにしてはじめ出した。

庭は、祖父義満《よしみつ》の別荘であった北山の山荘の風趣を採り入れ、それに義政と善阿弥の創意を重く加えたものである。

工事は一年余を要した。

その費用が水のようにながれ出て行くものだから、富子も少しは厭《いや》な顔をして見せた。

だが、いざ引き移って見ると、その庭の類型をやぶった美しさや、館の建築の見事さに、思わず感嘆の溜息《ためいき》をもらしたのである。

ただ広いだけで間仕切りもなかった板張りの大まかな寝殿造りの一部が思いきって改められ、引きちがいの襖《ふすま》や床の間や、巧妙な木材の細工と組み合せによって生まれた落着きのある雰囲気《ふんいき》を漂わしている幾つかの小室などは、特に彼女の目をみはらせた。

今までは人の坐臥《ざが》するところにしか敷かなかった畳が、小さな、しかも美しい装飾によって粧《よそお》われた室一杯に敷きつめられ、戸の内側には障子が立てられている。

移ったときが冬だけに、

「ああ。暖こうございますこと……」

富子は眼《め》を細めた。

「思いきって禅院風の味をとり入れたりして、わしが前から思うていたことをやってみたのだ」


「これなら冬の夜も、夏のころと同じに……」

富子は、なめらかに脂《あぶら》の乗った掌を、そっと義政のそれに重ねながら、

「これなら、惜しゅうはございません」

「何がじゃ？」

「わたくしの手から出てしまったものがでございます」

「そなたなら、また溜《た》まるではないか」

「まあ……」

「それに……」

と、義政は言いかけて、眼を閉じていたが、やがて自信にみちた一句一句を、自分自身へ打ち込むように、

「わしや善阿弥がこの館のうちに創《つく》り出したものは、今まで、この日本にまったく無かったものなのだ。もちろん、明《みん》国や外国から渡来した品物や器材を元にして考え出

したもののある。太古以来、外国との貿易によって日本へもたらされた数々のものもふくまれている。

それらのものが積み重ねられ、多くの人によってわれらの身のまわりに美しく咲き、共に暮し、息づいてきたのだが……それを土台にして、わしは、この建物や庭に、新しい今までに見たこともない美しさをつくり出してみたいと思うたのだ。わしは来年に日本へ来る明国の使者を、この館へ迎えようと思う」

「外国《とつくに》の人々も、おどろきましょう」

「そして故郷をはるかに離れた旅の想《おも》いを和ませてくれるかな」

「はい」

「ははは。その後は、そなたの舞台じゃ。貿易の取り引きも和やかにすすむとよいな」

「あ……」

富子は唇《くちびる》を微《かす》かに開き、義政を凝視した。

良人《おっと》への尊敬が、このとき始めて彼女の胸にわきあがってきたようである。

「祖父義満公も北山の山荘に外国の使者を謁見《えっけん》し、その旅情をなぐさめつつ、大いに交易の実をあげた。と、わしは母上に聞いたことがあった」

泉殿への廊下を歩き出しながら、義政は庭園の眺《なが》めを目で愛撫《あいぶ》しながら、

「わしと共にはたらき、指図を受け、この館を、庭を造り上げた庭ものや工《たくみ》の……」

その技術は、かならず受け継がれ、残り、尚《なお》も、それを土台にして以上の美を生み出すにちがいない……と言いたかったのだが、義政は、もう口を噤《つぐ》んでしまった。

耽溺《たんでき》するために入った世界が、このような充実した満足感をあたえてくれようとは、義政も、この室町邸改築をおこなうまで考えても見なかったことだ。

耽溺のうちに知らず知らず身につけていた美意識が、将軍のみにゆるされる大工事のうちに開花したのである。

ひたひたと、暖かい湯に躰中《からだじゅう》をもみほごされるような、こころよさであった。

「春になったら、わしは、洛中《らくちゅう》の人々を、貴賤《きせん》を問わずこの庭へ入れ、この眺めを味おうてもらうつもりでいるのだが……」

「善阿弥《ぜんあみ》は、その後？」

「うむ。疲れが出てな、五条の家に臥《ふせ》っているそうだが……なれど、心配することもないようだ」

「それは、ようございました」

「のう、富子……」

「はい？」

「わしは、もう将軍位から退《の》き度《と》うなった」

「なれど、わたくしがおりますのに……」

「それは、そうなのだが……」

「なりませぬ、なりませぬ、なりませぬ」

「では、早う男の子を生んでくれい」

「まあ……生ませて下さいませ」

二人が泉殿へ上ったとき、屹突《きつとつ》とした岩と石の配置が、やがてなだらかに園池をめぐって彼方《かなた》の樹林へ消えるあたりから、名も知れぬ冬鳥が舞いあがり、鏡のように冴《さ》えきった碧空《へきくう》に吸いこまれて行った。

五

室町御所改築なった翌寛正《かんしょう》元年は、ふたたび畠山《はたけやま》政長と義就の、領国争奪戦が苛《か》烈《れつ》になった。

当主の名目が決定してはいても、それを正直に受けとるものはない。力の残るかぎり抵抗をし、侵略し、実力で勝ちぬけば名目も位置も奪い返せる世の中であった。

政長は細川に、義就は山名に、密接な結びつきをいよいよかためた。

この両勢力に気に入られ、庇護《ひご》の存続を願うためには、見捨てられてはならないのである。

奈良に、播磨《はりま》に、河内《かわち》に、山城に……政長と義就は必死に闘いつづけた。勝元や持豊《もちとよ》は、交互に幕府へやって来ては義政《よしまさ》に征討の名目と、ゆるしを得ようとする。

「畠山政長をたすけ、義就を討つために播磨へ出兵いたしたいと思います。何とぞおゆるしを……」

と、勝元が請《こ》えば、

「ゆるす」

「畠山義就を、たすけねばなりませぬぞ、上様！　それがし政長討伐の兵を播磨に……」

と、持豊が、強請《ねだ》れば、

「ゆるす」

ゆるさぬといったところで、結局、彼らは思いどおりにするのだ。

朝廷と親和の深い幕府に対して、一応の名目を立てるだけのことなのである。

ただそのため苦しむのは大名の下にある家来や兵士や、それに戦力物資を供給しなくてはならない各領国の民衆である。

しかし、彼らも、大名からそれだけの頼みになっているのだから、黙って圧制を忍んでばかりはいない。

労力への報酬が不満をつのらせれば、猛然と暴動を起すのであった。

諸国に頻発《ひんぱつ》しては消え、また起る戦乱・暴動は、もはや、習慣としてながめなくてはならない。

騒擾《そうじょう》が当然となるほど、人々の神経は鈍く、ふてぶてしく、麻痺《まひ》していったのだ。

細川勝元が覇権《はけん》を握るか……山名持豊が政権を掴《つか》むか……。

大名たちも、二派に別れ、両者に賭《か》けた。

義政は、どちらに賭けたか……？

この騒乱をぬけ出たときの権力者として、義政が胸底深く潜ませていたのは、細川勝元である。

かつて、あの時……丹精こめて造った庭園を、多くの人と共にたのしみたいと言った、若き頃《ころ》の勝元の言葉は、義政が勝元を見る目に灼《や》きついている。

政治家としての細川勝元に、義政は期待をもっていた。

（おのれ一人の栄華に巻き込まれる男ではあるまい）

だから義政は、突然、思い立ったように、

「勝元。そちの館の池の蓮《はす》は見事であろうと、ふと、思い出して立寄った」

などと勝元邸へあらわれては、山名が、先日こんなことを言うていた、これこれの願いを許してくれと申していたが……などと、さり気なく洩《も》らしてやるのである。

勝元は、気にもとめぬ様子で聞いているが、義政の肚《はら》のうちは見とおしている。勝元邸へ行けば、また、これを偽装するために山名持豊《もちとよ》邸へも訪れ、

「持豊。鹿苑寺《ろくおんじ》の帰りなのだが、しばらく休息させよ」

この時には、勝元の動静を匂《にお》わしたりは決してしない義政なのだ。

勢力争いの頂点に浮かび上る只《ただ》一人の者は、勝元以外にない。

そうならなければならぬ。そうなってくれ、と義政は渇望《かつぼう》している。

富子との間には、その後、子は生まれなかったし、あと数年して望みがなければ、仏門にある弟の義視《よしみ》を跡継ぎにして勝元を後見にそえ、幕府をゆずりわたしたいと、義政は考えはじめた。

勝元ならば、世に幾何《いくばく》かの安息の日々をもたらしてくれるかも知れない、そうなれば、

(わしは、わしの望む仕事に、全身を投入させることができよう)

義政は、自分を取り巻く絵師・工芸家・庭師・芸能師などを庇護しつつ、大陸から渡来した文化の数々を土台に、日本の芸術界の指導者として、新しい美を創造し、育成したい熱望にとらわれていた。

大陸、特に明国から渡来する銅銭や高級織物・書画・工芸品、それに薬材などは武家階級ばかりではなく、富を得た商人たちにまで行きわたり、それは新しい生活の呼

吸に歩調を合せはじめてきている。

これに対して日本から輸出する刀剣・槍《やり》・扇・屏風《びようぶ》・蒔絵《まきえ》などの工芸品の進歩発達も目ざましく、これを造る工人たちに接し、援助をあたえて、尚一層の技術の向上をはかることは、義政にとって、何よりの生甲斐《いきがい》になっている。

(この、わしの心は、勝元ならばわかってくれよう)

憎悪と軽蔑《けいべつ》の眼《め》を（勝元も狼《おおかみ》だったのか!!）と落胆のうちに向けていた義政も、年月の経過と共に、死を賭けて争わずにはいられない大名としての勝元を、理解と同情の領域に、知らず知らず置くようになっていたとも言えよう。

寛正二年は全国的な饑饉《ききん》や悪疫《あくえき》が流行した上、京畿《けいき》一帯に土一揆《つちいっき》が起り、これに乗じて盗賊団の横行が頻発した。

幕府も、救助に、警戒に、寧日ないありさまで、さすがの細川も、山名も、それぞれ領国への政治に没頭せざるを得なくなり、山名持豊などは、この年、二度も領国巡視に帰った。

この為《ため》、諸国の内乱や戦火も消えかかったかに見えたが、翌三年には賊徒の跳梁《ちようりよう》が激しくなると共に、また大名たちは争いはじめた。

幕府は前年の饑饉・悪疫その他に消費した金が莫大《ばくだい》なものになり、この年の経費をまかないきれなくなって、京都五山の寺院に借金をしたほどである。

義政は自分のための入費は、極度にこれをつっしんだ。

翌、寛正四年八月八日。義政の母・重子が五十三歳で高倉の館に歿《ぼっ》した。

義政は二十八歳。富子二十四歳であった。

このころから、義政には隠退の願望が、強く根を張りはじめてきた。

富子は、豊満に熟《う》れていた。

彼女が薫香《くんこう》に感触に、色彩に、化粧の魔術を足の爪《つめ》にまで巧妙に駆使しはじめたのも、そのころからだ。

公卿《くぎょう》の家に生まれた彼女の、この奔放な欲情と、たくましい生活力を驚嘆しつつ、意外と見ながら、義政は圧倒され、かつ溺《おぼ》れていった。

「わたくしの躰の中に、公卿の血の他に、もう一つの血が溶け合《お》うているのかも知れませぬ」

富子は、いつだったか、こんな謎《なぞ》めいたことを義政に、ぽつねんと洩らしたことがあった。

「何じゃ？　それは……」

「いえ。もうよろしいのでございます。何でもございません」

すぐに、富子は話題を転じた。

富子は明国との貿易にも身を入れ、着々と、その経済的な実力をたくわえている。

だが、子は生まれなかった。

義政は、富子への厳密な警戒をおこたらず、徐々に隠退の工作にとりかかった。

細川勝元にだけは内意を洩らした。

勝元を信頼する気持は、ゆるぎない信念に変ってきている。

先年の大饑饉・悪疫流行の折に、勝元がおのれの領国のみか、京都の民衆に対して骨身を惜しまず救援鎮撫《ちんぶ》に活躍した事実は、単に、名声威望の獲得のためのみだとは言い捨てられぬ迫力があった。

このことを、義政は忘れてはいない。

寛正五年十一月。内部工作は終り、突如、義政は、浄土寺に入って三后に任じていた弟の義視を迎え後嗣とし、細川勝元をその執事とする声明を発した。

事を急いだ理由が一つある。

義政のもう一人の弟で、伊豆《いず》に在り東国を鎮撫していた堀越《ほりこし》公方《くぼう》の足利政知《あしかがまさとも》がひそかに、あの山名持豊と連絡し合い、次の将軍位をねらっているという情報が、侍臣の大場治五郎《じごろう》を通じて、義政の耳に入ったからであった。

義視は仏門から下るにあたり、義政に、

「兄上。私は、これと言う後楯《うしろだて》を持ちません。もし何ものかの反抗を受けたときに命を失うようなことがありましては……」

「細川勝元が執事についてくれる。安心せよ」

「では、うかがいます」

「何か？」

「これより後、兄上に男子出生あるとも、次の後嗣は私であることを証していただけますか？」

「申すまでもないことじゃ」

これで、ようやく義視も納得した。仏門の安住にくらべて、将軍になるということの怖《おそ》ろしさを義視も熟知していたのである。

細川勝元の緻密《ちみつ》な計画によって秘密は完全に保たれていただけに、山名持豊はもちろんのこと、富子も、おどろいたらしい。

「とうとう、おやりなさいましたな」

「そなたには、だまっていた。ゆるせ」

「ようございます。男の子の生めぬわたくしゆえ、もう何も申しますまい。ただし、義視どのが将軍宣下《せんげ》を受けられる時期は、わたくしの思うままにさせていただきます」

「まだ早いと言うのか」

「わたくしもあまり強情を張って、上様に憎まれとうはございません。いま少しの間でございます」

富子は、義視の代になれば、必然、今ほどの権勢が維持されるとは思っていないらしい。

何といっても義政あっての富子である。

彼女は京へ入る道々に七つの関を設けて、通行税を取りはじめた。

「今の世に京へ入って来る者たちは、いずれも腹を肥やそうための者ばかりでございます。あの者たちから税を徴するのに何の遠慮が要りましょうか」

「そなたは、まだ金がほしいのか？」

「上様。一度、隠退をあそばされたあかつきには、上様もわたくしも、どのような目に合おうことか、それは、はかり知れないのでございます」

義政はだまった。

こういうときの富子の圧倒するような気迫には、とても、かなうものではなかった。

しかし、ついに皮肉な日を夫妻は迎えることになったのである。

しかも義視が後嗣となった翌年の十一月二十三日に、富子は男子・義尚《よしひさ》を生んだのであった。

(女であってくれ、たのむ！)

懐妊以来、義政は祈りつづけていたのだが……。

義尚は可愛《かわい》らしかった。丸々と肥《ふと》り、元気よく泣き叫び、乳を吸い、神のように笑う。

可愛かったが、義政は困った。

富子は、義尚をしっかと抱きしめ、凛然《りんぜん》と義政に迫った。

「この吾子《わこ》こそ、次の将軍でございます」

「そ、そなたの気持、ようわかる……なれど、すでに義視が……」

「聞えませぬ、そのお言葉は……わたくしは吾子の母でございます」

さすがに義政も肚を据《す》えた。断固として妻の願いをしりぞけたのである。

その決意のなみなみでないのを知った富子は、鋒先《ほこさき》をさっと納め、直ちに、山名持豊を抱き込み、義尚の後見とした。

持豊は細川勝元と義政・義視の連帯的な強力地盤に狼狽《ろうばい》していただけに、勇躍して富子に加担した。

「富子。これは容易ならぬことだ。将軍継嗣のことより、そなたとわしが、勝元と持豊が争うことになれば、その争いは……その争いは、やがて……」

「上様は九年前に、斯波家の争いから細川・山名の軍勢が都に戦いをまじえることをのぞまれ、たくらんだではございませんか。その上様が今さら、何の……」

「今のわしはちがう。わしが造り上げた……」

外国がもたらした文化の数々。そしてようやく、熱を帯びて発展しつつある日本の芸術。その芸術の道に情熱をかたむけている人々……。その人々の仕事を愛し、これを励ましてきている義政は、愛するもののすべてが劫火《ごうか》に倒潰《とうかい》することを怖れた。庭の片隅《かたすみ》に咲く忍冬《すいかずら》の花をさえ、踏みにじるものの手から護《まも》りたいとさえ思うのだ。

それはまた、人それぞれに愛するものを持ち、愛するが故《ゆえ》に生きる人間であれば、名も知らぬ民衆の一人一人の命さえもいとおしむ思いの義政になっていたのである。

「かまいませぬ！　たとえ都が灰になろうとも……」

と、富子は叫んだ。

「そなたこそ、九年前、皇居に戦火のかかるを恐れて、あれほど、わしのたくらみを制止したではないか!!」

「上様！」

富子は、猛然と斬り返してきた。

「帝《みかど》も皇居も、この吾子の前には、消え失《う》せてしまいました」

夫妻は別れた。

富子は亡母重子の歿後、空館になっていた高倉の館へ去った。

そして……。

義政が善阿弥《ぜんあみ》と共に、あの日、雷鳴の西芳寺《さいほうじ》を訪れてから半年もたたぬうちに、杞《き》憂《ゆう》であってくれと切願していたものは、その姿を旋風のようにあらわしてきたのである。

四の章

一

伊勢守貞親《いせのかみさだちか》は、近江《おうみ》の国へ隠れた。

細川勝元、山名持豊《もちとよ》の同盟工作が貞親を誅《ちゆう》さんとする直前、早くも富子は手配をとのえ、貞親を逃してしまったのである。

勝元・持豊の二人が、伊勢守誅戮《ちゆうりく》を諸大名の連署までとって義政《よしまさ》に願い出た、あの夜……ちょうど来合せた富子が、これを知らぬはずはなかったと言ってよい。

別居中の高倉の館《やかた》から堂々と行列を連ね、室町《むろまち》御所の表門から良人《おつと》の体臭を慕って乗り込んで来た富子は、早くも勝元、持豊の供廻《ともまわ》りに気づき、その場で素早く使者を走らせ、伊勢守貞親に急を告げてやったものであろう。

「今となっては手足もあまり利《き》かなくなって、惜しい猿《さる》でもございませんけれど……あの猿にさまざまな芸を教え、思うままに踊らせた猿曳《さるひ》きは、この、わたくしでございます。ですから少しばかり可哀想《かわいそう》になりましたので、いましばらく、近江の山中の木の実を食べさせてやりとう思いまして……」

後年、富子は義政へ、このように、あの夜のことを述懐したことがある。

それはさておいて、義視《よしみ》と共謀し、将軍を倒そうとしていると伊勢守に讒訴《ざんそ》された斯波《しば》義敏《よしとし》も一族郎党をまとめ、風のように越前《えちぜん》の領国へ逃げ去ってしまった。

〝無実の罪〟を怖れてのことなのだが、言いわけも何も通らぬ世の中であるから、針ほどの油断がすぐ命にかかわってくるのだ。

足利《あしかが》義視が細川邸へ逃げ込んだ知らせを聞くが早いか、斯波義敏はすぐに勝元へ急使をやって、

「ともあれ、御台《みだい》様と山名持豊の計りごとゆえ、どんな事態が引き起されるやも計りがたし。私は一応、領国へ帰ることにいたしますゆえ、何とぞ後々のことはよろしく……」

と言い置き、その夜のうちに京都を発《た》ったのである。

無罪を釈明するため、堂々と京都の自邸に糾問の使《つかい》を待つなどということは愚の骨頂であるが、しかし釈明もなしに姿を消したとなれば、伊勢貞親にも斯波義敏にも、うしろ暗いところがあると見ても仕方がない。

わずか二十日前、細川勝元の尽力により、ようやく正式に、越前の他二カ国の守護に任ぜられたばかりの義敏を退けようと、富子と持豊は、義政にせまった。

「任命を変えたところで、実力《ちから》さえあれば、各々《おのおの》領国からうごこうものではないのに。つまらぬことだ」

「いかにも……」

と、山名持豊は、義政へ不敵な視線をあびせながら、

「では、斯波義敏に変り、斯波義廉《よしかど》を三カ国の守護に……」

「そちの婿《むこ》が今度は斯波家を嗣《つ》ぐわけか。嗣いではやめ、やめては嗣ぐ。これで何度目であったろうか」

「こたびこそは……」

このとき、山名持豊は膝《ひざ》をすすめ、不気味な決断を秘めた口調で、

「こたびこそは、この名目を、持豊がまことのものにしてお目にかけまする」

「細川勝元も斯波義敏の罪の釈明に、先程まいったぞ」

「存じております」

「そちたち二人は、伊勢守を誅すべしと今までの確執を水にながし、ちからをあわせて幕政を補佐してくれるはずではなかったのか」

「いかにも」

「これ、持豊……」

義政は、ぎりぎりに追いつめられた最後の機会にすがりつくおもいで、

「今度は斯波家を二つに分けて、そちたち二人が、また争おうと言うのではあるまいな」

「何事も細川勝元しだいでござる」

「持豊。都には帝がおわす。将軍のわしがおる。また弓矢にかかわりのない数万の……」

「わかっております」

と、持豊はいらいらと、銀のように白く剛《こわ》い頭髪を振って押しかぶせ、

「何事も勝元しだい。私めより何も仕掛けようとではありませぬ。尚《なお》、上様に申し上げます」

「な、何か？」

「今まで畠山《はたけやま》政長と家督を争い……」

「これ持豊。畠山家は政長が当主であることは、そちも知ってのことではないか。しかも政長は、勝元辞任の後を受けて管領の職にあるものじゃ」

「では言葉をあらためまする。政長と領国を争い、各地に転戦しておりました畠山義《よし》就《なり》、兵五千を引きつれまして河内《かわち》より入京いたすことになりました。何とぞお目通りを……」

「そちが庇護《ひご》するのか？」

「はい」

言動の基準のない世相であった。

道徳の価値も、人心の協和も一日として安住することができない世相が、そのまま魔物じみた山名持豊の魁偉《かいい》な姿となり、義政の瞳孔《どうこう》へ飛びこんできた。

かつておぼえたことのない不安感が、深い痛みをともなって義政の肺腑《はいふ》を刺した。

持豊が退出した後に、義政は、あわただしく急使をたてて細川勝元をよび出し、事態を告げ、持豊と協力しての善処を切望すると、勝元は、

「何事も山名殿しだいでございます」

「そ、そちもか……」

細川勝元の顔貌《がんぼう》は、鉛色に浮腫《むく》んでいた。

頃日《けいじつ》は、特に健康を損ねていると聞いてはいたが、今朝伺候《しこう》したときよりも状態が異様であった。

後で、これは大場治五郎《じごろう》から入った情報なのだが、この日の夕刻、勝元は血を吐いたそうである。

「勝元。そちは……そちは、折にふれて、わしに、ほんとうの姿を見せてくれぬことがある。何故じゃ?」

「……………」

「申せ。言え。何故か?」

勝元は、影のように対面所の床をするすると二間ほど退《さが》り、ふたたび、こう言った。

「何事も山名殿しだい。私よりは、何も仕掛けようとではございません」

二

年も暮れて文正《ぶんしょう》二年となった。この年の三月、改元のことあって年号は応仁《おうにん》となる。

その応仁元年（西暦一四六七年）の正月。

管領・畠山政長は罷免《ひめん》され、山名持豊の婿、斯波義廉がこれにかわった。

まさに、細川派の敗退である。

山名持豊は将軍の令によってと称し、政長の万里小路《までのこうじ》の館を没収して、これを、河内から入京したばかりの畠山義就にあたえた。

富子の采配《さいはい》によって、山名持豊は急激に、一挙に、事をはこびつつあった。

義政は絶望と放心のうちに室町の奥深く引きこもったきり、高倉の館から乗り込んで来た富子の壟断《ろうだん》のままにまかせた。

無風帯での暗躍のうちに勢力をたくわえていた富子は、このとき緊迫と闘志に満ちた女豹《めひょう》のような全貌を、はっきりと現わしたのである。

正月二日の早朝。

前の夜から義政と寝所を共にしていた富子は、この日、旧例によって管領の館での椀飯《おうばん》の儀にのぞむ予定の義政をゆり起し、

「管領・畠山政長は上様に毒を盛ろうとはかっております」

「馬鹿《ばか》なことを申せ」

富子は、必死であった。

このさい一気に政長を叩《たた》き、勝元を叩き、おのが愛児を将軍位に送り込むべく、義政に二言と言わせぬ気魄《きはく》を漲《みなぎ》らせていた。

山名持豊は富子との深謀のうちに、着々と領国から軍勢を召集し、洛中《らくちゅう》洛外の諸処に駐屯《ちゅうとん》させておき、いざとなればの用意は、すでにととのえてある。

先に伊勢貞親蠢動《しゅんどう》の件で、細川派の斯波義敏は領国へ逃げ帰ってしまったし、勝元の麾下《きか》として、その指導の下に幕府を主宰している管領の畠山政長さえ弾圧《こう》してしまえば、細川勝元もしばらくは手を出すまい、まして現在、勝元は宿痾《しゅくあ》が嵩《こう》じ、起居にさえ悩んでいると言うではないか。

今こそ、と富子は蹶起《けっき》したのであろう。

その凄《すさ》まじいばかりの熱気に燃え上った彼女の懸命さが、義政を迷わせた。

富子は尚も執拗《しつよう》に、上様が、畠山義就を入京させたので、政長は上様を憎み、勝元と計って、明《みん》国渡来の毒薬を……と、その毒薬の入手経路まで巧みに捏造《ねつぞう》し、義政を

懸命に説いた。

もとより、義政は、政長の隠謀を……まして細川勝元が、そのような無謀をあえてするとは確信をもって考えることができなかったが、しかし、このときの義政を、あえて畠山邸の儀式に赴かせなかったのは、あの嘉吉《かきつ》元年の夏、義教《よしのり》が赤松の館へおもむいて暗殺された陰惨な思い出が脳裡《のうり》に巣くっていて、これが義政を撃ち拉《ひし》いだからだ。

「今の世は、何処の何者の肚《はら》のうちもわかろうものではありませぬ。上様。わ、わたくしは、わたくしは上様が、この世でもっともたいせつなもの。たとえ吾子ひとりあってもも上様がなくば、富子は、もう生きてはおられませぬ。上様、どうか、今日だけは……」

嘘《うそ》を言っていながら、知らず知らず富子は、その嘘に溺《おぼ》れ、酔い、そして嘘の中の真実に溶け込んでしまっていた。

自分が捏造した事件が真実であるかのような攪乱《かくらん》さえともない、彼女は髪を振り乱し、身を揉《も》み、狂ったように義政を抱きしめて泣き叫んだ。

「わ、わからぬ。わしには、もう何を見、何を聞き、何ものも考える力がなくなってしまった……」

義政は寝所の褥《しとね》の上に、がっくりと両腕をつき、呻《うめ》いた。

「上様は、おしずかにおやすみなさいませ。わたくしが……」

と、富子は、その頰《ほお》を、ひたと義政のそれに押しつけ、涙と闘志と決断と愛情とが混然となり、潑剌《はつらつ》と昂《たか》ぶってくる躰《からだ》を、感情をもてあましつつ、

「わたくしが、よいようにいたします。上様は、ゆるりとおやすみ下さいませ。上様がお悪いのではございません……」

彼女の紅《あか》い唇は、義政の耳朶《じだ》を嚙《か》み、唇を吸い、瞼《まぶた》を頰を捺《お》しつづけた。

それに応《こた》えるに……義政の心身は虚脱のうちに吸い込まれて、ただむなしく、涙で一杯になった双眸《そうぼう》を見ひらき、仰向《あおむ》けに倒れたまま一語も発することができなくなっていた。

富子は、その日のうちに高倉の館から室町へ引き移り、政庁のいっさいは山名持豊をもってこれをかためさせ、つぎつぎに、義政の侍臣たちを追いはらった。

義政の寵臣《ちょうしん》、大場治五郎もその一人である。

治五郎はこのとき四十五歳。ひと目、義政にあってからと願い出たが、富子は断固としてゆるさなかった。

治五郎は油小路の館へ帰ると、すぐに妻子、郎党を引きつれ、このあたりは山名の軍勢がものものしく警戒に当っている中を、夜の闇《やみ》にまぎれて何処かへ姿を消してし

まったのである。

次の日の暁方に、義政は発熱した。

富子は魘《うな》される義政の枕頭《ちんとう》へは誰も近づけず、爛々《らんらん》と眼を光らせつつ、または愛する人の看護に優しく涙ぐみつつ、寝所をうごかなかった。

山名持豊との連絡のすべては、腹心の家来をもっておこない、彼女は寝所の次の間から指令をあたえた。

愛児義尚《よしひさ》をも彼女は寝所へ抱き入れ、義政と三人、霜凍る夜を送り暮した。

こうするうちに万里小路の館を、いったん幕命によって追われ、しかも管領の職まで剝奪《はくだつ》された畠山政長は、ただちに紀伊《きい》・河内から兵をあつめて十余日のうちに、室町御所の東北数町の近くにある上御霊《かみごりょう》の社に陣を構えた。

洛中は、混乱の極に達した。

山名派にしても細川派にしても、領国から京へ上って来る軍勢の兵站《へいたん》は、輸送の発達していない当時であるから、たかが知れている。

また兵士たちにとっては、出兵の機会は掠奪《りゃくだつ》、放埒《ほうらつ》の機会でもあった。

冴《さ》えきった冬の月の下の、幽界のような京の町には、放火と悲鳴と喚声と、けだものじみた笑い声が頻繁《ひんぱん》した。

また、都の混乱、騒擾《そうじょう》を知った盗賊団が潜入しはじめたので、寺院や酒屋・土倉などの恐慌《きょうこう》ぶりは言うをまたない。

この最中《さなか》に、富子は謀略の手を、つぎつぎに打っていた。

まず、先頃《さきごろ》、伊勢貞親の讒言《ざんげん》によって細川邸へ隠れ、のちに勝元や、富子の兄の日野勝光の表向きの取りなしで義政との和解が成り、自邸へ戻っていた足利義視を、富子は抱き込んだ。

あの事件は、あくまで義政一人の肚のうちで謀《はか》ったことだけに、義政としても弟の義視へ、

「あれは、わしがわざと伊勢守の甘言に乗りかかってやったのだ。そなたがわしを倒そうなどということは、わしが信じようはずはないではないか」

と、その真実を打ちあけるわけにもいかない。

それだけに義視としても、今まで信じきっていた兄将軍を見る眼が、一度に動揺したことは否《いな》めないことであった。

いや、その不安と恐怖を裏づけるかのように、刻々と細川派は山名派に圧迫されてきているではないか。

こうした義視の低迷につけ込んで富子は、自分は表に出さず、山名持豊を以《もっ》て、

「勝元と上様をお頼りなさいますことは、この際、よくよくお考えにならぬと危険でございますぞ。上様には、もはや何の政治上の定見も実力もありませぬ」

と脅し、

「わしはもう寺へ帰る。そうさせてくれ」

戦《おのの》きながら訴える義視に、

「今はなりませぬ、危のうござる。いったん将軍後継となった御身には、勝手な振舞いはゆるされませぬ。またそれだけに無謀なる輩《やから》が何をたくらむやも、はかりがたく……」

「では、どうせよと言うか？」

「おそれながら山名持豊、身にかえて庇護したてまつる」

「そ、そうか……では、そちに頼むより仕方がないのか……」

是非を考えさせる間もあたえず、持豊は義視を自分の館《やかた》へ連れ去ってしまった。

富子と義尚の後楯《うしろだて》になり、幕政を牛耳る機会は目前にある。

こういうときに義視を抱え込んでおくことは何かにつけて便利でもあるし、現に義視も「わしは、もう寺へ帰る」とまで言っているのである。

富子も山名持豊も、この半月ほどの間に、疾風のような謀略と行動が成功したことをよろこんだ。

よろこびつつ、二人はたがいに、今まで峻烈《しゅんれつ》な壁として行手に立塞《たちふさ》がっていた細川勝元を倒した後に来るものを、見つめていた。

富子にしても、今は山名持豊を利用して愛児が将軍への道を登りきることに奔命しているが、そのことが成ったとき、いや成ろうとするときが、もっとも危険だということは充分に承知している。

持豊にしても同じことだ。女ながら富子の胸の内にひそむものは、勝元よりも義政よりもきびしい注目を怠ってはならないものであった。

そして山名持豊は、単なる政権の座への欲求よりも、無意識のうちに自分の胸底に根を張り出しつつある、もう一つ上の欲望に餓《かつ》えはじめていた。

（わしにだとて、成れぬはずはあるまい!!）

何に?……征夷《せいい》大将軍にである。

だが、しかし、勝ち誇り、次の階段に踏み込もうとしている富子と山名持豊の二人が、共同の不安、何となくこれではすむまいと不気味な期待のうちに身構えつつ監視しているものがあった。

細川勝元である。

勝元は、あれ以来、北小路の館に引きこもったまま、深沈と押しだまっていた。

病状も不明だし、何を考え、何を引き起そうとしているのか……。

これだけの侮辱を甘受しつつ、尚、一指もうごかす気配はなかった。

諸大名は、何処へ味方したらよいものかと迷い焦《あせ》りながら、徐々に山名派の圧倒的な進出の方へかたむいて行くようであった。

畠山政長だけは、あつめ得た兵の六千余が、数日のうちに形勢不利と見て逃亡し、又は山名方へ駆け込み、ついに二千余人と激減した中で、一歩も退《ひ》かなかった。

畠山政長が陣に選んだ上御霊の社は、延暦遷都《えんりゃくせんと》の頃、大和国から遷座したもので、崇道《すどう》天皇及び井上内親王の霊を祀《まつ》ってある。西には細流を帯び、南は相国寺《しょうこくじ》の境内に接している上に、宏大《こうだい》な森がこれを押し包んでいる。

政長は、享徳《きょうとく》三年に義就《よしなり》と家督を争ったときにも此処《ここ》へ陣を構えたことがある。御所や将軍邸をはさんで、山名勢と対峙《たいじ》するには絶好の要害地であった。

政長は、この社の森に幅一丈深さ一丈の塹溝《ざんこう》を開鑿《かいさく》して兵を指揮し、決死の覚悟である。

細川派も、山名派もなく、政長にとっては、義就が山名派に与《くみ》している以上、あくまでも戦いぬかねばならない。

畠山の家と領国を捨てることになれば、武士としての政長は、死んだも同然だからだ。

そうして、ついに未曾有《みぞう》の戦乱の火蓋《ひぶた》が切って落された一月十八日の前夜も更《ふ》けてからのことだが、庭師・善阿弥《ぜんあみ》が室町《むろまち》御所へあらわれた。

山名勢の厳しい警戒ぶりにも鬼気せまるものがあって、室内に居ても、躰中が板のように硬張《こわば》るほどの寒夜である。

「老妻も子供も共に、しばらく奈良のあたりに行くことになったので、上様にお別れを……」

と言う善阿弥を帰す理由もない。また木や草や花を中にしての将軍義政と庭師善阿弥なのである。何ら疑惑をさしはさむ余地がなかったし、一応、富子まで取りつぐと、富子はすぐに目通りをゆるした。

この前日あたりから義政の熱も下り、病状は軽快に向っていたからでもあった。

善阿弥は、洗いざらしながら、小ざっぱりした筒袖《つつそで》の着物に小袴《こばかま》をつけ、風折烏帽《かざおりえぼ》子《し》をかぶっていた。

この老人は、肩幅もまだ逞《たくま》しい矮軀《わいく》を、のっそりと屈《かが》ませつつ、義政の寝所へあらわれた。

善阿弥は平伏し、

「御病気とうけたまわり、哀《かな》しゅうございました。なれど、御血色も尋常になられた今の御顔を拝し、善阿弥、安堵《あんど》いたしましてございまする」

後尾を叫ぶように言って、善阿弥は、涙のあふれるままにまかせている。

富子も義尚も次の間に居るらしく、寝所には二人きりであった。

「西芳寺《さいほうじ》以来であったな」

「はい」

「いかがしていた？」

「五条の家にこもり、ただ茫然《ぼうぜん》と、世のなりゆきをながめておりました」

「奈良へ行くそうだの」

このとき、義政の眼《め》はうるんだ。

「はい……」

「そちも行くか……淋《さび》しいの」

「上様……」

善阿弥は擦り寄って、まだ浮腫《むくみ》がとれぬ義政の面上を、いとおしげに、狂おしげに見詰め、

「あの雷雨の日、西芳寺にてお約束いたしましたことをお忘れ下さいますな」

「たがいに生きよう、ということであった……」

「はい。物は死に、焼け果てようとも、人は残りまする。また、それでのうてはなりませぬ」

「うむ……」

善阿弥ばかりではない。絵画、工芸、建築、作庭など宏汎《こうはん》な領域にわたって義政が庇護《ひご》し、指導に当ってきた人びとは、今や戦乱必至の状態のうちに、何へすがり、何

処で生きつづけようとあえいでいるのか……。

（わしは、忘れていた……）

――何よりも先《ま》ず、いや今のわしにとってできることのただ一つはこれだ。彼らをして何とか生きぬかせ、この戦乱がおさまるまで、その腕に、感覚に、蓄積させておいた〝芸〟の光りを消滅から救いあげておかねばならぬ。

義政は奮い立った。

そればかりではない。外国から苦労して輸入した書画、工芸、骨董《こっとう》などの美術品をも救い残さねばならない。

地獄の底から、美の揺籃《ようらん》から抱きとれるものは、わし以外にないではないか……義政を押しつぶしていた昏迷《こんめい》の霧の一点が裂け、そこから義政は、活《かっ》と眼をひらいて躍り出していた。

善阿弥は、声を沈め、あたりに気をくばりながら、

「大場治五郎《じごろう》様の行方を申し上げます」

「何？」

義政も次の間の富子を警戒しつつ、

「何処におる？」

「わたくしがお世話申し上げまして、奈良の大乗院に……」

「あ……それは、よかった」

　このとき、富子が入って来た。

「善阿弥。まだお別れがすまぬのか？　上様はまだ御全快ではないのじゃ」

「は……」

　善阿弥の怨《うら》めしそうな一瞥《いちべつ》へ、富子は、

「もう帰ったがよかろう」

「待て」

　義政は、富子を手招ぎした。

「はい？」

「金をやってくれぬか」

「善阿弥に？」

「善阿弥ばかりではない、わしの同朋《どうぼう》のものたちへ、善阿弥からわたしてやるのだ」

　善阿弥は弾《はじ》けんばかりの喜色を浮かべ、義政を富子を、交互に注視した。

　富子は厭《いや》な顔をした。

「頼む、富子。そなた、わしの、わがままを聞くことはたのしいと申していた、あれは嘘《うそ》なのか」

「いえ……」

「何も彼《か》も他のことはそなたにまかせよう。なれど、このことだけは……わしが愛するものへ愛をかけることだけは、そなたも、ようわかっておるはずではないか」

「わたくしだけでは、御不満なのでございますね」

「そなたをいとおしく思えばこそ頼むのだ。何が起ろうと、もうわしの手はとどかぬ。だが、わずかに届くものだけは手をのばしておきたい。頼む。な、よいであろう。よいであろう……」

義政の頬は少年のように紅《あか》らみ、その声は素直に純真の情をあらわしていた。

「上様には、かないませぬ」

富子は苦笑を洩《も》らし、手を鳴らして侍臣を呼んだ。

「よかったの、善阿弥」

「はい、上様……」

善阿弥が、護衛の武士十名ほどにまもられて大金を携え御所を辞去したのはそれから間もなくのことであった。

暗夜に風も絶え、いつの間にか、静かに雪が落ちてきていた。

翌、応仁元年一月十八日の払暁《ふつぎよう》……山名持豊《もちとよ》は、畠山《はたけやま》義就に八千の軍勢をあたえ、御霊林に立てこもる畠山政長の陣営を急襲せしめた。

三

この日は暁天と共に風が吹募り、雪、霰《あられ》が飛散する中に、畠山義就の攻撃軍は、社の鳥居脇《わき》の唱門士村へ放火した。

この放火は、あわてたものの指令によったらしい。社の森に立てこもる畠山政長勢を燻《いぶ》り出すための作戦なのだったが、西北からの烈風が、逆に義就勢へ向って火烟《かえん》を吹きつけてきた。

攻撃軍の将士が鳥居口にひしめき合い、雪と火烟に巻き込まれ、狼狽《ろうばい》するところへ、政長勢は森蔭《もりかげ》から弓鳴りの音と共に殺到してきた。

二時間余の乱戦のうちに攻撃軍はいったん引き上げ、山名持豊が応援によこした朝倉勢の到着を待ち、ふたたび襲いかかったが、畠山政長はたくみに社の地勢を利用して奮闘し、疲れるところを知らない。

室町御所にも、軍勢の雄叫《おたけ》び、弓鳴りの音、唱門士村から森へ移った火烟の唸《うな》りなどが怒濤《どとう》のように打ち寄せて来て、侍女たちは悲鳴をあげた。

義政は、すぐに細川勝元、山名持豊を呼び出させたが、両人とも姿を見せず、代りに、それぞれの老臣が伺候《しこう》して来た。

このほかに、洛中に居た諸大名をも義政は召集した。

義政は、一片の令が彼らを制し得るものではないことを充分に承知していたが、しかし、やるだけのことはやらねばならないと、萎縮《いしゅく》しかける心身に鞭打《むちう》って、

「帰りて勝元、持豊によう申しつたえよ。都の大乱の生ずることは禁裡《きんり》に対して、もっとも恐れ多し。この上は畠山政長・義就のみの争いにまかせ、細川・山名はむろんのこと、諸将はいずれも、この合戦に容喙《ようかい》してはならぬ。戦火がもし宮中におよんだとき、この戦いをひき起し、これに加わったるものの罪の恐ろしさは、今更わしが言わいでも、そちたちにはようわかっておるはずじゃ」

病床を蹴《け》り対面所へ出て来て、こういいわたした義政の姿は痛々しいまでに憔悴《しょうすい》している。

その義政を見て、対面所に満ちた細川・山名両派混合の諸大名は、さすがに一語の反駁《はんばく》もできなかった。

吐息をつきつき、義政が寝所へもどって来ると、富子は出迎えて、笑いかけながら、

「今の対面所での上様、ほんに凜々《りり》しゅうございました」

義政は、いきなり、寄り添って来る富子の頬を撲《う》った。

「あ……」

富子は、唇を開けたまま、まじまじと義政に見入った。

「ほどほどにせよ、弄《いろ》うのも……」

「まあ。撲たれましたな。上様は、はじめて、わたくしを撲たれました」

「おお。撲ってやろう、何度でも撲ってくれる‼」

義政は、憎悪《ぞうお》と侮蔑《ぶべつ》に震える拳《こぶし》を振りあげて、また、富子にせまった。

躍りかかって、もう一撲ち……。

だが、義政は、急に全身が、寝所の床から地上へ、地上から地底へ、冷たく引き擦り込まれるような感触に撫《な》でられると共に目が暗《くら》み、よろめいた。

「あ‼　上様……」

義政の両眼を灰色の幕が閉ざした。

お部屋衆や侍女たちが狼狽して、駈《か》けあつまって来ると、富子は落ち着いたもので、

「大事ない。病気の後で、お疲れが激しかったのであろう」

一同が次の間に下ると、富子は、褥《しとね》に横たわった義政の髪の毛をもてあそびつつ、溜息《ためいき》のように言った。

「ほんに、可愛《かわ》ゆい上様……」

山名持豊は義政の厳命を一笑に附し、夕暮れもせまろうというのに、まだ敢闘のつくるところを知らない畠山政長を、一挙に殲滅《せんめつ》してしまおうと御霊の社の北を東へ迂《う》回《かい》し、六千余の兵を突撃させた。

ようやく、荒れ狂っていた政長にも疲労の色が濃くなった。

風はやみ、ひたひたと夜の気配が社の森を浸し始めた。

雪はまだ降っている。

畠山政長は、三百余に減じた兵を引きまとめて森の中にひそみ、最後の時を待った。

山名持豊は総軍を配置し、御霊の社を包囲させ、森に火を放ってただちに攻撃に移るか、または暁方《あけがた》を待ち、政長の首を取ろうかと舌なめずりをしている。

「それにしても、勝元は何をしておるのかのう。手先に使っていた畠山政長の首が飛ぼうというときになって、まだ腰を上げようともせぬわ。まさか臆病風《おくびょうかぜ》に吹かれたのでもあるまい……と言って、将軍家の命令に服し、おとなしゅう薬湯をなめているものとも思われぬがな、そのようなことをしておれば洛中《らくちゅう》の諸大名は皆、この持豊の麾《き》下《か》に馳《は》せあつまってしまうぞ。これほどのことは勝元もよくわきまえておるはずだが……」

相国寺附近の篝火《かがりび》に顔を照らしながら、山名持豊も怪訝《けげん》な面持《おもも》ちであった。

富子は宮中へ迎えを出して、上皇・天皇を室町の館《やかた》へお移し申し上げ、戦火拡大の波《は》瀾《らん》にそなえた。

その頃《ころ》。

畠山政長は侍臣の神保長誠に敵中を突破させ室町御所の西二町ほど先にある細川勝

元の館へ使者を遣《や》った。

「——味方は今日一日を戦いつくし、屈する直前であります。願わくば一樽《ひとたる》の酒を与えられたい。それを以《もつ》て最後の宴を催おし、一同いさぎよく切腹するつもりであります」

と、これが、政長の口上であった。

政長にしても、事態がこうまで切迫しないうちに、勝元の援軍が手を伸べてくれるだろうという計算であった。

死力をつくして戦い、血にまみれた手に引き絞る弓弦《ゆんづる》を何度切ったか……待って待って待ちぬき、ついに政長の闘志は死の招きに頭をたれた。

しかし、最後にただひとつ、あれほど肚《はら》を割って、同盟を結び、可愛がっても貰《もら》った勝元の意中を知らずには、到底、死ぬにも死ねない気持の政長なのである。

神保長誠の口上を聞くと、細川勝元は姿も見せず、家宰の安富元綱をもって神保に対面させた。

鎧《よろい》の草摺《くさずり》もちぎれ、腹巻にも槍《やり》にも、どす黒い血がこびりついている凄惨《せいさん》な神保長誠に、安富元綱は、

「主人勝元より、これを政長殿へお渡し下されたいとのことでござる」

それは一本の鏑矢《かぶらや》であった。

「こ、この鏑矢は?」

神保も、もしや援兵を……という期待があっただけに茫然自失していると、

「ともかく、この鏑矢を政長殿におわたしあれば、万事、おわかりになるはずと申しております」

それ以外には、まことにお気の毒ながら私としては申し上げる何ものもないと、安富もさすがに暗然となる。

仕方がない。神保は、この一本の鏑矢を握って、ふたたび社の森へ引き返した。

政長は、鏑矢を受けとり、立ちはだかったまま、闇《やみ》に浮かんでは消える幻のような降雪を凝視しながら考えていたが、やがて、

「よし。わかった」

見る見るうちに政長は生色を取り戻し、ただちに兵をまとめ、みずから社の森に火をはなち、決死の逃走をこころみたのである。

このとき、政長は自分の武装を死体に着せておいたので、この焼爛《しょうらん》した死体を、踏み込んで来た山名勢は、政長のものと見た。

翌十九日には、山名持豊も軍をはらった。

細川勝元は、熱臭い病床に埋まり、燃え昂《たか》ぶる感情に耐えていた。彼は耐え忍んでいた。

病状はかなりひどく、軍を起しても指揮に当ることは不可能だったし、何よりも義政の命令のうちに、まざまざと映ずる義政の眼が口が姿が、勝元の気力を萎《な》えさせた。

（上様。いましばらくお待ち下さい。勝元はかならず山名持豊を殲滅してお目にかけまする。そのときこそ、上様と、この勝元が、この世に平穏な朝を迎えようではございませんか。勝元は病気に打ち勝ちまする。しばらく、今しばらく……）

勝元は、胸に叫んだ。

宮中も室町御所も、富子と持豊の指揮によって山名勢にかためられ、まして上皇や天皇をも室町の将軍邸に擁されてしまっては、このさい、全力をあげて出兵しても、到底敵《かな》うものではない、と勝元は計算していた。

衰弱の激しい躰《からだ》は、気力も頭脳のはたらきも鈍らせてしまっているし、今ここで戦い、破れたとなれば朝敵のそしりは免《まぬが》れないであろう。

ここは畠山政長にも耐え忍んでもらい、政長を自殺させたと見せかけて逃亡させ、敵に油断と安心を与えておき、機を見て将軍家を擁して起《た》ち上ろう、と勝元は決意を秘めていたのである。

実際、あの勇猛な武将、畠山政長が御霊の森に終日を闘い抜いていた間、勝元の焦慮は言語に絶していた。

山名持豊は、勝ち誇った。

富子もまた勝元を制することができた第一段階に満足した。

勝元はたくみに謀略をめぐらし、病状危篤《きとく》に至ったという流言を撒《ま》き、山名派に一層の安堵《あんど》をあたえることが出来た。

そして、着々と密命を放ち、軍備に取り掛っていたのである。

旅商人や琵琶《びわ》法師、鉦叩《かねたた》きなどに変装した密使たちが、夜の闇にまぎれては勝元の館から何処かへ、散って行った。

数日して、上皇、天皇も還御《かんぎょ》され、二月には一度退いていた内大臣に、富子の兄の日野勝光が再任した。

これも富子の工作があってのことで、彼女は、愛児の義尚《よしひさ》に将軍宣下《せんげ》を一時も早くと、眥《まなじり》を決していたのである。

二十七日には仙洞《せんとう》に猿楽《さるがく》が催され、義政もようやく起き出て、見物におもむいた。

足利義視《あしかがよしみ》は、相変らず山名の館に居る。兄義政との暗黙の不和は解けそうにもなかった。

三月に入ると、暖かい快晴の日和《ひより》がつづき、駘蕩《たいとう》たる春の陽《ひ》が京の都に満ちわたった。

戦乱は、終りを告げたかに見えた。

町民たちも続々と洛中へもどり、閉ざした戸をひらいて、山なみに囲まれ、水の音がめぐるこの都の春日に、日一日と活気を取りもどしてきていた。

細川勝元の存在は、全くの謎《なぞ》であった。

義政は絶えず心配をして、使いをやり、その館へみずから出向うともしたが、勝元の家宰・安富元綱は「主人の病状思わしからず」と、拒み通したのである。

四月に入ると……突如、半年前に越前《えちぜん》へ姿を隠していた斯波義敏《しばよしとし》が軍勢をひきい、尾張《おわり》・遠江《とおとうみ》の斯波義廉《よしかど》の領国へ侵入してきた。

ちょうど、京に居て山名持豊と共に戦勝を祝っていた義廉は眼《め》の色を変えて、尾張へ急遽《きゆうきよ》、帰還した。

家督の名目などはむしろ問題ではない。領国を奪われてしまえば、実力の誇りようがないのである。

戦死したはずの畠山政長が突如、紀伊《きい》の国に軍備をととのえはじめたと聞いて、山名持豊は歯を嚙《か》み鳴らし、口惜《くや》しがった。

これに呼応するかのように、勝元一党の赤松政則《まさのり》が、山名家の領国である播磨《はりま》へうごき出した。

領国から京へ送るべき兵站《へいたん》の貢米を輸送していた山名持豊の部隊を、赤松の軍が急襲したという報が、京に飛んで来たのは四月十日である。

さすがに、山名持豊も慄然《りつぜん》たる予感が、冷たく背筋を走るのをおぼえた。

だが、細川の館は、黙念と門を閉じたままだ。

勝元没落の兆《きざし》を見た細川派の守護大名たちが憤激して、地方の山名派に挑《いど》みかかったと見るより仕方のないことなのである。

事実、細川派の武田《たけだ》・土岐《とき》・赤松などの大名は、それぞれ美作《みまさか》・若狭《わかさ》・伊勢などの山名派の領地へ侵入しはじめた。

五月に入ると、山名持豊も大軍を洛中にとどめても置けなくなり、領国の救援にまわしたり、或《あるい》は五辻通《いつつじどおり》大宮の館の警衛を厳重にしたりして宮中や室町御所の警備も薄手にせざるを得ない状況になった。

義政は使者を山名邸へつかわし、

「わしをうたごうことは、そなたのためにならぬ。今のわしには害心はないのだ。いまは何よりも、われわれはいっさいの戦乱を避けて寄り合うべきではないのか」

との意を、弟の義視につたえさせ、義視もしぶしぶ納得して自邸へもどって来た。

五月二十日の深更。細川勝元は忽然《こつぜん》と、その姿をあらわした。

勝元は病軀《びょうく》に、細いが鋭い鉄線をはめ込むことができたのだ。

彼は、半月ほど前に、洛中から姿を消していたのだった。

この夜。地底からわき上って来たような細川の軍勢は一万余。降り出した雨を衝《つ》いて、あっという間に御所と室町《むろまち》邸の山名勢を追いはらい、その警衛を取って替った。

将軍直轄《ちょっかつ》の軍というものは別にない当時の幕府であるから、将軍邸の警備その他いっさいは、有力な大名の権力ひとつにまかせられてあるわけなのである。

だから戦争の名目を立てるためには、幕府と宮中を武力によって手中におさめるということが、もっとも早いことにもなってくるのだ。

翌朝。細川勝元が武装に身をかため、義政に目通りを請《こ》うころには、陸続とその軍勢の数は増え、二万余に達した。

山名持豊は憤激したが、こうなると自邸をかためるのが精一杯である。

しかしこの老人はすぐさま闘志をわき立たせて、散っていた兵力を集めるべく狂奔した。

対面所に、義政と勝元は久しぶりに向い合った。

このとき義政は三十二歳。勝元三十八歳である。

「癒《なお》っていたのか、勝元……」

喜色を包みきれぬ義政が嵯峨《さが》の間へ踏み入って来ると、勝元は不思議なほど血色のよい、しかも一時よりは肥《ふと》って見える顔をほころばせ、

「たびたび御心配をおかけいたしまして、有難く御礼申し上げます」

「わしは……わしは、もう、そちは駄目《だめ》かと思うていた」

「勝元は病床にあって密使を放ち、わが領国、味方する大名に絶えず連繋《れんけい》を保ってお

ります。そして昨夕、山科《やましな》の南方に軍勢を無事にあつめることができたのでございます」

「さすがはそちだ。そうであったのか……」

「山名持豊に上様をまかせるわけにはまいりません。まして幕政を……」

「うむ。うむ……」

「勝元は死ぬにも死ねませぬ」

「すっかりよいのか。もう大事ないか？」

「いえ……」

と、勝元は五月雨《さみだれ》に烟《けむ》る庭へ、陰鬱《いんうつ》な視線を投げ、

「まだ癒り切ってはおりませぬ」

重苦しく言ったが、すぐに凛然《りんぜん》と、

「上様!! この上は勝元は、山名持豊への征旗を、たまわりとうございます」

「よい。ゆるす!!」

義政も、乾坤一擲《けんこんいってき》を勝元と共に賭《か》ける気持であった。

山名持豊の圧力に耐えぬいていただけに、こうなると義政は勝元出現のうれしさに我を忘れた。

「かたじけのうございます」

「仕方がないではないか。こうなった以上、わしとしてはゆるすことしかできぬ」

「はい。仕方がございません」

「都も焼けるのか——宮中にも火がかかるのか……」

義政が嘆息すると、勝元は、

「勝元、身に替えてそれはふせぎまする。この館も宮中も軍勢を以てかため、一兵たりとも近寄せさせませぬ」

「戦いとはそうしたものではあるまい」

「なれど上様。上様が……」

「わしが悪いのではない、またそう申すのか……」

「ははっ……」

「後世は、わしを悪人とも見立て、世を治めることも出来なかった軟弱な将軍にしてしまうことであろう……が、それもよい」

義政はあきらめの笑いに、すべてを振り捨てた。

「御台《みだい》様は、いかがなされましたか？」

「昨夜、そちがこの館を占領したのを見ると、何も言わず、吾子《わこ》を抱え、供廻《ともまわ》りの人数を仕たてて高倉の館へ戻ってしもうた……」

富子にも、義尚にも、もう会えまい。

行くところまで行くまでだ、と、義政も、昨夜から覚悟をきめていた。

五月二十六日。

ようやく軍備を整えた山名持豊の西軍と細川勝元の東軍は、洛中に戦端をひらいた。

東軍の細川派に属するものは、畠山政長、斯波義敏をはじめ、京極（隠岐《おき》・出雲《いずも》・飛《ひ》驒《だ》・近江《おうみ》）赤松（備前・美作）武田（安芸《あき》・若狭）富樫《とがし》（加賀）などの守護大名たちで、のちに東軍は、二十四カ国十六万余の軍勢を動員することになる。

山名派の西軍は斯波義廉、畠山義就《よしなり》の他に、六角（近江）一色（丹後・伊勢・土佐）土岐（美濃《みの》）大内（周防《すおう》・長門《ながと》・豊前《ぶぜん》・筑前《ちくぜん》）等の大名たちで、これは、十年余にわたる戦乱に二十カ国十一万余の兵力にふくれあがることになった。

五の章

一

　室町御所を擁した東軍の陣営と、五辻通《いつつじどおり》の山名持豊《もちとよ》邸を中心にした西軍の陣地とは、十町にも足らぬ距離である。

梟雄《きょうゆう》・山名持豊が狼狽《ろうばい》のうちにさえ一歩も退《ひ》かず、東軍を押し返そうとする激発ぶりも凄《すさ》まじいものがあった。

狂奔の激突。汗と血と怒声。

刀槍《とうそう》の煌《きら》めきと鯨波《げいは》の咆哮《ほうこう》。

弓鳴りと飛び交う矢線の叫喚。

夏の烈日と火焔《かえん》に燻《いぶ》られつつ、両軍の戦闘は一カ月、二カ月と果てしなく展開していった。

はじめは優勢だった東軍も、次第に増加する西軍に押しとどめられ、勝元も兵力の動員に奔命した。

戦端がひらかれた二十六日から翌日にかけて、百万遍寺、雲文寺、浄菩提寺、広覚寺等が炎上してしまったし、六月八日の戦闘には吹き捲《まく》る烈風に乗じ、山名勢が放火したため、猛然たる煙火は風と共に叫吼《きょうこう》しつつ、上は御霊町から下は二条まで、西は大舎人寮《おおとねりりょう》のあたりから東は室町御所の附近に至るまでを焼きはらった。

公私の邸宅は約二万余も兵火の惨禍に消え、都の北部に密集する公卿《くぎょう》や武人などの住宅地帯の大半は、たちまち醜悪な郊原《こうげん》と化してしまった。

戦闘中に起る放火は、もちろん、作戦のためではあるが、その他に人間の闘争本能がむき出しにされるところ、必ず掠奪《りゃくだつ》と狂乱が附随する。そしてまた、貧しい田舎武士や農民出の兵士にとって、都の寺院や邸宅の善美は憎悪《ぞうお》を掻《か》きたてられる以外の何ものでもなかったのであろう。

戦争は洛中《らくちゅう》のみではない。諸国の大名たちは、それぞれ両派に別れて侵略し、掠奪し、殺戮《さつりく》し合い、それぞれに京都で戦い合う勝元・持豊の麾下《きか》に馳《は》せつけようとし、これをまた阻止し合った。

武器も持たず支配階級の下に息を殺している庶民たちも、この全国的な戦乱に直面しては混乱せざるを得ない。

逼塞《ひっそく》して弱々しく天に哀訴するものもあるし、騒乱に乗じて盗賊となるものもある。

都から他国へ避難する公卿たちの行列なども、しばしば、こうした盗賊団に襲われた。

八月に入ると九州に威を誇る大内政弘《おおうちまさひろ》が大軍をひきいて山名軍に加わり、細川軍の攻撃は防備に変った。

細川勝元は、すぐさま、上皇・天皇の行幸を室町の将軍邸に請うた。

このことは、ただちに許され、勝元は劣勢のうちにも、朝廷と幕府を手中に握ることができたわけである。

闘争本能を駆りたて、煽《あお》りあげながら夢中に挑みかかる山名持豊にくらべて、さすがに勝元は戦乱の昂奮《こうふん》の中にも名目を手離さぬ冷徹さを失わなかったと言えよう。

これと同時に、幕府に戻っていた足利義視《よしみ》が山名の陣へ逃げた。

兄義政《よしまさ》を擁する細川軍の劣勢を見ると、もう義視は落ちついていられなくなり、もしも山名持豊が勝利を得たあかつきには、義政と共にある自分の身がどうなることかと考えおよんだとき、義視の脆弱《ぜいじゃく》な神経は、その恐怖に耐えきれなかったのであろう。

義視は、山名軍の北畠教具《のりとも》に警固され、伊勢《いせ》の小倭庄《おやまとのしょう》にある掌光寺という寺院へ入ってしまった。

「気の弱い、優しい弟なのだ。わしが後嗣に立てたばかりに義視も苦労をする……」

義政は、義視の、おどおどした細い眼《め》や、か細い躰《からだ》つきを暗澹《あんたん》と思いやったものである。

九月の三宝院の戦《いくさ》では邸宅八十余カ所、寺院三十七カ所が兵火に焼亡した。

これより先、美作国から東軍に投ずるために入京した赤松軍が、五条から六条河原にかけて西軍と闘いつつ、岩倉山に陣をとり八月末から一カ月に渉《わた》って激戦がつづけられ、九月二十六日には南禅寺が兵火にかかった。

洛中の市民たちは、この東山一帯の寺々に財宝を運びこんでおいたのだが、すべては灰燼《かいじん》となるか、炎をくぐって跳梁跋扈《ちょうりょうばっこ》する盗徒に掠奪されてしまった。

こうして西軍は京の中心から南（下京）をも手中に納め、東軍は、将軍邸や細川勝元邸相国寺《しょうこくじ》を中心にして戦局の現状維持に必死であった。

この最中《さなか》にあって、細川勝元は、かねての予定にしたがい、領している堺《さかい》の港から明《みん》国への貿易船（遣明船と呼ばれる）を出発させたのである。

「遣明船を出すというが、まことのことなのか、それは……」

義政は、このうわさを聞くと、すぐに対面所へ勝元を呼び出して尋《き》いた。

「はい。今日明日にも、くわしく上様へ言上するつもりでおりましたが、堺の豪商、湯川、池永などが力を合せてくれまして、どうやら今月のうちには二隻《せき》の船を出せるかと存じます」

この頃《ごろ》は、重い武具の圧迫に躰が耐えきれないのだろうか、勝元は、例の好みの濃《こ》

紫《むらさき》の大紋を着用して陣に在り、指揮をとっていた。また憔悴《しょうすい》がひどくなっているようだが、この日の勝元は晴れ晴れと肩をあげて、

「上様。よろこんでいただけましょうか?」

「うむ。ようやった」

「戦乱に心をとらわれ、交易すら忘れるようでは、外国に日本の国柄《くにがら》を軽《かろ》んじられるように思いまして……」

「うむ、うむ……」

義政はうれしかった。

戦争のおろかさは古来、だれ知らぬものはないのだ。殺し合い、憎み合い、敵の危険はそのまま味方の危険であり、恐ろしい賭博《とばく》である。

その虚《むな》しい惨禍をあえて知りつつ、勝元に征旗をあたえた自分の感情を、義政はこのときの勝元を見て、肯定し得たように思った。

「この惑乱の世に、貿易をするということの儚《はかな》さは、勝元もよう知っております。なれど、勝元は、戦いの終りました後のことを考え、上様と共に新しい日本を創《つく》り上げますことを思いましたとき、遣明船を予定通りに派遣すべきだと決意いたしました」

「なれど、勝元……」

と、義政は、精一杯の緊迫に病体を支えている細川勝元を、むしろ、あわれみつつ、

「そちの夢が、果してまことになるであろうか？」

「洛中においては押されておりますが、諸国にひろがる戦いにおいては、勝元、決して負けてはおりませぬ」

「勝元は白、持豊は黒、共に相いれぬ立場と心とを、決して譲り合おうとはしなかったの。これからもそうなのか？」

「今更、何を仰《おお》せられます」

「そうなのか……持豊にしてもそうなのであろう」

「無論のことでございます」

「何も彼《か》も、反対の立場を一寸たりとも許そうとせぬ権力と権力の争いなのだな。だが、勝元……」

「はい？」

「わしは、白と黒とに別れて争うている、その間にあるものがほしいのだ」

義政の眸《ひとみ》は、深く静かな哀《かな》しみを湛《たた》えていた。

「上様……」

「わしばかりではない。帝《みかど》も、そのようにお考えであろう。まして国々の民は、すべてそのように思うていることであろう」

「……」

「智《ち》もあり胆もあるそちや持豊が、何故、血みどろの海をわたって、その間にある理解の島へ歩み寄れぬのか。わしは、この頃、つくづくと、そのことを想《おも》うているのだ。そちたちが何処までも黒と白の色合いに別れているかぎり、憎しみも消えず不安も恐怖も、また疑いの影も消えまい。したがって戦乱のおさまるはずはないのだ」

林泉の彼方《かなた》の塀《へい》は、澄みわたった秋空をゆったりとささえ、わずかに焦土を隔てた東山の山なみの一部をのぞかせている。

青空高くたゆとう巻雲へ、義政は訴えるかのように、

「何故……何故、そちたちは歩み寄れぬのだろうか……」

勝元は、うなずきつつもなお、一歩も退こうとはしなかった。

戦乱の渦中《かちゅう》にあって、細川勝元が仕立てた遣明船が堺の港に出航の準備を終ろうとする頃、敵方、山名持豊の有力な麾下である大内政弘も、その支配下にある博多《はかた》の港から、遣明船一隻を明国へ出発させようとしていた。

その意図は、まさしく、勝元と同じものであったといってよい。

この大内政弘の経営する貿易船に、周防の山口に在り大内家の庇護《ひご》を受けていた画師、雪舟が便乗して明国へ渡るといううわさが、義政の耳にとどいた。

これは、義政の命を受け、奈良と京都を往来しては、義政の庇護下にある芸術家た

ちへの救済、連絡等に活躍していた善阿弥《ぜんあみ》と大場治五郎《じごろう》の手から入った情報であった。

「雪舟が明国へまいるのか、そうか。うむ。それもよいことだ。剛毅《ごうき》な、しかもおのれの腕に対して恐ろしいほど自信と、たゆむことのない練磨《れんま》の心をもったあの男が、いま、この動乱の日本を抜け出し、明国へわたるはよいことだ」

義政は、胸がさわいだ。

あの逞《たくま》しい画家、雪舟が明国（中国）の風土と芸術に直接その身を浸して後に、その腕と眼にたくわえ、日本へ持ち帰ってから発散する筆の、墨の、躍動する画面のすばらしさが、今からもう、目に浮かぶような思いがしたのである。

二

明国との公的な貿易が始められたのは、応永八年（西暦一四〇一年）である。以来、足利《あしかが》幕府は交易に力を入れ、この交易は、もともと経済的な基盤の弱い幕府自体の大きな収入源の一つとなってきた。

明国から一斤《きん》二百五十目の唐糸を日本へ輸入すると約二十倍の五貫文になるし、日本の銅十貫文を明国で糸と交換すると、約五倍になる。

このような大きな利益、そしてまた多量の明銭の輸入が、ようやく全国的な拡大を見つつあった日本の貨幣経済にとり、どれほど強い裏づけになっていたかはいうまでもない。

遣明船は有力な社寺や大名の経営にまかせて、幕府は、これに勘合符《かんごうふ》（通商の証《あかし》として与える割符）をあたえ、その礼銭を徴収することになっている。

これには博多・赤間関《あかまがせき》・門司《もじ》・堺などの商人も加わって、伸脹《しんちょう》して行きつつある経済力を充分に発揮しはじめてきている。

このとき遣明船にも、その派遣について大名に力を貸した商人のほかに、単独で明国へ渡って商売しようという商人が、細川の船に二十一名。大内の船にも十六名ほどいた。

画師・雪舟もこれら客人衆と呼ばれる渡航者のうちに入っていたのである。これは言うまでもなく大内家のはからいによるものであった。

雪舟は、備中《びっちゅう》の赤浜で、貧しい下級武士の三男に生まれた。

おそらく父親は、まわりの小農民にわずかな土地をあたえて暮していたものであろうが、長男ではない彼は、七歳の冬、赤浜の在にある宝福寺という寺の小僧になった。

経文は大嫌《だいきら》いだが、絵を描《か》くことは好きである。

この怠けものの小僧が、師の坊に折檻《せっかん》されて柱に縛りつけられ、泣きべそをかきながら、床にこぼれた涙を足の指でなすって鼠《ねずみ》の絵を描いていたという伝説は、このときの雪舟の生活から生まれたものであろう。

中央での政権争奪の余波は、この当時の備中国へも波及してきた。

農民たちが田舎侍や地頭と共に村決めをつくり、土一揆《つちいっき》に蜂起《ほうき》しては、この田舎の村々から古臭い法律や道徳を追いはらおうとした。

彼らを侵蝕《しんしょく》しつつあった高利貸の勢力とも闘い、その上に君臨する大名へも、猛然と団体の反抗と暴動を巻き起す土一揆は、備中国にかぎられたことではなく、全国的な庶民の潑剌《はつらつ》たる抵抗精神のあらわれであった。

彼らは、京都ばかりでなく諸方において、借金棒引のための〔徳政一揆〕を起し、支配者に迫った。そして、このたびの〔徳政令〕を願う庶民たちの実力行使は、支配者（幕府も含めての）をうごかし、許可をあたえずにはすまされぬほどの強大なものに育っていったのだ。

このような時代の空気を吸いこみつつ少年時代を過した雪舟の姿は、何時《いつ》の間にか一管の筆をたずさえたまま、赤浜《みが》から消えていた。

彼が長い放浪のうちに画業を磨き、京都へ来て相国寺へ入ったのは、義政がまだ少年のころであったろう。そのころの雪舟については、何ら義政の記憶にとどめるものがないといってもよい。

相国寺は東福寺とならんで、明国から渡来した文化、芸術の芽を日本に育てるための温床であった。

傑出した禅僧たちは、この担《にな》い手であり、千余年の伝統をほこる王朝文化に対する武家文化の表徴として禅院は活動した。

京都には絵師や工人や学僧たちが、幕府とつながりを、その庇護をもとめてあつまり競い合っていた。

雪舟は、相国寺へ入ってから、如拙《じょせつ》・周文などを師として宋元《そうげん》（明の前に中国を支配していた国々）の水墨画をまなんだが、やがて彼は、宋元画への模倣からぬけ出《い》で、彼自身のみが持つ芸術をつかもうと苦しみ出した。

そしてまた、彼は放浪の旅へ去った。

義政が、雪舟に初めて会ったのは、たしか長禄《ちょうろく》三年の夏で、それは富子との間に初めて生まれた子が病死したり、斯波《しば》家の争いと細川・山名の確執が熾烈《しれつ》になってきていたころのことだ。

ちょうど、相国寺の如拙が、周防《すおう》に住みついていた雪舟を呼び寄せ秘蔵の〔画譜君台観左右帳〕一巻をあたえたときのことで、老師如拙の紹介により、雪舟は将軍義政に謁《えつ》したのである。

当時、雪舟は四十歳前後であったろうか。

義政にとって、雪舟の風貌《ふうぼう》は、まさに異様なものであったと言える。

彼の肉体のいっさいのものがふとく、厚かった。

鼻も唇《くちびる》も腕も四肢《しし》のすべてが肉にみちて太く、皮膚は陽《ひ》に灼《や》け、早くも禿《は》げあがっている額のあたりは褐色《かっしょく》のあぶらに光っている。いわゆる画師というものの面影《おもかげ》はみじんもないと言ってよかった。

放浪中、鹿《しか》や猪《いのしし》の肉を喰《た》べるのが好きだという雪舟に、義政は目をみはった。

彼が京都に居たころの、宋元画の模写の見事さには感服していた。

その墨一色の濃淡に浮かび上る画面の奥底知れない深い暗示と、鋭いが気韻湛然《きいんたんぜん》たる筆致は、むしろ手本の画をはるかに凌駕《りょうが》していたと言うべきであった。

また、如拙から内々に御抱え絵師として庇護してやっていただきたいという懇望《こんもう》もあったので、義政は、

「わしの許《もと》に居て、画業にはげんでくれぬか?」

素朴《そぼく》な垢《あか》の匂《にお》いのする衣服を身にまとった雪舟を暖かく勧誘すると、

「勝手ではございますが、京に居りましては、私は私の勉強ができませぬ」

「ほう。何故か?」

「眼が迷いまする」

「眼が……?」

「従って筆をとる心も迷いまする」

「おかしいことを言う……」

「京には、すぐれた芸が、外国から渡来した数々の名品が、そして栄達の幻影が満ち満ちております。私めも人間、迷わずにはいられませぬ」

「今は、何も迷うことはないと言うか?」

「はい、一人きりの勉強ゆえ、迷うことはありませぬ。ただ苦しむのみでございます」

このとき、老師の如拙が、

「昨夜、あれほど言うておいたのに、今更なにを申す。おぬしは数多くの友情や、心おきのう画筆をとれる環境がほしくはないのか」

口をはさむと、雪舟は、

「今はもうほしゅうはありませぬ……と申しますのは、私の栄達の門をくぐる欲望が消え失《う》せてしもうたからでございましょうかな」

微笑して応《こた》えた。

しかしその双眼は毅然《きぜん》と輝き、なお、静かな落着きに澄みきっていたのである。

義政からの数々の引出物にも興味なげな一瞥《いちべつ》をくれたきりで、辞去するときに雪舟は、

「これからの私は、もちろん、墨一色の画筆をとるつもりでございますが、宋元の画を通じて吸いこみましたあの中国の雄渾《ゆうこん》な風物を、この私の躰《からだ》のすべてをあげて感じ

取り、それを日本の風物を写す筆に漲《みなぎ》らせたいと念じております。今までの画は詩文の助けを借りて観賞されてまいったようでございますが、私は、画は画のみの、迫真の力をもって人々の目に耐えるべきであると考えております。これが何時《いつ》になったらできますことか……なれど、私めが生きております限りは……」

安住した約束と手法の踏襲のみに溺《おぼ》れかかる画業を食いとめ、ついに、ただ一人、明国へわたるという雪舟の希望は、八年後の騒乱の日本から出て行く遣明船に果されようとしている。

八年前に別れたときには、将軍の自分に向い合った彼の、事もなげな、ということは軽侮でもなく反撥《はんぱつ》でもなく……そうだ、善阿弥が組立てる庭の石のように屹然《きつぜん》と、しかも自然に、ああまでも堂々と静かな態度に接して、若かった義政は、やや不快にも感じたものである。

(憎いほどの腕だが、不遜《ふそん》なやつじゃ)

その、忘れかけていた感情は、いまの義政を新鮮な感動となってゆさぶってきた。

(あの男は、あのときの態度、あのときの決意をつづけぬいてきていたのだ)

羽毛の軽さに変転惑乱する時世のざわめきを浴びながら、雪舟は〝持続〟しぬき、ついに目的の第一歩を踏み出したのである。

今や五十に近い彼の、あの強健な肉体は、中国へわたってから後の、長い苦しい精進の路《みち》を、これからも〝持続〟しつつ歩んで行こうというのだ。善阿弥の石組み。そして雪舟という人間そのものにみちて消えることなき持続の生命力……形も姿もちがうが、それは将軍位についてからこの方、義政が打ちつづく乱世にあって、渇望《かつぼう》し、祈り、切願した〝美徳〟そのものではなかったろうか……。

義政は、大場治五郎をもって、送別の品々や中国へ渡ってから役に立つ金目の物などを、西軍にいる大内政弘《まさひろ》へ自筆の書翰《しょかん》と共にとどけさせた。

大内もまたこころよく「必ず遣明船出発までに雪舟の手へ送りとどけるでござろう」と、受けとってくれたのである。

三

高倉の館《やかた》が兵火に焼け、富子が義尚《よしひさ》を抱いて僅《わず》かな供廻《ともまわ》りのものを従え、また室町《むろまち》へ帰って来た。

今度はさすがに面映《おもはゆ》かったのか、兄の内大臣・勝光が事前に義政のところへやって来て、

「室町は細川の手にかためられておるのに、妹は味方にしていた山名の陣営がかためている高倉から、こちらへ移りたいと、しきりに申します。麿《まろ》が引き取ろうと言うてやっても聞き入れませぬ」

「それで……？」

「なりませぬか？　戻ることは……」

勝光は細い美しい髭《ひげ》を愛撫《あいぶ》しつつ、うすく笑ってみせた。

富子が恋しかったことはたしかだ。

(だが、癖になる。わしを何と思うておるのだ、富子は……)

義政は、渋面をくずさなかった。

「妹も、これからは政争の風に吹かれとうないと申していますが……」

なおも、勝光は誘惑する。

(それならば……それならばよいかも知れぬ。勝元も了承しよう)

義政は、たまりかねて、うなずきかかり、やっと思いとどまった。

「ならば将軍継嗣のことも……」

「むろん、何も彼《か》も将軍の意のままに……」

「では……」

義政は、ようやくうなずいた。

許可を得て、日野勝光が帰ったかと思う間もなく、富子と義尚を乗せた輿《こし》が、室町御所の門を入って来た。

「そなた、山名持豊《もちとよ》にうしろめとうはないのか？」

すやすやと眠り、持ち重味のおどろくほど増えた義尚を抱いて頰《ほお》ずりしながら、義政は富子の濃厚な体臭にわくわくしつつ、懸命に表情をきびしくして、揶揄《やゆ》すると、

「まあ。持豊は、今、義視《よしみ》殿を、伊勢《いせ》の寺に庇護しておるのではございませんか」

艶然《えんぜん》と微笑《ほほえ》んで、こう言うのである。

「山名持豊にとっては、もはや、わたくしなどに用はないのでございます。持豊は義視殿を今度は抱え立て、我一人にても、怪し気な手をとどくべきところへ伸ばそうと考えているのでございますもの」

いつの間にか、状態は逆転していたのだ。

義政は、苦笑した。

細川勝元でさえ、弱々しい義視の神経が、到底、将軍位に耐えきれるものではないと見きわめをつけている。そういう義視を思うままに懐柔し、やがて持豊が、その野望をどのようにひろげ出すことか。

左顧右眄《さこうべん》のきょろきょろと、ついに兄の義政さえも信じられなくなり、山名の陣へ逃げ込んだ義視が今更にあわれであった。

「何をおどろいていらっしゃるのです。いまお気づきになられましたのか……」

「もう、よい。もうよい」

「上様の、もうよいとおっしゃるお声を久しぶりにお聞きすることができて、わたく

し、うれしゅうございます」

「何の……別れてよりまだ一年とたたぬではないか」

「富子には千年にも思えました」

「ふふん……」

「何をお笑いあそばす？」

このとき、富子はきらりと、あたりを見まわして、

「上様のおそばには、近頃《ちかごろ》、怪し気な女狐《めぎつね》がついておりますそうな。なればこそ、この富子と会わずともさびしくはないのでございましょう」

「何を言う。つまらぬ」

あわてて叫んだが、無駄《むだ》であった。

三カ月ほど前から、義政は寄鶴局《よりづるのつぼね》というのに手をつけていたのである。

富子は、その日のうちに、この女狐を何処かへ放逐してしまった。

「上様は、むごい方ですこと」

「むごいのはそなただ」

「一年足らずの間が、それほどに……」

「男は女とはちがう」

「何故でございましょう」

「何故か知らぬ。ちがうように、できて、おるのだ」

富子は、義政の股《もも》を灼けつくほどに抓《つね》った。

富子の帰館がもたらした、もう一つのさいわいは、やはり経済力であった。義政にしても、戦火が激しいいまは、庇護をする者たちへ分けるものも乏しく、まして勝元にねだるわけにもいかない。

京のまわりを離れて行くところもない画師や工人、または、寺を焼け出された学僧たちの身の振り方まで手をまわすためには、なかなか苦労であった。

大場治五郎《じごろう》は妻子を奈良に置いたまま、すでに室町へ帰って来ていた。善阿弥《ぜんあみ》も一子・小四郎、孫の又四郎と共にときどき来ては治五郎と連絡をとり、戦火をくぐって、義政の愛する人々をまとめ、生きぬかせるためには骨身を惜しまなかった。

〝芸〟も〝美〟も、今後いっさい、地底に眠り、やがて来る荒廃の世に、土地に、目覚めの第一歩を踏み出すのを、凝《じっ》と待つより仕方がないのである。

やがて、日野勝光が保管していた富子の持物の一部が室町に運びこまれると、義政は、すぐにねだった。

「はい、はい、もう何なりとも……」

気味がわるいほどの上機嫌《じょうきげん》で、富子は金も出し、物資も惜しまなかった。

「よいのか、よいのか……」

と、義政が、ほっとなりながらも、遠慮がちにたずねると、富子は余裕綽々《しゃくしゃく》たるもので、

「まだ、方々に隠してありまする。今、運んだものは、どのみち上様に差し上げるつもりのものゆえ……」

「ふうむ……」

「兄はわたくしに、ようしてくれまする。兄がおりませんでしたら、この騒乱の中で、わたくしも戸惑うばかりでございました」

「勝光は油断のない公卿《くぎよう》どのじゃ」

「わたくしとは、母がちがいますのに……」

「何時か、そのようなことを聞いたことがあるが、まことなのか？」

「似ておりますか？　わたくしと兄と……」

「ふむ……似てはおらぬ」

「父は諸方に子を産ませました」

「そなたは……」

「わたくしがそうだと誰も申しませせぬ。兄でさえ……またわたくしも聞きとうはありませぬ。それにわたくしが母と呼んだ方は、わたくしを兄と同じように、分けへだて

なく慈《いつく》しんでくれました」

「では、そなたのまことの母は……」

「もうやめにいたしましょう」

富子は、明るく屈託なげに言い、

「それはともかく、細川勝元の病気は、ひどうなっているようでございますね？」

「そなたは勝元が嫌《きら》いか？」

「別に、好ましくも、厭《いと》わしいとも思いませぬが……」

「持豊はどうなのだ？　相変らず、あの喚《わめ》き声をあげているのか」

「さあ……どうでございましょうか。ともかく、この戦《いくさ》は果てしがございますまい」

「果てしがない？」

「勝元と持豊が疲れ切るまでは……」

「勝敗がつかぬと言うのか？」

「はい」

「何故か？」

「兵力も、それをささえる地盤も、両軍ともに同じでございますから……」

「疲れきった後には何が来る？　そなたの見込みはどうなのだ？」

「先のことはわかりませぬが……なれど、吾子《わこ》が次の将軍位につくことだけは、たしかでございます。上様も勝元も、今はもう不承知ではございますまい、いかが?」

苦笑をもってこたえるより、義政には術《すべ》がなかった。

翌、応仁《おうにん》二年には、法皇・天皇は室町幕府へ移られ、正月の諸朝儀は停《と》められた。

惨烈な闘いは、諸方に繰り返され、京の町は一日一日と焼亡していった。

東西両軍は、戦争の長びくことを覚悟し、それぞれに半恒久的な櫓《やぐら》や塹壕《ざんごう》を構えはじめた。

春、夏、そしてまた秋……。

伊勢《いせ》に起った両派の兵乱を避け、足利義視は、ふたたび京へ戻り、山名持豊の陣にかくまわれた。

両軍ともに兵站《へいたん》を補給しては戦い、疲れては領国からの補給を待ち、そしてまた出撃を繰り返すうちに、年も暮れ、翌応仁三年は四月に改元のことがあって、文明元年となる。

文明元年一月八日。

義政は数え年五歳の義尚をもって、将軍の嗣となした。

勝元も同意してくれたし、富子の積極的な運動によって日野勝光が宮中へはたらきかけ、天皇・法皇より義政へお言葉があったからである。

四月二十二日。

義政《よしまさ》と善阿弥が愛した、あの西芳寺《さいほうじ》の伽藍《がらん》も庭も、谷ノ城の合戦の兵火に焼け果てた。

この年の夏。

遣明船が帰り、足掛け三年の遊学を終えた雪舟も、周防《すおう》へもどったという知らせが義政へもたらされた。

一年、二年……両軍の争闘は、次第にその速度と激烈さを鈍らせつつ、焼野と化した京の都から離れ、近畿《きんき》一帯に、諸国の隅々《すみずみ》に、なおも執拗《しつよう》に、つづけられていった。

六の章

一

戦局の背後にあるものは一変した。

東軍は朝廷の好意を背後に、将軍義政と後嗣の義尚《よしひさ》を奉じ、西軍は、足利義視《あしかがよしみ》を擁して対抗することになった。

ということは、取りも直さず、細川と山名の争いが、義政義視兄弟の争いになったと、表向きには見られてよいわけなのである。

「このままでは、大納言《だいなごん》様（義視）のうたがいの芽は、みだりに生い育つのみでございます。あれほど御仲のむつまじかりし御兄弟でありましたのに……」

と、大場治五郎は忠実に老いた顔に愁《うれ》いを沈ませながら、

「私、いかなる方法を講じましても、ふたたび大納言様を、この室町《むろまち》へお迎えする決心でございます」

「無駄であろう。わしが由無い《よしな》詐略《さりやく》をめぐらし、彼を誅《ちゅう》せと見せた擬態は、いささか

も益するところがなかったばかりか、あのやさしい弟、僧籍に安住していた弟までを、謀略と権争の渦中《かちゆう》に引きずり込んでしもうた……」

義視にしても、赤松の館《やかた》で暗殺された父義教《よしのり》への印象は強かったし、いったん、将軍継嗣の争闘に巻き込まれた以上、たとえまた僧籍にもどったとて、その真意を信じてくれよう者はいないだろうという不安を絶えずもっている。まして義尚と富子が室町へ帰ったからには、そして義尚が後嗣に立てられたからには、義政が、いや勝元が、やみやみと自分の生存をゆるすことはあるまい。

ことには一度も二度も、義政を怖《おそ》れて山名の陣へ逃げ込んだ自分である。

義視の疑惑は、周囲の流言と焚《た》きつけられる浮説に迷って、新たな疑惑を呼びまねき、今では到底、義政への信頼を取りもどすことはできなくなっているのであろう。

山名の陣に在って、足利義視はたびたび朝廷に上書し、

「奸臣《かんしん》のために誤まっている兄義政を叱《しか》っていただきたい。そして兄を壟断《ろうだん》している細川一派の奸をしりぞけていただきたい」

などと、願い出て来るのであった。

しかし、そのころになると、朝廷も、暴慢な山名持豊とちがって、教養も優美な上、鋭利な行動力をも合せもつ細川勝元に、すっかり好感と信頼を抱くようになってきているし、勝元もまた、これを裏切ることなく全力をつくした。

勝元は、摂津《せっつ》・土佐・丹波・淡路など、細川家が領する国々から、敵軍の襲撃や各地に頻発《ひんぱつ》している戦争をくぐっては物資を京へ運び、朝廷と義政たちのためには何をおいても、その煩瑣《はんさ》な労力をいとわなかった。

昨、応仁二年の夏に、室町御所近くの相国寺《しょうこくじ》の細川軍を畠山義就《はたけやまよしなり》が急襲して大激戦がおこなわれた折、西軍の放火によって、関白・一条兼良《かねよし》が疎散《そさん》させておいた和漢の秘書、旧記三十余箱が灰燼《かいじん》と化したことを聞いたとき、後花園法皇は激怒され、細川勝元が、かねてから請願していた〔山名持豊討伐〕の院宣を、勝元にたまわった。

こうして、嵯峨《さが》から洛北《らくほく》舟岡山に移る戦闘のうちに、西軍は合戦の名目を失ったばかりでなく、ようやく京都においては、その優勢が、東軍の進出に押されかかってきていたのである。

足利義視は山名持豊によって斯波義廉《しばよしかど》の館にかくまわれ、こうした戦局の推移を知らないのであろうか……。

大場治五郎が、それでもなお、義政に願って帰館をさそう親書を受け、何度も密使を操っては義視のもとに送ったのだが、それさえ自分をおびき寄せて抹殺《まっさつ》する手段だとしか受け取らないものなのか……とにかく、一向に反応がなかったので、ついに治五郎もあきらめたらしく、義政にも、このことについては口にのぼせなくなった。

だが西軍は、都の北部〔上京《かみぎょう》〕を東軍と東西に別れて対陣し、洛北の山名持豊邸を中心に、七丈余に及ぶ高楼を幾つも築き、幅二丈余の塹壕をもうけて境界を厳重にし、下京《しもぎよう》一帯をまだ手中におさめ、諸国から京へ入る要路の大半を占領している。

京都の戦局は、膠着《こうちやく》状態に入った。

戦力物資の補給が、輸送力のとぼしい当時にあっては、これだけの大規模な戦争に追いついて行けないことは、両軍共に同じである。

武具、武器ばかりか兵糧《ひようろう》さえも戦地周辺の掠奪《りやくだつ》や供出によって根絶えると、遠い領国から運び込んで来なくてはならないのだ。

突発的な夜襲などが、荒寥《こうりよう》たる都の其処此処《そここ こ》におこなわれるだけであり、そうなると、いったん逃げていた京師の庶民たちは、すぐにまいもどって来ては洛中のみか、奈良や坂本などにも、市を立てて、兵士の盗み出した貨財の売買に狂奔するのである。

家と家族を失った悲哀や、支配階級が勝手に起した戦争への憎悪《ぞうお》は、彼らを日一日と逞《たくま》しいものにしてゆき、その反動は、戦乱の中の一粒の米さえ見逃さぬ執念に変ってきていた。

こうしたうちに、戦争の名目を失っていた山名持豊《もちとよ》は、突然、南朝の遺臣である故小倉宮《おぐらのみや》の皇子と言われる僧の日尊《につそん》を奉じて紀伊国《きいのくに》に兵を挙げさせた。

これは、半ば苦しまぎれの持豊の策動であったが、これをきっかけに、畠山両派も斯波両派も、その他両軍に属する諸大名も、再び活発な戦闘を地方にくりひろげてい京に、斯波義敏《よしとし》と義廉も、京に、畠山政長と義就も、大和に、鳥羽《とば》に、越前《えちぜん》に東奔西走、全精力をかたむけつくして戦い合った。

勝元と持豊は京をうごかなかったが、
った。

かくて文明二年十二月。

勇猛果敢な武将、畠山政長は、紀伊に山名軍を攻めて、僧・日尊を滅亡させた。

この月の二十七日に、後花園法皇が、孝心深い土御門《つちみかど》天皇の哀惜のうちに崩御せられた。

文明三年、四年……合戦は、だらだらと、つづけられていった。

戦闘は京都を離れ、諸国での諸大名同士のそれが拡大するばかりで、山名も細川も、もはや瓦礫《がれき》と、焦土に繁《しげ》る雑草の荒野と化した京都での対陣の無意味さを、厭《いや》でも知らねばならなくなってきた。

自然に、京都から両軍の数は減っていった。

領国を奪《と》られてはどうしようもないからである。

「これよりは、どうなるのであろう?」

義政は、荒野の中にぽつんと、いやそれだけが夢幻の宮殿のように浮かび残された室町御所にあって、すくすくと成長する義尚と、此頃《このごろ》は、やや肥《ふと》りはじめて、なおも寝所における執拗さが増大するばかりの富子と暮しながら、手を束《つか》ねるばかりであった。

文明四年。

義政は三十七歳。富子は三十三歳になっていた。

「何も彼《か》も、疲れ果て、倦《う》みつくすまで待つより仕方はございません」

と、富子は笑った。

義尚は八歳になっていた。

顔も躰《からだ》つきも、ふっくらと豊かな父の義政とちがって、背も高いし、骨組もふとく、しっかりとしているのが幼年のうちにも明瞭《めいりょう》であった。

読書や歌道、または蹴鞠《けまり》などの遊びを教えようとして、義政がいくら骨を折り、叱ったり賺《すか》したりしてみても、義尚は嫌《きら》った。

その代り、館を守る細川軍の将士に馬を習ったり、槍《やり》を振ってみたり、彼の躰に合った弓をつくらせて飽くことなく、的を射ることなどは進んでやるのである。

「わしの父にそっくりじゃ」

義政は嘆いた。

義尚には祖父に当る、武勇に秀《ひい》で独裁者として幕府の先頭に立っていた足利義教の血を、たしかにこの孫は受けついでいるらしかった。

富子は、こうしたわが子の姿に目を細めた。

「このたびの大乱で、大名たちに従う軍勢の様子は、まったく変りました。今までは、血族同胞の義理と、軍役のつとめによって得ることができた土地の給与により、将士は大名に、大名は将軍に仕えてまいったのでしょうけれど……この全国に渉《わた》る動乱は、そのような古い因襲を、美徳と呼ばれていたものを、突きくずしてしまったようでございますね。家来が、その大将をえらびますには、先《ま》ずその力量の強さ、大きさをはっきりと見定めた上でのうては、その下にはたらくことはいたさぬようでございます。なればこそ、力の強い者なれば、何人《なんぴと》たるを問わず、武将の家来としてよろこび迎えられまする。この長い戦に何処の大名でも、一人の兵一人の戦力さえ逃しとうはありませぬゆえ……ごらんなさりませ、上様。諸国の農民どもまで、鍬《くわ》を捨て剣を握り、おのれの武勇ひとつを頼みに高き地位、多き利益をねらってうごきはじめておりまする」

「そなたは、この館のうちにいて、よくそのように眼も頭もはたらくことよ」

「はたらかさねばなりませぬ。義尚が将軍になりましたとき、義尚の勇武をもって諸国を従えますためにも……」

「吾子《わこ》にも、合戦させるつもりか？」

「好むと好まぬとにかかわらず、これからの将軍は、みずから戦鼓《いくさつづみ》を打ち鳴らし、軍勢の真先に進まねば、下のものどもは従うてまいりませぬ」

細川・山名の争いは、諸国にわたり、それはまた諸国の大名同士の確執を生んだ。その争いは際限もなく大名の血族や家来同士の去就に波瀾《はらん》をよび、利害を奪い合い、一身の安全をたもつための反目が至るところに撒《ま》かれた。もう細川・山名の二勢力の争いということは、念頭にないほどになっているとも言えよう。

うっかりしていれば、その領土は、騒乱にまぎれて、強引な他のものの力に捥《も》ぎ奪られてしまうのである。

「わたくしも、こうまで手のつけられぬことになろうとは思いませなんだ。いざとなればこの富子の指一つで、何とでもなろうと自信も持ち、胸にはかってもおりましたが……下々《しもじも》の恐ろしいばかりの力が、こうも上に押し寄せてまいるとは、わたくしも、考え損ねておりました」

富子は、こう言って、さすがにあぐねたような、いつにない鈍い眼の色に、ふっとなったが、すぐに背を伸ばし、冬枯れの林泉の彼方《かなた》で義尚が引いている弓弦《ゆんづる》の音に凝《じっ》と耳を澄ませつつ、激しく言った。

「なれど……なれど乗り切らねばなりませぬ」

「もうよい!!」

「もうよいではすまされませぬ」

「わしは知らぬ。わしは、わしは善阿弥《ぜんあみ》と共に石を運び木を植えてもよい、一介の庭師になり下ってもよいのだ!!」

「そのようなことが、上様におできになりますものか」

「出来る。出来る。わしはその決心を……」

「決心というものは自信がのうては成り立ちませぬ」

富子は、ふてぶてしく義政を見据《みす》えた。

その一睨《ひとにら》みで良人《おっと》を屈服させるつもりであったが、義政は、冷ややかに貶《さげす》みの眼を、富子へひたと向けて、

「そなた、変ったの」

「は……」

「年をとった故か……」

「何と仰《おお》せられます」

「そなたが、前に、琵琶湖《びわこ》へ流した今参局《いままいりのつぼね》に、顔がよう似てまいったな」

この一撃に、富子は怯《ひる》んだ。

彼女は蒼白《そうはく》になり、始めて口惜《くや》しそうに義政を睨んだ。

義政は、室内から出て行き、そのまま館を出て、細川勝元の館へ入ってしまった。

この年の春。義政は善阿弥と共に、勝元が附けてくれた警衛に守られ、焼亡してから丸三年目の西芳寺を訪れた。

北小路の細川邸を早朝に出て、烏丸《からすま》の通りを真直《まっす》ぐに南へ進む道は、ただ一望に拡《ひろ》がる焼野のみとなってしまった。

右には嵐山《あらしやま》一帯の、左には東山の山なみが、暖かい春の陽《ひ》を吸って、この荒廃した京の都を囲み、眠たげに横たわっていた。

ただ下京《しもぎょう》のあたりに来ると、ここの焦土は異常な活況を呈していて、粗末な小屋や市場がたちならび、物売りの声が湧《わ》き立っている。

戦乱中に将士たちが掠奪した貨財や、地方から運び込んだ食糧が、名も知れぬ庶民や商人によって売買されているのであった。

このために今もなお、京へ入り込む人びとは絶えず、富子もまた、東軍の手に戻った要路には抜目なく税を課している。

このごろでは、すべてを焼失した公卿《くぎょう》たちの中の零落してしまったものは、これらの商人たちにも媚《こ》びて、その娘を妻《め》あわせたりして、何とか糸口を見つけては衣食の道にありつこうと、恥も見得もないありさまだというわさなのである。

この日。義政の輿《こし》を守った行列が過ぎて行くのを見て、下座するものも、礼を送るものも、ほとんどなかったと言ってよい。

行列は、山陰道をとって桂川《かつらがわ》を渡り、山裾《やますそ》に近づくところから右へ折れ、雲雀《ひばり》の声高らかにわたる野をすすんだ。

義政が西芳寺へ着いたのは、昼前である。

こんもりと繁《しげ》る楓《かえで》の葉の蔭《かげ》につづいていたあの白い土塀《どべい》は影も形もなく、焼け爛《ただ》れた。あたりの樹林の傷痕《きずあと》は、いたずらに義政と善阿弥の胸を掻《か》きむしるばかりであった。

黙念と二人は、警固の者を待たせ、見おぼえのある敷石の道を辿《たど》った。

寺の伽藍《がらん》のいっさいは消え、萌《も》えている草のみどりが、悲愁をさそった。

三年前に戦火が燃えたつうち、乱入した兵士や賊徒は、数々の仏像、画像を盗み、瑠璃殿《るりどの》に掛けられた周文の名作「鯉魚《りぎょ》の図」や「十六羅漢《らかん》」の画像までも掠奪していったという。

「瑠璃殿も焼けたか……」

押し拉《ひし》がれた声で、ぽつねんとつぶやいた義政が、わずかに崩れ残った塀をまわり、一歩、この寺の庭園に踏み入ったとき、

「あ……」

義政は拳《こぶし》を胸のあたりに浮かせたまま、立ち竦《すく》んだ。

「み、見よ、善阿弥……」

不審そうに塀をまわって来た善阿弥も、義政の指すところへ目をやると、すぐに、

「おう、おう!!」

すっかり曲った腰を振り立てるようにして、五、六歩駈《か》け出したと思うと、ぺ、、たりと草の上に坐《すわ》り込み、

「生きておりました!!　生きておりました」

と、絶叫した。

岩は、石は生きていた。

十間ほど先から、複雑な曲線を奥深く描きつつ、庭園の中枢《ちゆうすう》となっている園池……その池を廻《めぐ》る石組《いしぐみ》の配置は、一寸も揺らぐことなく、この廃園のうちに生き残っていた。

廃園の草も、焼け残った樹々《きぎ》も、緑一色に生き生きと色づいているが、そのわずかな色彩と景観を従え、岩も石も、誇らかに地を踏まえていたのである。

それは如何《いか》なる周囲の景観の変化にも、見事、適応して見せるぞ、という気迫に満ちあふれているかのようであった。

地底数尺に根を張った岩や石に、賊徒や兵士たちは、何の用があったろう。

岩は冷然と、人間の狂奔を凝視していたにちがいない。

池は、西芳寺川から引き込んだ水を満々と湛《たた》えていた。

あくまでも閑《のど》かな春昼《しゅんちゅう》の気配を縫って、黄色の小さな蝶《ちょう》が、はらはらと義政の前をながれ、身じろぎもせずに坐ったままの、善阿弥の肩にとまった。

善阿弥の肩が、やがて小刻みに震え出した。泣いているのだ。

蝶は、この老人の肩を離れ、園池の上をいつまでも舞いめぐっていた。

義政も善阿弥も、ふたたび唇をひらこうとはせず、たがいに通い合うものを感じ合い、たしかめ合いながら、いつまでもうごかなかった。

二

この年、文明四年の晩秋に、義政は十カ月ぶりで室町の館《やかた》へ帰った。

あれから、富子の謝辞と、帰館懇請の使者が、寧日なく細川邸へやって来るのである。

ついには、たまりかねて、富子自身も乗り込んで来る始末だし(義政は会わなかった)それでも駄目《だめ》だとなると、富子は天皇に願って「和解せよ」との御言葉をたまわることが出来た。

勅使をもってされては、義政も仕方なく、天皇へお詫《わ》びを言上すると共に、室町へ戻ったのである。

勝元は、そのころ、また病床に臥《ふ》していた。

帰館の朝。義政が親しく、その病床を見舞うと、

「なりませぬ。このようなむさくるしきところへお入り下さいましては、勝元、困惑いたします」

勝元は、褥《しとね》へ半身を起し、必死になって、

「これ、上様を、何故、お通し申したのだ‼　あ、あれほど、わしが……」

侍臣を叱責《しっせき》する声も、激しい咳《せき》に断《き》り込まれて、勝元は、衰弱した顔を、がばと伏せ、切なげに喘《あえ》いだ。

「よいのだ。わしが無理を言うたのじゃ」

義政は、気さくに枕頭《ちんとう》へ近寄って行った。

勝元は、手を振って拒んだ。

むかしから、義政の前では一糸の乱れにさえも、神経を配ってきた勝元だけに、熱臭い病体を見られることが死ぬより辛《つら》かったのかも知れない。

「そちとわしの間で、何の気がねがいるのだ。情の強《こわ》い男だの」

「は……」

何か言いかけた勝元の喉《のど》に痰《たん》がからんだらしく、しきりに踠《もが》くのを見た家宰の安富元綱が、あわててすり寄って来るのを、義政は手をあげて制し、すぐに傍《そば》の懐紙をとって、勝元の唇に当ててやり、優しく、

「吐け、よいから吐け」

苦悶《くもん》には克《か》てず、勝元はその紙のうちへ痰を吐き、言葉の出ぬままに、深ぶかと頭をたれた。

その背を、ゆっくりと摩《さす》ってやりながら、義政は、

「これ、静かに聞いてくれいよ。もはや、この大乱は、そちと持豊の争いではなくなってきているのじゃ。山名持豊も今は戦いに疲れ果て、京を引き払って領国へ帰り、隠居をしたいと洩《も》らしているそうだの。よいか勝元。そちの領国は、そちの一族が力を合せて守り、侵略する敵に一歩も退けをとってはおらぬと言う。なればそちは、心やすらかに養生をとげ、めでとう快復の日《ひ》を迎えるがつとめじゃ。な、そうではないか。この義政にとって、今は、そちの元気な声を聞くことが唯一《ゆいいつ》の望みになってしもうた」

来年は九歳になる義尚が、将軍の宣下《せんげ》を受けるであろうことは、すでに内定している。

しかし、それが何だと言うのであろう。

生まれて以来、富子と共に暮すことの多かった義尚は、母の感化のままに、新しい時代の武将として将軍としての活動をのぞみ、まだ幼い全身を気負い立たせているではないか。

「義尚《よしひさ》様将軍宣下のあかつきには、勝元の軍勢は義尚様の下にはたらき、必ず天下の治安を回復させてお目にかけまする」と、勝元はしきりに言っていたものだが……。

「しばらくは戦《いくさ》のことを考えるな、よいか。よいな、勝元……」

義政は、ようやく落ち着いた勝元に言って、

「では、またまいる。たいせつにせよ」

膝《ひざ》をのばしかけた義政の手を、勝元は突然、つかんだ。

いまはもう浮腫《むくみ》もなく、痩《や》せこけた土気色の顔貌《がんぼう》は涙の濡《ぬ》れるままにまかせて、勝元は、それでもしっかりと言った。

「もはや山名持豊との争いは果てましてございます。私は、今更に、この大乱が起りましたとき、上様がおおせられた、あの御言葉を……」

「何と言うたかな……」

「し、白と黒の……相容《あいい》れぬ反対の立場を、いささかもゆずり合おうとせぬかぎり、合戦が起るは必定。わしも帝《みかど》も、また諸国の民も、みな願うているところのものは、その白と黒との間にある融和の色合いじゃ、と、おおせられました」

「おお。そうであった」

「勝元、余命幾許《いくばく》もなき只今《ただいま》、何故に……何故、そのことが、あのときに気づかなかったことかと……」

「勝元……」

「もはや遅うございまする。この無謀な、あまりにもおろかな大乱を引き起した私も持豊も、精力のあらんかぎりをつかいつくして身うごきもならず、その領国を守るにさえ、一族の手を借りねばならぬありさまでございます」

すでに、京都には戦火は絶えていた。

そのかわり、諸国における土豪たちの擡頭《たいとう》は、守護大名同士の争闘に入りまじり、その野性的な膂力《りょりょく》をふるって、各所に領土への権力を主張して熄《や》まない。

この全国に渉《わた》る騒擾《そうじょう》を、統一できるだけの武力と財力と、智力《ちりょく》を持ったものがあらわれるまでは、乱世の終焉《しゅうえん》はないであろう。

武士も農民も商人も、日本の、あらゆる人間たちが、混乱の彼方にある新しい時代の息吹《いぶ》きをひしひしと感じながら、精一杯の胎動をはじめていた。

その渦中《かちゅう》へ、義尚を擁した富子は、一体どんな姿勢で飛び込んで行くつもりなのだろうか……。

暗澹《あんたん》となる想《おも》いを振り捨てるように、義政は屹《きっ》と眥《まなじり》を上げ、勝元に、

「わしはな、勝元。皆をそろそろ京へ呼びもどしたいと思うているのだ。そちの助力によって今まで生きぬいて来たものと共に、わしはまた、わしの仕事をはじめようと思うている」

「結構なことでございます。これからも戦乱は、長い間つづくことでございましょう。その中にあって、美しいものを後の世に残す尊さは、上様のような御方なくして、到底、なしとげられようはずはございませぬ」

「おお。わかってくれるか、わしの心が……」

「はい」

裏の竹林のあたりで、しきりに鵯《ひよどり》の鳴く声がしている。

細川勝元は、涙がかわくのを待ってから、形をあらため、なおも執念の凄壮《せいそう》さを幽鬼のような両眼《りょうめ》に宿らせて、

「勝元は、まだ捨てませぬ。こうなりましたからには、この身が朽ち果てるまで、上様をおまもりいたし、将軍家を、そして細川の家を存続させるためには、まだ、おのれを捨てきれませぬ」


翌文明五年（西暦一四七三年）の三月十八日……領国へ帰ろうとして発病し、そのまま五辻通《いつつじどおり》大宮の館に療養していた山名持豊が歿《ぼっ》した。

戦乱勃発《ぼっぱつ》した応仁元年より数えて六年目、精根を戦闘と謀略に使いつくした持豊は、七十歳の老軀《ろうく》に燃え残っていた微《かす》かな命の灯を消したのである。

それから二カ月後の五月十一日。

細川勝元が死んだ。四十四歳であった。

一時は小康を得たので義政もよろこんでいたのだが、霖雨《りんう》けむるこの日の払暁《ふつぎょう》、勝元は多量の喀血《かっけつ》と共に、一瞬のうちに息絶えた。

時が経《た》つと、勝元の悶死《もんし》の形相はあとかたもなくなり、静謐《せいひつ》な幽冥《ゆうめい》の彼方《かなた》へ辿《たど》り着いたかのように、おだやかで優しいものに変った。

馳《は》せつけた義政は、勝元の閉ざされた瞼《まぶた》の上を、何度も指先で撫《な》でてやりながら呟《つぶや》いた。

「もはや苦しむことは何ものもないであろう。眠れ、勝元……」

同年の十二月十八日。

畠山《はたけやま》政長を管領に任ずると共に、足利《あしかが》義尚は九歳にして、征夷《せいい》大将軍となった。

（「大衆文芸」昭和三十三年十一、十二月号）

刺客

一

信州、松代《まつしろ》藩の横目をつとめている児玉虎之助《こだまとらのすけ》が、執政の原八郎五郎邸へ密《ひそ》かに呼び出されたのは、寛延三年（西暦一七五〇年）七月六日の夜更《よふ》けであった。

松代の城下町は、ちょうど七夕祭の前夜で、人気《ひとけ》の絶えた暗い町筋を歩いて行くと、家や屋敷の門口に、色紙や短冊《たんざく》をつるした青竹が立てられていて、それが、夜風にさやさやと鳴っている。

小肥《こぶと》りの虎之助が、むっくりとした首すじの汗をふきふき、お城の大手門前にある宏大《こうだい》な原邸に着くと、原八郎五郎は待ちかねていて、

「虎よ。暑いのに気の毒だが、これからすぐに出発してくれぬか」

「何処へ、でございますか？」

「途中まで馬を飛ばせて行けば、明け方までに追いつけるだろう」

原は、急に陰惨な影を双眸《そうぼう》へ宿し、

「人ひとり、斬《き》ってもらいたい」と、重く静かに言った。

「誰をで……？」

虎之助の栗鼠《りす》のように小さな円い眼《め》が、きらっと光る。

原は、むっちりと肥えた右手を上げて、ゆるやかに扇を動かしながら、

「先刻、恩田木工《おんだもく》の屋敷から、密使が一人、密かに城下を抜けて地蔵峠へ向ったという知らせがあった。おそらく江戸藩邸の駒井理右衛門《こまいりえもん》あたりへの使いであろうと思う。……わしは、先刻から考えておるのだが、この密使は、どうしても、黙って江戸へやるわけにはいかぬ気がする。おぬし行ってその密使、若党の平山重六らしいが……彼を斬り、懐中の密書を奪って来てもらいたい」

原は、激したところもなく、むしろ淡々と他人事《ひとごと》のように言うのだが、心中は、かなり動揺しているらしい。

百五十石の御納戸《おなんど》見習役から、藩主・真田伊豆守信安《さなだいずのかみのぶやす》の寵愛《ちょうあい》を受け、とんとん拍子に出世した四十一歳の現在……原八郎五郎は千二百石の家老職をつとめ、藩の政治のすべては彼の手中に握られている。

しかし一つの勢力というものは、良いにつけ悪いにつけ、必ず反撥《はんぱつ》を受けるのが世の常であって、松代藩にも、

(殿様に媚《こ》びへつらい、政治を壟断《ろうだん》する原八郎五郎を斬れ!!)

という叫びが、徐々に高まってきていることは事実だ。

現に、去年十二月の或《あ》る夜……御殿から退出する原を、大手門前に待ち伏せて、小林郡助という者が、突如斬りかかったことがある。

そのときは、原に付き添っていた井上半蔵というのが小林に立ち向って、小林は、原の左腕を少し傷つけたばかりで、井上の刃に殪《たお》されてしまった。

以来、原八郎五郎も、

「彼らに何が出来るものか。捨ておけ」

などと、大まかな態度をとっていられなくなった。それぱかりか、この際、思い切って、反対派を一挙に弾圧してしまおうという決心が、かなり強いものになったようだ。

去年から、この正月にかけて、給料の未払いが重なり、暮しに困った藩の足軽約千人が騒ぎ出し、藩庁へ訴え出たり、江戸でも国許《くにもと》でも、原の専横を憎む声が、いよいよ高まりつつある。

この声は、どうやら、家老職の一人で人望の高い恩田木工を中心に寄り集まっているらしいことは、虎之助にも凡《およ》そ察知出来ることだ。

恩田は中々のもので、表面は黙り込んだまま、原と城中で会ってもにこにこと愛想よく応対するほどの練れた人物だけに、原はなおさら不気味なのであろう。

「恩田の、わしへ向ける笑いの底には、確かに殺気が潜んでいる。わしを憎む心が、ちらりちらりと奴《やつ》の眼の中に光っていることが、折々あるのだ」

などと、前にも原は虎之助に言ったことがある。

江戸藩邸の留守居役、駒井理右衛門は、恩田木工の親友であった。

この二人が、今年に入ってから頻繁《ひんぱん》に密書のやりとりをしていたことが最近になって明白となった。

原は、江戸でも国許でも、虎之助のような腹心の横目を駆使して、反対派の動向を探るのに、いまは懸命なのである。恩田木工の身辺にも絶えず監視の目を離さなかったので、今夜の密使出発を、うまく探りとったのであろう。

（その密書の内容次第で、それを証拠に、太夫〈原のこと〉は殿様に申し上げ、恩田派を弾圧するつもりなのだろう）

一カ月ほど前に、参覲《さんきん》交代で江戸へ行っている殿様の信安は、まだ原八郎五郎を信頼している。というよりも、この二人は主従でありながら、遊び友達の腐れ縁のようなもので、しっかりと結ばれているのだ。

（つまりは……殿様と太夫の関係はだ、おれと太夫の関係と同じようなものなのだな）

虎之助は苦笑した。

淋《さび》しく哀《かな》しい苦笑である。

（おれも、行く処《ところ》まで行くだけのことだ）

原に従って働くのは御家のためにならないということ位、児玉虎之助にははっきりとわかる。

それでいて引き摺《ず》られてしまっているのは、原八郎五郎への愛情からであった。それにまた、虎之助は、原から並々ならぬ恩恵を受けてきている。

虎之助は、その夜……下男茂吉だけが留守居をしている独り身暮しの有楽町の我家へは戻らず、原の屋敷で身仕度を整えると、同じ横目附の伊沢《いざわ》太平、壺井《つぼい》運八郎の二人と共に、馬を飛ばして城下の東南にある地蔵峠の山麓《さんろく》へ向った。

二

刺客三名と江戸への密使との決闘が始まる前に、……この辺で、児玉虎之助と原八郎五郎のつながりをのべておこう。

ということは……虎之助の初恋について、先《ま》ず語っておかなくてはなるまい。

その相手というのは、小林郡助の妹、以乃《いの》である。

小林は前にのべたように、原八郎五郎に「奸賊《かんぞく》、死ね!!」と叫んで斬りかかり、かえって原の部下、井上半蔵に殺された男だ。

しかも、二年ほど前までは、小林の家は虎之助の家の隣にあった。

小林も元は虎之助と同じ徒士組《かちぐみ》の一人で、共に十石どりの微禄《びろく》者だったが、生来、刻苦精励型の男で、彼が死ぬまでに得た三十五石二人扶持《ぶち》、船与力という地位にたどりつくまでは容易なことではなかったろう。

少年の頃《ころ》から武芸だけは得意だが、のんびりやで出世欲も余りなく、そのくせ野放図で喧嘩《けんか》早くて、上司の御機嫌《ごきげん》をとることなどまったく出来ぬ亡父ゆずりの性格を持っていた虎之助とは、肌合《はだあ》いが違う。

少年時代には隣同士だし、千曲川《ちくまがわ》の川辺《かわべ》りや、近辺の山遊びなどで、虎之助は一つ歳上《としうえ》の小林に相撲を挑《いど》んだり、喧嘩を売ったりして、何時《いつ》も負けたことはない。

小林はしかし、白い眼を光らせ負けても負けても、終《しま》いには虎之助が持て余すほどのしつっこさで飛びかかってくるようなところがあった。

互いに成長し、父親が死んで家を継ぐようになってからは、そういうわけで余り交際もなくなり、小林はむしろ虎之助を嫌《きら》っていたようである。

だから六年前の延享《えんきょう》元年の春……妹以乃を嫁にくれと、虎之助が直談判《じかだんぱん》に乗り込んで来たときも、

「断わる!!　妹には縁談が決まっているのだ」

と、にべもなかった。

「松本藩御家中だそうだな」

「左様」

「それはよくわかっている。だからこそ頼みに来たんだ。私も以乃さんが好きだし以

乃さんも……私を好いてくれる」

「何っ？」

「昨日、はっきりと、それが互いにわかったのだ。二人で話合ってみて、それが……」

「何、二人で話合ったと……怪《け》しからん、不謹慎きわまる!!」

小林郡助は烈火のようになった。

その場で、すぐに以乃を呼びつけ、虎之助の眼の前で、さんざん叱《しか》りつけた上、

「念のため、虎之助殿の前で申し聞かす。こりゃ以乃。お前の縁談については松本の大屋孝三郎殿の肝煎《きもい》りで、もはや決まったも同然なのだぞ。兄の前で虎之助殿にはっきりとお断わりせい……これ、何を黙っておる。お断わりせいと言うに……」

以乃は応《こた》えなかった。

小柄《こがら》で丸い、ぴちぴちと弾力にあふれた躰《からだ》を凝固させつつ、うるんだ双眸を、ひたと虎之助に向けたままであった。

こうなると、ふだんは物やわらかな、しっとりと優しげな彼女も、意外な強情さを見せ、小林が、いくらせっついてもがんとして口を開こうとしない。

たまりかねて、虎之助は、物も言わずに小林家を飛び出して来てしまった。

(こんなときに、母が生きていてくれたら、どんなにもして力になってくれただろうに……それにしても遅すぎた)

以乃は、母の気に入りであった。

「虎之助や。お前、大きくなったら、隣の以乃さんをお嫁さんにお貰《もら》い」と口ぐせのように言っていた母も、前年の暮に亡《な》くなっていたのだ。

しかし、その前に一度、母は以乃の親代りになっている兄郡助をたずね、ひそかに以乃と虎之助の婚約を頼んだこともある。

二、三日して、折角ながらいろいろ事情もあって辞退申し上げるという返事があり、

「どうも仕方がないねえ。お前は以乃さんに嫌われているのかもしれないよ」

母は嘆息して、虎之助に告げたものだ。

虎之助も、あきらめきれない気持であった。

幼いときから、塀越《へいご》しに朝の挨拶《あいさつ》を交し合ったり、川遊びに出かけたり、正月や秋の祇園祭《ぎおんまつり》には、以乃を母が招《よ》んでくれて、お揃《そろ》いのお膳《ぜん》を前に、ふざけっこをしながら御馳走《ごちそう》を食べたこともたびたびである。

大きくなってからは、子供の頃のように手をひき合って魚捕りに千曲川へ行くことも、まさかに出来なくなり、病歿《びょうぼつ》した母親の代りに以乃は家事いっさいの切り盛りをするようになっていたし、たまたま虎之助が非番の時などに庭の低い土塀越しに挨拶を交すとき、

「お早う、以乃さん」

「お早うございます、虎之助さん」

互いに、胸の底まで沁《し》み透《とお》るような微笑で、じいっと見詰め合い、それで満足していたものだ。

虎之助が二十四歳。以乃が十七歳の初夏のことであったが……或る日、虎之助が庭へ出ると、以乃は少し前から待っていたらしく、手に何か包み物を抱いて、襟元《えりもと》まで血の色に染まりながら、

「あの……あのう、これは父の形見なのですけれど……お召しになっていただけませんか?」

見ると卵色の帷子《かたびら》を仕立て直したものであった。

「有難う。頂きます」

「あの……あのう……」

「兄さんには内密に、でしょう? わかっていますよ」

声をそろえて二人は笑った。

帷子が、以乃の手から虎之助の手へ渡るとき……どちらからともなく二人の両手が重ねられた。

そのまま、黙って、空いちめんの夕焼けが燃える中に、二人とも動かなかったもの

だ。

そのときも、二人は心のうちを打ち明け合わなかった。というよりも、言葉にして出すまでもなく何か通じ合うものがあったからだろう。

そして一年ほどたってから、母が伜《せがれ》の嫁に貰いたいと申し出て、小林郡助から断わられたのである。

（やっぱり、駄目《だめ》か。以乃さんは俺《おれ》の嫁になってくれるところまで行っていなかったのかな）

その年の暮に母が亡くなり、翌年の春……それは以乃の家の庭にある三本ほどの杏《あん》子《ず》の木が、白い花を咲かせはじめた、ある日の夕暮れであった。虎之助が出仕を終えて、お城から帰って来、両家の境の傍《そば》にある居間で、下男の茂吉に手伝わせて着替えしていると、いきなり隣から塀越しに、紙つぶてが飛んで来て、目の前に落ちた。

ひろげて見ると……今夜、夕飯が済んだ頃に、象山《ぞうやま》へのぼって待っていて頂きたい。大切なお話がしたい……と、書いてある。

虎之助が約束の時刻に、下士の家が並ぶ有楽町の西にある五百メートルにも足らぬ象山へのぼって行くと、すでに、以乃は来ていた。

以乃は、何時になく硬い口調で、せかせかと話し出した。

松本藩中にいる親類の世話で、急に話がまとまり嫁に行くことになった、と言うのだ。

相手は五十石どりの侍だし、良縁だからと、兄は私にも知らせず承知してしまったらしいと……以乃は、ここで、ぱっと虎之助にすがりついたものである。

「虎之助さん……あ、あたし、行ってしまってもよろしい？……ね、言って下さい。言って……」

「いや、いかん」

「では、虎之助さんも……」

「以乃さん。昔から好きだった」

「あたしも……」

訊《き》いてみると、前に母が頼みに行った縁談のことなど、小林は以乃に一言も洩《も》らさなかったらしい。

「ようし。私が郡助殿にかけ合おう」

かくて、虎之助が乗り込んだ結果は、前述のごとく失敗に終った。

以乃が、境の塀を乗り越えて児玉家の庭へ入り、虎之助の寝間を叩《たた》いたのは、その日の夜更けのことである。

「あ……以乃さん」

「黙って……ね、虎之助さん、黙って……」

抱き入れて、夢中で桃花のような以乃の唇《くちびる》を虎之助は吸った。

以乃が、自分の家へ忍び帰ったのは、空が白みかかる頃であった。

そうして、七日もたたぬうちに、彼女は松本の城下へ去ってしまったのである。その親類方で仕度をし、嫁入ることになったものらしい。小林が虎之助のことを知って急ぎに急いだのだ。

「もう一度。いや二度でも三度でも、郡助殿にかけ合ってみる。元気を出してくれ、以乃さん。よいな。よいな?」

奔流のような情熱に押し流されながら、虎之助は以乃の肌の匂《にお》いに溺《おぼ》れ、うわごとのように、

「がんばるんだ、以乃さん。いいな、いいな」

と低く叫びつづけた。

以乃は微《かす》かに泣きむせびつつ喘《あえ》いでいた。

そして彼女は、一言も言い残すことなく、松本へ去ってしまったのである。

あの夜の、自分の情熱へ懸命に応えてくれた以乃の顔を、唇を、躰を、ぼんやりと想《おも》いふけっては過す虚脱の幾日かが過ぎ去ると、虎之助は、もう、がむしゃらな放蕩《ほうとう》三昧《ざんまい》に飛び込んで行ったのだ。

以乃とのことは、口さがない小林家の下男あたりの口から、またたく間に城下へひろまった。

三

松代は江戸から五十六里。中仙道屋代宿《なかせんどうやしろ》から妻女山《さいじょさん》の麓《ふもと》を東へ入り、三方を山脈に囲まれ、西北に千曲川と善光寺平を望む城下町だが、周囲は二里ほどの町だ。噂《うわさ》の伝播《でんぱ》に手間ひまはいらない。

(児玉の虎が、小林の妹にちょっかいを出しかけたので、小林が、あわてて嫁にやったのだ)

と、下士仲間の評判もうるさい。

その年の夏には、殿様の行列に加わって江戸へ出たが、虎之助《とらのすけ》は、たちまちに、江戸の酒、女の味をおぼえてしまった。

一年後、また殿様について帰国。それからも虎之助の自暴自棄的な放蕩は止《や》むべくもない。

借金も増えた。

城下の東にある長国寺門前に並ぶ、いかがわしい料理屋の遊び女で、お崎《さき》というのが虎之助の相手であった。

瘦《や》せぎすで色の浅黒い、ぷっくりとふくれ上った唇と細い眼《め》の輝きが妙に粘りつくような……二十二だとか言っていたが、……。

寝床へ入ると実に執拗《しつよう》で、男には忘れさせないものを、お崎はもっていた。

さんざんに虎之助を搾《しぼ》っておいてから、お崎は一言の挨拶もなく、ひょいと鞍替《くらが》えをした。

身うけをされたのだ。その相手が原八郎五郎であった。

「そうか。それもよし。ふふん、見ておれよ、今に……」

虎之助は唇をゆがめて笑った。

それは延享三年の、ようやく信濃《しなの》に積もる雪が溶けはじめた頃のことであったから、原八郎五郎が、藩主伊《い》豆守《ずのかみ》信安の寵愛《ちょうあい》いよいよ深く、四百石の勝手掛から一躍三百石の加増を受け、家老職の一人に抜擢《ばってき》された年のことだ。

原八郎五郎は藩内随一の美貌《びぼう》だと言われたほどで、その涼やかな双眸《そうぼう》や、骨格豊かな容姿の端正さや、濶達《かったつ》で才智鋭い性格は、信安ならずとも人を魅《ひ》きつけるものがあった。

ときに、原は三十七歳の男盛りである。

ここで一寸《ちょっと》、松代藩真田《さなだ》家についてのべておきたい。

藩祖は真田信幸《のぶゆき》。大坂で武名をうたわれた幸村の兄であり、名君であった。

信安は五代目の藩主ということになる。

信安の父信弘《のぶひろ》の代あたりから、前にはかなり裕福だった藩の財政が窮乏してきた。幕府から命ぜられる課役や御用金が、ほとんど真田家の財産を吸いとってしまったわけだ。

天下の将軍たる徳川幕府が、これに従う大名たちの力を殺《そ》ぐためにとった高等政策である。

だから信安の代あたりになると、諸国の大名は貧乏の一途をたどるのみとなった。くどくは言うまい。とにかく、四代信弘の代には、御殿で日常使用する燈明油さえ倹約したというから推して知るべしだ。

こういう最中に、信安は父の跡を継いだ。

老重臣たちは、若い殿様を子供扱いにして、

「御先代様はこう遊ばされましたぞ。そのようなことは許されるべきことではございませぬ」

などと、藩政の実権を信安に任せようとはしない。

藩主としての名実共なる実権を握りたいと、信安が熱望したのも無理はない。

信安は、原八郎五郎の才能と物怖《ものお》じしない太々《ふてぶて》しさを見込んで寵臣とし、大番頭たちを押えつけようと計った。

寛保《かんぽう》二年、千曲川《ちくまがわ》の氾濫《はんらん》で、城下で大水害を受けたとき、原八郎五郎は、気むずかしい老臣たちの反対を押し切り、信安に進言して千曲川治水工事を行い、見事成功した。工事の費用一万五千両を幕府から借り入れることが出来たのも、原の懸命なる奔走によるものであった。

足掛け二年にわたる治水工事に、骨身を惜しまず、みずから汗と泥《どろ》にまみれて監督に当った原八郎五郎の働きぶりは、当時、評判高く、児玉虎之助も河原で人夫たちと共に働きながら、

(原殿は、まことにお家の宝だなあ!!)

と感嘆したこともたびたびであった。

家中の侍たちは、殿様の寵愛を背景にした原の威望の下へ、見る間に走り寄った。こうなると、老臣たちも文句は言えなくなり、蔭《かげ》でぶつぶつと不満を鳴らしているだけになる。

こうして、松代《まつしろ》藩の実権は、わが手中にありと、原八郎五郎が語ったとき、彼の、むしろ伸びやかな大らかな性格のうちに、彼自身すら気づかなかった慢心の芽が頭をもち上げたのである。

信安と原は、まるで仲の良い遊び友達のように、放縦な生活に溺れた。

口喧《やか》ましい老臣たちは、あくまでも倹約の一点張りで、信安が、たまには鼓《つづみ》の一つ

も打ってみたいと思っても許さなかったものだ。

だから、信安も原も、老臣たちを押え切ってしまうと、堰《せき》を切ったように、その反動で享楽《きょうらく》の渦巻《うずまき》の中へ飛び込んで行ったのである。

御殿の新築。煖衣《だんい》飽食。遊芸の氾濫。女、酒!!

殿様も家来も、人間である以上、こうしたことが厭《いや》なわけはない。水のように流れる出費は、たちまちに藩の財政からはみ出してしまう。これを賄《まかな》うためには――まず悪税による領民への圧迫と、藩士の俸禄《ほうろく》を減らすことより手はない。

その反面、原一派に、ぺこぺこ頭を下げ尻尾《しっぽ》を振って行けば甘い汁にありつけるわけだから、藩の侍たちの中にも大分怪しげな連中が増加する一方であった。また、城下の豪商たちと結びついての賄賂《わいろ》の横行も盛んになるばかりである。

原は、容姿端麗の上に和歌、乱舞にも長じ、文武の道に精通している。そのくせ、妙に洒脱《しゃだつ》な、もっと悪く言えば〔いかもの食い〕的なところがあって、町人や足軽の風体に変装し、いかがわしい紅燈の中へまぎれ込むことが大好きであった。

虎之助の女、お崎を横から奪って（お崎から持ちかけたのかもしれぬが……）城下の東、竹原村に小さな家をたててやり、これを囲っておいて、ときどき通うのである。

雪も消え、桜、桃、杏子、一斉《いっせい》に花を開く信濃の春が来た。

或る夜……児玉虎之助は、尻《しり》をはしょって素足に草鞋《わらじ》ばき。手桶《ておけ》を持ち、笠《かさ》をかむり、腰に提燈《ちょうちん》をはさみ、密《ひそ》かに家を出ると、竹原村へ向った。
手桶には薄板で蓋《ふた》がしてある。
中には便所から汲《く》みとった悪臭芬々《ふんぷん》たる、どろりとしたやつが七分目ほど入ってい
るのだ。
「私はもう虎さんだけよ。ねえ、決して離れちゃ厭……」
などと、甘ったるい嘘《うそ》で丸められ、しゃぶりとられた腹いせに、その臭いものを女
の顔にぶっかけてやるつもりである。
(あいつのためには、父が筆づくりの内職や倹約で一生かかって貯《た》めた金三十両も使
い果してしまっているんだ。畜生っ、嘘つき女め!!)
虎之助も下落したものだ。
原が、もし女と寝ていたら一緒に桶の中身を浴びて貰《もら》うつもりである。
(おれなどは、もう仕方のなくなった奴《やつ》だ。何、首を斬《き》られても、牢《ろう》へ入れられても
構うものか)
竹原村は尼飾山《あまかざりやま》の麓に近いところで、桑畑に囲まれた般若寺《はんにゃじ》の後ろの竹藪《たけやぶ》の向うに、
お崎の住む家がある。
竹藪を抜けて、裏手へ廻《まわ》って見ると、農家を改造した小綺麗《こぎれい》な家で、台所の小さな
窓の障子から灯《あか》りが洩れている。

春の風だが、夜は冷たい。

虎之助はぶるっと躰《からだ》を震わせて近寄ると、いきなり、お崎の含み笑いを聞いた。

それに応《こた》える男の声も洩れる。

(原奴《め》、来ておるな)

有り合せの石を運んで乗った。躰を伸し、小窓の障子を指を濡《ぬ》らして破り、虎之助は覗《のぞ》いて見て、かっと躰中が熱くなった。

灯《ひ》をつけたままで傍若無人、お崎は肌《はだ》もあらわに、男と狂い廻っているではないか。

男は原八郎五郎ではない。

近頃《ちかごろ》、遊芸が盛んになった松代へ流れ込み、しかも原の庇護《ひご》を受けている若い能役者である。

(原め、飼犬に噛《か》まれおったな)

そのとたんに、虎之助は、すーっと原への憎しみが消えるのを感じた。同時にそれは、女への怒りを倍加した。

虎之助は、いきなり体当りに裏手の戸を打ちこわすと、手桶を掴《つか》んで中へ躍り込んだ。

たまぎるような、汚物を浴びた男女の悲鳴!!

屋内にみなぎる素晴しい匂い!!

「ざまを見ろ!!」

　せいせいして裏手へ出て来ると、ぽんと肩を叩くものがある。

「あ……原……」

　中間《ちゆうげん》の変装で頬《ほお》かむりをした原八郎五郎が、にやにやしながら、

「おい、虎之助。やったなあ」

「はっ……」

「いやよくしてくれた。わしも一寸気持が良かったよ」

　まことに、くだけきった原八郎五郎の人懐《ひとなつ》っこい微笑であった。

「まだ早い。どうだな虎之助。長国寺前へ行って一緒に飲むか」


　以来、虎之助は、原の庇護を受けるようになった。

　徒士組《かちぐみ》から横目に廻され、十石三人扶持《ぶち》を加増して計二十石三人扶持になったのも、原の計いだ。それに何かと細かに気をつけてくれ、

「たまには飲め」と、気易《きやす》く、三日月堀の屋敷へ呼んでくれては、差し向いに御馳走《ごちそう》してくれることもあるし、

「手許《てもと》も苦しいであろう。使え」

　と、月々の手当もくれる。それが少しも厭味なものではなく、真から虎之助が可愛《かわい》

いといった風なのである。

原の悪評も、そろそろ立ちはじめた頃であるが、虎之助は、

（一国の執政が、この位の贅沢《ぜいたく》するは当り前なのではないか。昔の功労を忘れて、一概に原様を悪いと片づけることは出来ん。おれが見たところ……いや少なくとも、おれには好きな男だ）

そう思わざるを得ない。

しかし、原が、窮乏に喘ぐ藩政をよそに、江戸へ出府した折、吉原《よしわら》から浜川という遊女を四百五十両もかけて身うけし、松代へ連れ帰ったときには、

（少しやりすぎるな、太夫も……）と、そう思った。

しかも原は、信安にすすめて、同じ吉原から桜木という遊女を、お登喜の方などと名乗らせて松代へ同行させた。これには六百両ほども身うけの金がかかったという。

この辺から、信安と原の享楽は止めどがなくなってきた。

一藩の政治も、足軽の、一年に三両から五両ほどの給料を一年も払えない、それも藩主と執政の遊興のためだとあってみれば、恩田木工《おんだもく》をはじめとする家老職の一部や正義の士が憤激するのも無理はなかった。

だから反対派を押え、陰謀と探偵《たんてい》の網をひろげなくては、原も安心出来なくなる。虎之助の役目も、妙に殺伐たるものになってきた。

表面は黙っていても、虎之助は原の手先として働く自分に向けられる白い眼を感じないわけには行かなかった。

(仕方がない。どうにもならぬ。おれは、太夫を憎めない。裏切ることは出来ない……以乃《いの》を失ったおれの人生など、もうどうでもよいのだ。こうなったら太夫とともに運命を共にするだけのことだ)

そう腹が決まると、

(何、一藩の成り行きなど大したことはない。どうせ人間短かい一生なんだ。どうせ馬鹿《ばか》殿様に使われるだけなんだから……)

と、無理にも自分の理性に水をかけてごまかすようなことも覚えた。

寛延二年の正月……以乃が、松本から帰って来た。

子供が生まれぬからという理由で離別されたのである。

その頃、小林郡助は、妻帯して荒神町のやや大きな家に移り住んでいたので、虎之助は、以乃に会う機会もなかった。

以乃も決して外へは顔を出さず、そのうちに兄郡助から願い出て、以乃はお城の御殿へ侍女奉公に上ってしまったのである。

(一目、会いたいなあ)

虎之助は、矢も楯《たて》もなくそう思った。

また何か、希望が湧《わ》いてくるような気もした。

折を見て、原に願い、以乃を迎えるように計って貰おうとも考えた。まだ勢力の衰えていない原の一言には、小林も逆らうことは出来ない。

（それにしても、以乃はおれのことを、まだ想《おも》っていてくれるのだろうか。おれが三十一のこの歳《とし》まで独り身でいることは、すぐわかることではないか……とすれば、何とか、以乃から連絡があってもよさそうなものだが……）

そんなことを思っているうちに、春夏秋と過ぎ、十二月二日の雪の夜小林郡助の原八郎五郎襲撃となったのである。

小林は……夜更《よふ》けまで城中で執務をして退出した原に斬りかかけた乱心者ということにされてしまった。信安は江戸出府中だったが、原の独断の下に、小林を斬った自分の部下の井上半蔵はお構いなしということになった。

小林の妹、以乃は御殿から下されて、荒神町の屋敷へ押しこめられ、厳重な見張りをつけられた。

そして間もなく、以乃は自殺を遂げたのである。このことについては後で、くわしくのべることにしよう。

翌、寛延三年は、再度にわたり定められた勤務に従わぬ足軽たちの抗議に明けた。

恩田木工が出馬して、これを慰撫《いぶ》し、木工もかなり強硬に、原へ迫って、藩財政の状態、帳簿のすべてを家老職一同に発表すべしと言いはじめた。原は突っぱねた。事態は険悪になった。

虎之助は城下の監察に、江戸への道中筋への見張りに、原の警固に忙殺された。

かくて、この年の夏……虎之助は、江戸への密使暗殺の命を、原から受けることになったというわけである。

密使となった恩田木工の若党、平山重六は、虎之助と同じく、藩の武芸指南、青山大学の門下で、かなりの使い手である。年は四十歳ほどだが、足も速く胆力もある。

虎之助も昔、重六と立ち合ったことが何度かあるが負けたことはない。

（しかし、人を斬るのは始めてだな）

厭な気もしたが、またその反面、久しぶりに闘志が湧いてきたことも確かだ。

かつて、青山門下の竜虎《りゅうこ》として、家老望月治部左衛門の長男、主米《しゅめ》と並び称された思い出が、ふつふつと虎之助の腕によみがえってきた。

四

刺客三名が、密使に追いついたのは、松代から約四里ほどのところだ。

地蔵峠山麓《さんろく》の部落に馬を捨て、峠を越え、尾根路《みち》を提燈の灯と共に進みながら、渓《けい》流《りゅう》に沿って、東太郎山の裾《すそ》へ下る頃には夜が明けかかってきていた。

道は、山裾へ喰《く》い込むように、一寸の土でも無駄《むだ》にはすまいと耕された狭い畑の列と木立を縫って、上田城下へ伸びている。

「あ……いたぞ」

伊沢《いざわ》太平が、素早く下緒を引き抜き肩に廻しつつ、

「児玉。取り囲むか」

「待て……」

虎之助《とらのすけ》は、耕地と崖《がけ》に挟《はさ》まれ、うねりながら流れている洗馬川の淵《ふち》へ屈《かが》み込み、顔を洗っているらしい密使、平山重六の後姿を、やや離れた木立の中から見極め、

「おれが先《ま》ずかかってみる。おぬし達は路の両方に別れ、重六の逃走を防いでくれ」

と言った。

重六が、握り飯を食べはじめた。河原に突立ったままである。

伊沢も壺井《つぼい》も身仕度を整えると、きらり、一刀を抜き放った。

伊沢太平は三十六歳。壺井運八郎は二十七歳。共に原八郎五郎に、その剣の腕と鋭い狡智《こうち》を買われて、反対派の動向に鼻をひくひくさせている連中であった。

壺井が街道に沿った木立を縫って走り出した。迂回《うかい》して密使の上田方面への逃走を断つわけである。

伊沢は、そのままそこに立ち、こちら側を見張る。

虎之助は、まだ刀には手もかけず、ゆっくりと大きく息を吸って吐くと、

「では、いいな……」

伊沢は、うなずく。

虎之助は、静かに木立の中を歩き出した。

川の音が、朝の澄み切った大気の中に流れている。

ようやく昇りはじめた太陽は、まだ側面の山肌にさえぎられて姿を見せてはいないが、山と山の間にのぞまれる空は、青く晴れていた。

かたかたかた……と、どこかで水鶏《くいな》の鳴く声がしたようであった。

人っ子一人、影も見えない。

虎之助は、ちょうど平山重六が心を急がせつつ握り飯をほおばっている地点のうしろまで来て、街道へ出た。

ひた走りに追って来た汗みずくの躰を濡らしていた汗は、冷たい朝の空気に引いてしまっていたが、妙に喉《のど》が乾き、虎之助は何度もつばを呑み込みながら、まだ、こちらに背を向けたままでいる重六から眼《め》を放さず、腰の竹の水筒をとって水を飲み、これを投げ捨てた。

重六の躰が動いた。食事を終えたと見え、一度、しゃがみ込んだが、すぐに立ち上り、笠《かさ》の緒を結びながら街道へ上って来た。

と……重六の眼球が飛び出るかのように、むき出しになった。虎之助を見たのだ。息づまるような沈黙……。

重六が笠を放《ほう》り捨て、抜刀した。したかと思うと、じりじりと斜めに動き出した。無益に争うことは避け、あくまでも逃げようつもりなのであろう。

虎之助は、重六の動きについて行きながら、間合いを縮めていった。

約二間をへだてて向い合ったとき、重六は、街道の両側に待ち構えている壺井と伊沢を認めたらしい。

「卑怯《ひきょう》!!」と、叫んだ。

その叫びに応ずるかのように虎之助は抜刀した。理非の如何《いかん》にかかわりなく、剣士として闘う充実感が、久しぶりに彼の五体を快く引き締めた。

(勝てる!!)

二人の間の空気が、激しく揺れ動いた。

重六の無言の攻撃は凄《すさ》まじいものであった。

刀身と刀身が嚙み合い、二人の影が街道に飛び交い、また離れた。

しばらく二人とも動かなかった。

平山重六は、恩田木工の信頼を受けている若党だけに果敢であった。逃げおおせぬと知ったときの、この果敢さに、虎之助もちょっとたじろいだ形であったが……。

今度は、激烈な気合いと共に、またも重六が斬《き》り込んで来た。

同時に虎之助も躍り込んだ。

掬《すく》い上げた一刀を頭上にかざしつつ、重六と飛び違い、振り向きざまに……斬られつつも立ち直りかけた重六の頬から首にかけて虎之助はこの太刀を振った。

「うわっ！……う、う、う」

重六は、刀を落し、のけぞって転倒した。

止《とど》めを……と、虎之助が近寄ると、仰向《あおむ》けのまま血みどろの顔をわずかに起し、もう駄目だという、あきらめの色とともに、必死の気魄《きはく》を籠《こ》め、重六が呻《うめ》くように言った。

「児玉さん……私は、私は、小林の以乃どのの遺書を持参しています」

「な、何だと……」

「仕方がない。た、頼む。見て、見て下さい。この場で、あなたが見、見て……」

がっくりと、重六は息絶えた。

伊沢と壺井が駆け寄って来た。

虎之助は屈み込んで、重六の懐中から、油紙に固く密封されたものを取り出し、やしばらく考え込んでいた。

伊沢と壺井が、重六の死体を木立の中へ引き摺《ず》り込んでから、また街道へ出て来ると……。

……虎之助が、その密書の封を切って、中の手紙を読み始めているではないか。

伊沢も壺井も仰天した。

「これ、児玉っ。おぬし、何をする!!」

「児玉さん、そりゃいかん、太夫に、そのままお見せするべきだ」

「児玉っ……これ、虎之助っ」

「黙れ……おれは、太夫から読めという許可を得ているんだ」

伊沢と壺井は、不審そうに顔を見合せた。

陽《ひ》の光が、ようやく川の向うの山の突端を明るく染めはじめた。

やがて……黙念と二通の手紙を読み終った虎之助の右の眼からすーっと一筋の涙が頰を伝った。

「どうしたのだ? 児玉……」

「何です? そ、その密書は……」

「気の毒だが……」

と、虎之助は、静かに言った。

「気の毒だが、おぬし達の命は、虎之助が貰《もら》った」

話は、ここで再び、七カ月ほど前の以乃の自殺の朝に戻る。

小林の荒神町の屋敷は、ずっと奉行所の手で警備されていたのだが、その朝、小林の妻女が、以乃の自殺を発見し、大騒ぎになった。

以乃は、亡《な》き兄の刀の下緒で両膝《りようひざ》をくくり、作法通りの見事な自殺をしてのけた。

虎之助は、犯罪人の家ということで、むりやりにも今まで我慢してきたのだが……これを聞いては、もうたまりかねた。

「昔、隣同士のよしみもあり、線香を上げに行ってまいりたいと存じますが……」

直接、原八郎五郎に願い出ると、原は、

「ふむ……さもあろうところだ」

と、虎之助をじっと見て、

「小林の妹も、おぬしも……わしは気の毒じゃと思うている」

と言った。

取るものも取りあえず、出かけてみると……以乃は、以前のおもかげの全く消え失《う》せたかのように痩《や》せて、固く固く引き結んだ唇《くちびる》に、ありありと、無念の影が漂っていた。

(松本の婚家先では、どんな苦労をしていたのだろう……子無きが故《ゆえ》に去る、と言うが、しかし、……)

しかし、あまり幸福な結婚ではなかったようだ。

それに加えて、今度は兄の死……しかも藩の犯罪者としての憤死である。

（おれのことを何と考えていたのだろうか。原の下に働いていることを知って愛想をつかしたものか……それとも、もう昔の夢は消え果ててしまっていたのか……）

弔問の客とては他に一人もなかったが、……。

このとき、恩田木工《おんだもく》の代理としての恩田家の用人馬場宗兵衛が、若党の平山重六と共に堂々と乗り込んで来た。役人たちが押し止めようとすると、馬場用人は肩をいからせ、

「文句があれば主人まで申し出なさい。わしは真田藩家老、恩田木工民親《たみちか》の、厳命によってまかりこしたものだ」

押し切って香華《こうげ》を手向けた。

小林家の玄関先で、馬場用人と入れ違いに出て来た虎之助は、ふと、自分の顔を見ている平山重六の眼に気づいた。

重六ばかりではない。警衛の役人たちも、昔の虎之助と以乃の恋については、よく知っている。

玄関前では、ちょうど暇を出される下女一名、下男一名が役人から厳重な身体検査を受けているところであった。

「何だ、何だ、これは……」

横目の大島某が、下男の伊八《いはち》の荷物の中から、蒔絵《まきえ》の手鏡をつかみ出して叫んだ。

「あ……それは、お嬢さまのお形見でございます」

六十を越した老下男は、ちらりと救いを求めるような眼を虎之助に向けながら答える。虎之助も昔からよく知っている老爺《ろうや》だ。

「何、形見だと……？」

「はい。村にいる私めの孫が、十六になりまする。それにやってくれよと申されまして、昨日の夕方……」

「ふうむ……」

大島は眉《まゆ》を寄せて、手鏡をひねくり廻《まわ》した。

「大島。別に何でもあるまい。返してやれ」

虎之助は声をかけてやった。

「そうですな……別に怪しむところはないのですが……とにかく、小林家の品物はいっさい、検査が済むまで出してはならんということでして……」

「ま、よいわ。折角の形見なんだ、可哀想《かわいそう》と思ってやれ。おれが責任を持つ」

「は……では……」

感謝の涙を、ふつふつと両眼にたぎらせて、虎之助に一礼し、門を出て行く伊八の、

めっきりと曲った背中を見やりつつ、虎之助は、

（これで、以乃の供養《くよう》が、僅《わず》かながら出来たような……）

その手鏡の中に、薄紙二枚へ細い細い書体でぎっしりと、恩田木工に宛《あ》てた以乃の遺書が隠されていようとは……。

虎之助といえども、全く気のつかぬことではあった。

虎之助が斬殺《ざんさつ》した密使、平山重六の密書の中に、この以乃の遺書が入っていたことは言うまでもない。

その内容は……離別されて松代《まつしろ》へ戻り、御殿へ奉公に上った以乃の見聞が記されてある。兄の郡助は、出戻りの妹を、密偵《みってい》として御殿へ上げたのであった。

いま江戸にいる信安の愛妾《あいしょう》、吉原《よしわら》の遊女上り、お登喜の方は三の丸外の花の丸御殿に暮しているのだが……そこへ、殿様の留守を幸い、三日にあげず原八郎五郎が得意の変装で足軽に化け、濠《ほり》づたいに、奥役人永井次郎太夫の手引により、御殿の奥、お登喜の方の寝所へ忍び込むことが微細に記されてあった。

以乃が、確証を握り、これを兄郡助に知らせようとする間もなく、小林は押えに押えていた憤懣《ふんまん》を爆発させ、原を襲ったのであろう。恐らく、偶然に行き合せて、供も一人きりの原八郎五郎を倒すには絶好の機会と思ったのか……。

そのときも、もしかすると、原は足軽姿であったかもしれん……と、虎之助は思っ

た。

小林の死から間髪を入れず、以乃に警戒の眼が光ったのもうなずけることであった。

……兄の死も闇《やみ》から闇へほうむられ、以後は自分の身の回りも奉行所の警戒で自由がきかぬばかりか、自分も必ずや原の手によって殺されてしまうことだろう。それよりは、かねがね、兄が信頼を寄せていた恩田様に遺書を差しあげ、自分は、いさぎよく自殺する……と、以乃は書き遺《のこ》しているのだ。

(信頼する恩田様か……すでに、以乃は、おれを頼るべき何ものも失っていたのだろうなあ)

血に染んで倒れている平山重六の死顔を見下し、虎之助は哀《かな》しくなった。

それにしても、主君の愛妾と密通していたとは……。

(太夫!! あなたもそこまで落ちてしまわれたのか……)

がっかりもしたが……それよりも激しく、虎之助の胸に衝《つ》き上げてきたのは、愛しぬいた女の悲願が、明確に正義への道と結びついていたことである。

(おれが、原と結びつかなかったら、以乃は、おれに、この遺書を托《たく》したことだろう。きっとそうだ)

こう思い及んだとき、虎之助は、

(以乃。見ていてくれ。少し遅かったが、これからのおれのすることを……)

奮戦力闘!! 虎之助は、伊沢太平と壺井運八郎を斬り殪《たお》した。

虎之助は運よく微傷も負わずに済んだが、くたくたに疲れ切ってしまった。

だが、気力を励まし、三人の死体を山裾《やますそ》の森の中へ隠すと、彼は、再び道を松代にとって返した。

虎之助は、すぐに原邸へ向った。

「手強《てごわ》い奴《やつ》でございました。伊沢と壺井は手柄《てがら》を争う余り、重六に殪されましたが、私、重六を仕止め、取敢《とりあ》えず三人の死体は……」

死体を隠した場所へ、すぐに取り片づけるための者をやって貰いたいと、虎之助は言い、

「懐中には何もございませんでした」

「ふむ……口頭によっての使いじゃな。さもあろう。恩田のすることだ。さすがに抜目はないの」

原は、全く疑いをもっていないらしい。

「苦労であった、帰って休め」

「では……」

家へ帰ると、虎之助は、すぐに下男の茂吉を呼んだ。

茂吉は当年五十七歳だが、二十八のときから児玉家に居て、今も矍鑠《かくしゃく》たるものだ。

途中、女房を貰い、四年ほど村へ帰ったものだが、女房が病死すると、

（もう女にはこりごりでござりますよ）

と、また戻って来た。相当な悪妻で尻《しり》に敷かれ通していたらしい。

虎之助は、すべてを包み隠さず、茂吉に話した。

「よいことをなされました。よいことを……」

茂吉は感涙にむせんだ。

かねてから「虎坊さんが可愛くなければ、とっくに、この爺《じい》はお暇をもらっております」と、原の下に働く虎之助へ、よく怨《うら》みを言っていただけに、

「お前が江戸へ行ってくれ。それが一番目立たぬ方法だと、おれは思う」

「よろしゅうござります。引き受けました」

茂吉は眼を輝かせ、勢い立った。

すでに、夜に入っていた。

茂吉はただひとり、旅仕度もせずに百姓風の姿で、のこのこと家を出て、わざと須《す》坂《ざか》まで迂回し、そのあたりから山越えに大笹《おおざさ》街道を鳥居峠に出ると、吾妻《あがつま》の高原を上州へ抜け、江戸へ向った。

恩田木工から、江戸の駒井理右衛門《こまいりえもん》に宛てた手紙は……同封の以乃《いの》の遺書を、信安に見せて貰いたい。江戸も松代も、今こそ起《た》ち上って原をほうむるときである。と認《したた》

められていたのである。

二通の密書は、無事、茂吉から駒井理右衛門の手に届けられた。

愛妾お登喜の方と寵臣《ちょうしん》原八郎五郎の姦通《かんつう》を知ったとき、伊豆守《いずのかみ》信安の怒りは頂点に達した。

信安も近頃では、口には出さぬが、余りにも自分を友だち扱いにし、主君である自分よりも豪華な生活をしている原に不満を持ち始めていたところだったし、家臣たちが、原の威勢を怖《おそ》れて、むしろ自分をないがしろにする風潮をも苦々しく思っていたところだ。

死を賭《と》した以乃の遺書は、信安に決意させる大きな原因となった。

五

宝暦《ほうれき》元年十二月一日……原八郎五郎は、伊豆守信安の命をもって懲罰を申し渡された。

……だんだん不届きの儀これあり、急ぎお仕置き仰《おお》せつけらるべく候《そうら》え共、御情をもって御知行召し上げられ、原郷左衛門へお預け仰せつけらる……というのであった。

密書を守った小林、児玉両家の下男、伊八と茂吉は、それぞれ御褒美《ごほうび》を頂戴《ちょうだい》した。

この前後に渉《わた》って、松代藩には、さまざまな事件が起り、幕府にもお家騒動の内幕が露見して、危うく取潰《とりつぶ》しを喰うところであったが、恩田木工をはじめとする忠臣によって事をまぬがれた。

恩田木工は、後に、執政となって、窮乏の極に達した松代藩の政治改革を断行し、藩を安泰にみちびくことに成功した。

木工は〝罪を憎んで人を憎まず〟の真田《さなだ》家の家風をあくまでも貫き、後年、原八郎五郎を城外の清野村に隠居させた上、原の息子の岩尾に禄《ろく》を与えて取り立ててやったほどである。

そういうわけだから、原の下に集まっていた者たちの中で、汚職やら何やら、ひどいことをしていた奴どもは、それぞれ罰を受けたが、それもかなり寛大な処置であった。

松代藩については、もうこの位にしておこう。

それよりは、児玉虎之助である。

虎之助は、原八郎五郎が懲罰された翌年の宝暦二年の二月、……江戸藩邸に召喚され、出府中の恩田木工から特別の申し渡しを受けた。

平山重六殺害の罪はまぬがれぬところだが……その際、心機一転、よくお家のためにつくした功績を認めた上、旧禄十石に減俸《げんぽう》の上、徒士組《かちぐみ》へ廻す……というのであった。

つまり振出しへ戻ったわけである。

「恐れながら……」

と、虎之助は、

「御寛大なる御処置を受けまして、手前ただただ恥入るばかりでございます。この恥多き身をそのまま、真田家の家来として過すわけには……苦しくて苦しくて耐え得られません。何とぞ、お暇を賜わりますよう……」

恩田木工は、ひょろ長い躰《からだ》の上の、穏和な、にこやかな顔を、ふっと引き締め、

「浪人は辛《つら》いぞ」

こちらの全身へ沁《し》み渡るように、温い声であった。

虎之助は冷汗が吹き出すのを感じた。

(何故おれは、この人の敵方についたのだろう)

しかし、なおも虎之助は、

「覚悟しております。何とぞ、お暇を……」

「宮仕えに厭気《いやけ》がさしたのか……そうであろう」

「は……」

それもあった。

「よし。許そう。好きなようにせよ」

「有難き仕合せに存じまする」

「しばらく待て……」

人払いした御用部屋で、しばらくの間、ぽつねんと待っていると、やがて恩田家老は、何か大きな袱紗《ふくさ》に包んだものと白い小さな紙包みを持って現われた。

「虎之助。これはお上より下される。お受けしなさい」

木工は紙包みの方を出し、虎之助へ渡した。金だ。

「恐れ入りましてございます」

虎之助は、有難く、素直に頂戴することにした。

木工はつぎに袱紗包みを出し、

「これは、わたしからおぬしへの餞《はなむ》けじゃ、取れ。開いてみなさい」

押し頂いて受け取り、袱紗を払い、中の品物を見た虎之助は、

「あ……」

と眼を見張った。

それは、あの以乃の遺品であった。

遺書が潜んでいた蒔絵の手鏡なのである。

「以乃も、あの世で、よろこんでおるだろうな、虎之助……」

と恩田家老がいった。

もう堪《たま》りかねた涙が、一度にどっと………。

児玉虎之助は、手鏡を抱き込むように、肩を激しくふるわせて畳に突伏した。

（「小説倶楽部」昭和三十四年九月号）

黒雲峠

この峠は、駿河《するが》と甲州の境にある。

その頂上は、折り重なった山々に囲まれ、見晴しは余り利《き》かず、甲州側へ抜ける山道の両側は、楢《なら》や杉の原始林だった。

谷間にあった無人の炭焼き小屋の焚火《たきび》に一夜を明し、この日の未明、たちこめる秋の山霧を雨合羽《あまがっぱ》に避け、峠へ登って来た五人の侍は、いずれも築井《つくい》家の藩士である。

彼等は、やがて此処《ここ》へ登って来る筈《はず》の、二人の侍を待受けているのだ。

間もなく、この峠の上で、二対五の生命《いのち》を賭《か》けた斬合《きりあ》いが始まろうとしている。

一

築井家の奥用人、玉井平太夫《へいだゆう》が、鳥居文之進という馬廻《うままわり》役の青年武士に討たれたのは二年前の夏のことだ。

築井家は山国の小藩で、平太夫は、もと奥祐筆頭《おくゆうひつがしら》をつとめ、城の御殿での記録文書を筆記していて、身分は十五石四人扶持《ぶち》という小身者だったが、能書の者の多い祐筆衆の中でも、とりわけて、その筆蹟《ひっせき》は見事なものだった。

やがて、藩主に書道を教えるようになり、持ち前の愛嬌《あいきょう》と機智《きち》を大いに認められ、藩主の築井土岐守《ときのかみ》は、手習いのときばかりではなく夜のお伽《とぎ》の相手にも呼ぶようになった。

平太夫は乱舞や鼓《つづみ》にも長じていたし、話術も巧みで藩主の奥方にも気に入られ、それからはとんとん拍子に出世して、鳥居文之進に暗殺されたときは、五百五十石の奥用人にまでのし上っていたのである。

奥用人といえば、御殿の奥深く、藩主の傍《そば》に附きっ切りで、身辺の用事はもとより、政事向きのことにまでも重要な発言を許される、いわば藩主の秘書のような役目で、それだけに平太夫の威勢は大きなものとなった。

藩主が一日も平太夫なくては——というほどの寵愛《ちょうあい》ぶりだし、家老達も一目置くようになり、平太夫の口利きで出世の蔓《つる》を摑《つか》もうとする取巻きの侍や部下の追従《ついしょう》や賄賂《わいろ》にも馴《な》れて、平太夫は次第に我を忘れ、慢心しはじめた。

土岐守が参勤交替で江戸の屋敷に暮しているとき、ひそかに吉原《よしわら》へ案内して遊興の味を覚え込ませ、世間知らずの若い藩主を有頂天にさせたのも平太夫である。

平太夫は少年の頃《ころ》から小身の家の約《つま》しい家計に生れ育ち、中年近くなってから異常な出世をしただけに、藩主の寵愛を一身に浴びているのだという自信をハッキリと知ったときには、藩主と共に踏み入れた享楽《きょうらく》や官能の世界——濫費《らんぴ》のたのしさに、目もくらむような思いで溺《おぼ》れ込んでしまったのだ。

築井藩は五万石だが、山国だけに米も余り穫《と》れず、風水害も多い。貧乏な藩だから、藩主の無駄使《むだづか》いは、たちまちに下へ響いてきて、詰まるところは民百姓を圧迫し、底の底までも、これを滓《しぼ》り取るという悪い政事になるわけだ。

それでも藩の侍達は、平太夫の威勢をおそれて、蔭《かげ》では嫉妬《しっと》しながらも、これを咎《とが》めないばかりか、むしろ反対に、そのおこぼれを拾おうとする者が大半だったと言ってもよい。

鳥居文之進は、ついに、たまりかねて、二年前の夏の夜、平太夫が城下に囲ってある妾《めかけ》の家へ駕籠《かご》で出かけるところを、城下はずれの藤野川にかかっている橋のたもとに待伏せ、単身襲いかかり、刺し殺して逃亡したのである。

土岐守は激怒して捜索隊を八方に飛ばして文之進を追わせたが、捕えることは出来なかった。

文之進は、母一人子一人の家で、母はすぐに自害してしまい、鳥居家は取り潰《つぶ》され、平太夫の長男、伊織《いおり》が敵討《かたきう》ちに出ることになった。

藩主の寵愛する玉井平太夫の敵討ちだけに大がかりなものとなり、土岐守は、この敵討ちを公儀に届出ると共に、玉井伊織の助太刀として五人の藩士を選抜した。

小西武四郎《たけしろう》（三十六歳）

佐々木久馬（二十四歳）

樋口三右衛門《ひぐちさんえもん》（二十七歳）

それに、足軽頭という小身だが、剣術に長じている富田六郎、村井治助の二名と、故平太夫の弟で、玉井惣兵衛《そうべえ》という四十五歳になる侍を加え、玉井家の仲間《ちゅうげん》、伊之助《いのすけ》が供について、敵討ちの旅に出発した同勢は八人だった。

二

玉井惣兵衛は勘定方をつとめていたが、ただ一人の親類として、厭《いや》でも甥《おい》の伊織に附添って行かなくてはならなくなり、

「わしは、算盤《そろばん》をはじくことなら誰にも負けはせんが、刀を抜くことは大きらいなのでな。困った、実に困ったことになったものだ」と、妾のおみちにこぼした。

おみちは足軽の娘で、数年前に妻が病死したまま独身の惣兵衛に仕え、その身の廻りを世話していた女中なのだが、小柄《こがら》で肌《はだ》が抜けるように白く、固肥《かたぶと》りした愛らしい女だ。

すぐに惣兵衛は、おみちに手をつけ、城下の弓張村というところへ小さな家を建ててやって、ひそかに住わせ暇さえあれば入りびたりになっていたのである。

「でも、小西様はじめ五人もの方々が助太刀についておいでになるのですから、大丈夫だと思いますわ」と、おみちは屈託なく笑うのである。

「それは、まアそうだ。甥の伊織と文之進とは互角の腕前だそうだしな。その上に小西のような一刀流の免許を持っている強いのがこっちについているのだから、まア、わしが手を下さずとも……」

おみちは声をたてて笑った。

「何が可笑《おか》しい？」と、ムキになる惣兵衛に、

「だって——だって、あなたさまが腰のものをお抜きになるところを考えると、あたくし……」

「これッ。つまらんことを言うなッ」

鼻白んで睨《にら》みつけてみたものの、惣兵衛も、思わず苦笑をさそわれてしまい、

「全くなア。戦国の世ならともかく、今更、刀を抜いて斬り合うことなどは考えただけでも馬鹿《ばか》々々しい」

舌打ちをして彼は、此頃《このごろ》、ややたるみかけて、でっぷりと肥ってきた膝《ひざ》におみちを抱き寄せ、その背中から手を廻して、やわらかな胸もとへ差し込みながら、

(兄も殿様の寵愛をいいことに、少しやりすぎたのだ。職権を利用しての収賄だけでも大へんなものだったからな。殿様を焚きつけ、自分一人が良い思いをして、のさばり返っているからこんなことになるのだ。文之進も文之進だ。何も殺さなくてもよかったではないか。若い者は短気で困る。全く困る。おかげで、わしは、彼の首をとる

までは、この可愛《かわい》いおみちの肌の匂《にお》いを無理にも忘れなくてはならない……）

惣兵衛の長男は幼少の頃に亡《な》くなり、次男はいま十五歳になるが、子供のことよりも中年になって初めて知ったおみちの奔放な、若さに満ち溢《あふ》れている肉体の魅力に惣兵衛は夢中だったのだ。

若いときには養子の口もなく、小身の家の次男坊で、兄の平太夫の厄介《やっかい》になり、平太夫が出世してから、その引き立てで勘定方へ取り立てられ五十石の知行《ちぎょう》を貰《もら》うようになっただけに、惣兵衛は、女と言えば病身だった妻の瘦《や》せた体以外にほとんど知らないと言ってもよかった。

出発の日――藩主の土岐守は、わざわざ乗馬で城下はずれへ出て来て敵討ちの一行を見送った。異例のことだったし、それだけに藩主が亡き平太夫へ向けていた寵愛の度が強く、敵、文之進への憎しみが激しいということになる。

藩の侍達も平太夫の死には何の未練もなく、むしろ（態《ざま》を見ろ）という気持の方が大きい。平太夫の出世と権力には不平満々だったし、藩主から受けている寵愛ぶりには、羨望《せんぼう》と嫉妬でジリジリしていたのだったが、藩主みずからが見送りに出るというので、その手前仕方なく、ほとんどの藩士が伊織一行を藤野川の橋まで盛大に見送った。

玉井伊織は、十日ほど前に生れたばかりの赤児と若い妻と、父が出世を遂げてからも尚《なお》、約《つま》しい昔の儘《まま》の控え目な暮しぶりを守っている優しい老母と別れ、気の進まない敵討ちの旅にのぼった。

(文之進が父を討った気持は、よくわかる。殿様を籠絡《ろうらく》し、藩の綱紀と政事を乱した父が討たれるのは当り前のことなのだ)と、伊織は何度も何度も自分の胸に言い聞かせた。

小西武四郎はじめ助太刀の侍達も、自分の敵でもない文之進を討つ為《ため》に、ともすればこぼれかかる愚痴や忿懣《ふんまん》を押え押え、それぞれの妻や子に別れを告げ、この厭な役目を一日も早く果して、故郷へ帰る日のことを考えつづけていた。

出発の前日、お暇《いとま》の挨拶《あいさつ》に御殿へ上った伊織と六人の侍達に、築井土岐守は額に青筋をたてて、

「文之進を討ち果すまでは、そのほう達、死んでも帰るなッ」

癇癖《かんぺき》の強い声で、そう命じたのである。

助太刀の侍達にしても、玉井平太夫が殺されたときには双手《もろて》をあげ、「これで悪臣が消え、殿様のお目もさめるだろう」などと、よろこび合ったものだが、藩主の怒りが、ひたすらに敵の文之進に向けられている現在、厭でも、この任務を果して来なければならなかった。

だが、独身で、槍《やり》が自慢の佐々木久馬と、仲間の伊之助だけは、激しく意気込んでいた。

久馬は敵に出会ったときの自分の働きに、冒険と昂奮《こうふん》と功名を思い、伊之助は、若《わか》旦那《だんな》様のお供をして旦那様の敵を討つ日の感激に今から燃えていた。というのは、悪臣と言われた玉井平太夫も、自分の家来には、下僕、女中に至るまで、仲々思いやりの深い一面があって、伊之助が女中のお仲と心を交し合うようになったときも、寛大に二人を夫婦にさせて邸内の一部屋を与えてやったこともある。それだけに伊之助は、主人の悪評も耳に入らず、ただもう、文之進への恨みに徹し切っていたのだ。

三

敵の鳥居文之進は玉井平太夫を殺害するや、北国への街道を逃げにかかった。

文之進の伯父が、北国に五十万石を領する或《あ》る大名に仕え槍奉行をつとめていたからである。

簗井家の捜索隊も、これを見通していち早く国境の警備を固めたし、数日のうちに伊織一行が追い迫って来たので、大胆にも文之進は、山伝いに引返して来て簗井の城下町の背後を抜け、江戸へ向った。

信州から奥羽《おうう》、上州と、伊織一行に追われて、何度も危機に遭遇しつつ、文之進はその年の秋に江戸へ入り、八丁堀《はっちょうぼり》に道場を開いている剣客、天野平九郎のところへ逃げ込んだのである。

天野平九郎は越後新発田《えちごしばた》の浪人で、江戸の町を荒し廻っていた八人組の浪人くずれの強盗を斬殺《ざんさつ》したという噂《うわさ》もあったし、奉行所の与力、同心達にも、かなり門弟がある。

文之進は剣術に熱心で、藩主の供をして参勤交替で江戸の藩邸につとめているときなどには、よく天野の道場へ出入していたらしい。

「面倒なことになったぞ」と、敵討ちの指揮者をもって任じている小西武四郎が唇《くちびる》を嚙《か》んだものだが、果して文之進の所在を突き止めることが難かしくなった。

幕府の許可を得ている敵討ちだが、天野平九郎の門弟である奉行所の役人達が巧みに邪魔をして尻尾《しっぽ》を摑ませなかったし、平九郎もしぶとい男らしく、平然と道場を構えたまま動ずる気色もない。逃げ込んだことは確からしいし、伊織一行は、それから半年近くも、根気よく天野道場を見張っているより仕方がなかったのだ。簗井家の江戸藩邸からも侍を出して、いろいろと援助してくれたが、平九郎と文之進は親類でも何でもないだけに「そんな者は知らぬ」と突ッぱねられればそれまでのことなのである。

「こうしているうちに、文之進の伯父が救いの手を出すようになっては事がいよいよ面倒になります。いっそのこと斬込んでは――」

と、血気にはやる佐々木久馬も、見えないようでいて、道場内の厳重な警戒ぶりには二の足を踏まざるを得ない。屈強の門弟達が十数名も泊り込んでいる。斬り込んで、もし文之進が見つからなかったときは目も当てられないことになる。

それが、この春、突然に文之進は天野一人を附人《つけびと》として江戸を脱け出たのである。

これに気づいたのは伊之助だった。夜更《よふ》けの街に、夜なきうどん屋に変装して道場の傍に張り込んでいた彼の報告を聞いて、

「これは、いよいよ文之進の伯父が乗り出したに違いない」と小西武四郎が言った。

文之進の伯父が、今まで救いの手を伸べなかったのは、自分の主家である福田家と他藩の築井家との紛擾《ふんじょう》を考慮してのことだと推察していたのだが、文之進の伯父は、ようやく敵持ちの甥を迎え入れる用意をしたものに違いない。何しろ福田家の槍奉行と言えば大身の侍だし羽振りもよい。他国の福田家に逃げ込まれては、反対に侵入したこちら側が危くなる。

「文之進め、福田家に召抱えられるのではあるまいか?」

「そうかも知れぬ。天野平九郎の奴《やつ》も文之進の伯父に、ひそかに頼まれ、彼を無事に福田家へ送り届ければ、きっとそれだけの褒美《ほうび》にありつくのだろう」

「とにかく福田家へ逃げ込まれてはいかん。一刻も猶予《ゆうよ》はならんぞ」

伊織《いおり》一行も、その夜のうちに江戸を発《た》ち、文之進を追った。

翌日は必死になって中仙道《なかせんどう》に敵を追った一行が、その夜は熊谷《くまがや》宿に泊り、次の日の早朝――あわただしく旅籠《はたご》から出て来た伊織一行は、ほとんど同時に街道を隔てた向う側の旅籠から出て来た文之進、平九郎にバッタリ出会ったのだ。

たちまち、乱闘になった。

そのとき天野平九郎は、素早く文之進を後手にかばい、飛び掛る富田六郎を抜打ちに斬《き》り倒し、出て来たばかりの旅籠へ逃げ込み、帳場から台所へ抜け、あわてて追討ちにかかるこちら側の刃《やいば》を潜《くぐ》って、裏手を流れる小川へ、村井治助を突き斃《たお》した。

平九郎は、小鼻の傍に大きな黒子《ほくろ》がある脂《あぶら》ッ濃《こ》い顔を、殺到する武四郎《たけしろう》や久馬に向けて、にやりと笑って見せた。

実戦に馴《な》れ切った、その大胆で落着き払った駈引《かけひ》きの鮮かさに、こちら側は息を呑《の》まれた形になり、文之進と平九郎が再び路地伝いに街道へ出て、通りかかった問屋場の馬を奪って逃げる隙《すき》を与えてしまったのである。

それは五カ月ほども前のことだ。

ようやく敵を、この峠の谷間にある、鄙《ひな》びた山の湯宿に追い込み、仲間の伊之助《いのすけ》を湯治の百姓に変装させて、見張りに置き、峠を甲州へ越えて、北国の伯父のところへ逃げ込もうとする文之進を待ち伏せている五人の侍達は——あの熊谷宿の朝、六尺近い体を敏捷《びんしょう》に働かせ、あッと言う間に、富田、村井の両剣士を斃した天野平九郎の鋭い剣の捌《さば》きと、小鼻の黒子《の》を思い起し、内心、暗い不安と恐怖に包まれ、これをどうしても払い退けることが出来ないのだった。

四

山霧がはれると、密林に囲まれた峠にも、少しずつ朝の光りが漂ってきはじめた。

玉井伊織と伯父の惣兵衛《そうべえ》は、山道から切れ込んだ林の中で、旅の荷物を入れた行李《こうり》に黙念と腰をおろし、深い山の夜明けの寒さに冷え切った体を動かそうともしない。

樋口三右衛門《ひぐちさんえもん》と佐々木久馬は、〔黒雲峠〕と記された文字も、黒ずんだ木肌《きはだ》に吸い込まれそうな古びた道標の前に踞《うずく》まり、小西武四郎は、やや離れたところに腕を組んで立ち、敵の到着を知らせに登って来る仲間、伊之助の姿が、山道を蔽《おお》っている木立ちから現われるのを待っていた。

いや、待っていた、というよりも、武四郎は、むしろ伊之助の報告を聞くのが恐ろしいような気がする。彼が此処《ここ》へ「やがて敵が登ってまいります」と知らせに来るときを一刻も遅く引き延したいような矛盾した気持が、影のように胸の中をよぎるのだ。

道場で鍛練し、五月の節句に行われる御前仕合の度びに見事な手練のほどを披露《ひろう》して「小西武四郎の一刀流は藩内随一だ」と評判をとった自分の剣術が、この春、天野平九郎の冴《さ》え切った剣の働きを眼《ま》のあたりに見てからというもの、実に頼りなげなものに思えてきて、武四郎は、木剣や竹刀《しない》で勝ちとった過去の試合での自信を取り戻そうと、心中、どれ位、自分と闘ったことか――しかし、一行の指揮者として、また国を出るときは「鳥居文之進ごときは俺《おれ》一人で沢山」などと豪語した手前もあるし、顔にも口にも決して弱味を見せるわけにはいかないのである。

この峠へ着いてから、ほとんど口もきかず立ちつくしている小西武四郎の後姿を見て、樋口三右衛門が、そっと佐々木久馬に囁《ささや》いた。

「大丈夫かな?」

「何がです?」

「小西殿は平九郎に勝てるかな?」

「と言われるのは、つまり、我々がでくのぼうだということなのですかッ」

久馬は昂奮して言った。

「おい、大きな声を出すな。そういうわけじゃないが、小西殿が平九郎さえやっつけてくれれば、我々で文之進を押し包み、一気に首をあげることが出来るからな」

「小西殿の一刀流は……」

「そりゃわかっておる。しかし、あのとき、熊谷宿のときの平九郎の働き――おぬしだって知っている筈《はず》ではないか」

「だからどうだと言うのです。とにかく、私達は文之進の首をとらぬ限り、国へ帰れぬのですから――なあに、天野平九郎だって鬼じゃあるまい」

久馬は胸を張って強がりを言い、闘志を燃やそうと試み、立上って手槍の柄袋《つかぶくろ》をはねて、しごきはじめた。

国を出るときに隠居したばかりの父親が、

「玉井平太夫敵討ちの助太刀などは馬鹿々々しいことだが、しかしな、久馬。殿様のお声がかりとあっては、どうも仕方がないことだ。この上は、見事に働いて手柄《てがら》をたててこい。そうすれば殿様のお目にもとまり、行末の出世の糸口も開けようというものだからな。しかし、死んでくれるなよ。生きて帰って来てくれよ」そう言って、心配そうに励ましてくれたときも、文之進一人ならと、

「たった一人の敵を討つのに七人も出かけて行くことはないのですよ。まア、私の槍がどれほどのものか、たのしみにしていて下さい」昂然と言い放ったものだったが

――熊谷宿で突き込んだ自分の手槍を燕《つばめ》のようにかいくぐって斬りつけて来た平九郎の凄《すさ》まじい剣が鼻先きを掠《かす》めたときの恐怖は忘れることが出来ない。

あのとき横合いから、村井治助が飛び込んでくれなければ、どうなったか知れたものではない。現に村井は二、三合したかと思うと頭を割りつけられて殺されてしまっ

たではないか。

　青ざめて、惰性的に槍をしごいている久馬を横眼で見やり樋口三右衛門は、そっと懐《ふとこ》ろに手を忍ばせ、肌身につけている小さな銀の簪《かんざし》を握りしめてみた。

「これを、わたくしだと思って——」と、出発の前夜、新妻が紅《もみ》の布に包んでよこした簪なのである。

　あの夜——泣き咽《むせ》びながら、自分の愛撫《あいぶ》に応《こた》えた妻の長い眉《まゆ》や、円い肩を、三右衛門は昨日のことのように覚えている。

（俺は帰る。首尾よく、この役目を果し、きっと帰るぞ）三右衛門は心に叫んだ。

　すると、急に恐怖が消えて闘志を掻《か》き立てられるような気がしたが——すぐに天野平九郎の白く光る眼が、彼の背筋を寒くした。

　何処かで、鋭く野鳥が鳴いた。

　陽《ひ》は、あたりの山肌に遮切《さえぎ》られて射《さ》し込んで来ないが、深い木立ちを通して、谷を隔てた彼方《かなた》の紅葉した山肌が見えるようになってきた。

　樹々《きぎ》の上を風が渡って行った。

「ううう。寒いの、山の朝は——冷え切ってしまった」

　三右衛門は沈黙に耐えられなくなり、久馬に声をかけてみた。久馬は槍をしごく手をとめ、林の中を指して、

「かんじんの伊織殿が、あのように消気込《しょげこ》んでいるのはどうしたことです。一体、我々は誰の為《ため》に助太刀をするのだ」と忿懣《ふんまん》をぶちまけた。

「全くだ」

三右衛門はすぐに相槌《あいづち》を打ち、

「いいかげん気が抜けるな」

「斬合うのが怖いのですな——きっと」

「しかし、伊織殿は、かなりやる筈だぞ。熊谷宿でも文之進とは大分やったではないか」

「当り前です。富田も村井も斬死しているのだ。引っ込んでいるわけにはまいらぬ。しかし、わけがわかりませんな。私達が力を尽して、やっと此処まで敵を追詰めてやったのに、あの仏頂面《ぶっちょうづら》はどうです。叔父御の惣兵衛殿が臆病《おくびょう》で役に立たぬのは、わかっているが……」

「よし。言ってやるか。我々は一体、誰の為に、妻子と別れ、苦しい旅を足かけ二年も続けて来たのだと伊織殿に言ってやろう」

「全くです。晴れの日を迎えて、あんなにしょんぼりしていられてはやり切れん」

若い久馬は息まいて、本当に足を踏み出しかけた。

「まア、待て」

何時《いつ》の間にか小西武四郎が傍へ戻って来ていて、久馬の袖《そで》を引いて止め、思慮深いところを見せようと、内心の不安を精一杯に押えつけながら、

「いいか。首尾よく敵の首を持って国へ帰れば、殿様は大よろこびだ。伊織、出かした、よくぞ父の敵を討った。賞《ほ》めてとらす、か何かで、たちまち亡父平太夫《へいだゆう》の跡を継ぎ奥用人に取立てられるに決まっておる——な、奥用人といえば、日がな一日、殿様のお傍で、ぺらぺらとおしゃべりするのがまア一つの役目だ。となると、下手なことを言って、あいつに恨まれてはあとがまずい」

「成程——」と三右衛門が苦笑をした。

「まア、立派に助太刀してやることさ。ともかく我々は殿様の命によって助太刀に来ているのだ。よいかッ、敵の、文之進の首をとらぬ限り、我々は妻や子の待つ我家へは帰れないのだぞ。したくもない助太刀をするのも侍に生れた宿命というものだ——敵討ちなどというものは永引いたら切りがないからな。今度こそ——今度こそ逃がしてはならぬ」悲痛に言い捨てると、武四郎は、もどかし気に両足で地面を踏みならし、

「伊之助の奴、何をぐずぐず——」舌打ちして、山道を林の中へ駈《か》け込んで行った。

五

「伊之助の奴、まさか敵に見つかったのではあるまいな」

玉井惣兵衛は、甥《おい》の伊織に、ぼそっと話しかけたが、伊織は答えなかった。荷物の上に腰かけ、一点を見入ったままだ。足かけ二年の旅に老《ふ》け込んだ横顔が、密林の薄明に白く浮んでいる。

風が鳴ると、林の中は落葉のひそやかな囁きで満たされる。

惣兵衛は、白い眼でチラリと甥を睨《にら》み、また頭を抱えて黙り込んでしまった。

惣兵衛は、国へ残して来た妾《めかけ》の、しっとりと湿っていて、なめらかな若い肌の感触、その記憶の糸を執拗《しつよう》に懸命にたぐりはじめる。

惣兵衛は、天野平九郎の圧倒的な剣の力を思い、たとえ二対五の争闘でも勝利を得るのは難かしいと考え、自分はもう、あの柔らかくて重味のある、甘い匂《にお》いのするおいみちの体を再び抱くことが出来なくなるのではないかと気が滅入《めい》った。

谷間の湯宿に敵の動静をうかがっている仲間《ちゆうげん》の伊之助が、駈けつけて来るのも間もないことだろう。

斬り合いが始まったとき、俺は、この体を、どういうふうに持ち扱ったらいいのか——それを考えると、惣兵衛は心臓が皮膚を突き破って飛び出すような気がした。手も足も、わなわなと震えているのである。

「伊織——伊織——」と惣兵衛は、また沈黙に耐え切れなくなり声をかけた。

「頼むぞ。し、しっかりやってくれ。今日こそ——な、今日こそだ。いいな——」

伊織は、近寄って手を差し伸べ肩でも叩《たた》こうとしたらしい叔父を疎《うと》ましげに見て、ふいと立上り、

「私は――私は、文之進を討つ気にはなれない」と呟《つぶや》いた。

「これッ。馬鹿《ばか》を申すな」

「私には、文之進が、お家の為を思い、父上を討った気持がよくわかる」

「黙らんか、伊織――」

叱《しか》りつける惣兵衛に、伊織は、一層昂《たか》ぶってきたものを押え切れず、

「父は、自分の出世の為には、どんなことでもしました。賄賂《わいろ》を使い世辞を振りまき、妹の――妹の千代までも殿様に差し出したではありませんか。可哀想《かわいそう》に、妹のやつ、人身御供《ごくう》になったようなものです」

「今更、何をつまらんことを――」

叔父の威厳を見せようと努めながら惣兵衛は、ふっと、伊織もまた、国へ残して来た妻子や老母のことを思い浮べているに違いないと感傷的な共感を覚えて、この甥をいじらしいと見たのである。

伊織は、なおも吐き捨てるように、

「あの世間知らずの殿様が、酒や女に溺《おぼ》れ、父上の言うままにあやつられて、国も家来も忘れ――」

「もうよいよい」

「たかだか五万石の我藩で、殿様が、あのような贅沢三昧《ぜいたくざんまい》されるようになっては、民百姓がたまらぬ。それも元はと言えば、父が……」

「叱《し》ッ。久馬が峠の道から、こちらを見ておるぞ。聞えてはいかん」

その佐々木久馬の姿が、切迫したものを含んで樹の蔭《かげ》に隠れた。何か叫ぶ三右衛門の声がした。

久馬は再び姿を現わし、林の中へ怒鳴った。

「伊織殿ッ。伊之助が戻って来ましたぞッ」

六

伊織と惣兵衛が峠の道へ出てみると、仲間の伊之助が、小西武四郎から竹の水筒をもらって、猟犬のように舌を出し、荒々しい呼吸で、むさぼるように口をつけるところだった。

「静かに飲めよ」

と、武四郎が注意を与える。

伊之助の体からは、鼻をつくような汗の匂いが発散していた。

五人の侍は、水を飲み終る伊之助の顔を、不安と恐怖に包まれながら見守った。

敵に逃げられることも困るが、――附人《つけびと》の天野平九郎に出会うのもたまらない気持がした。

そして尚、望郷の念には灼《や》けつくような乾きを覚えていた。

伊之助だけが単純に、今日の闘いの勝利を信じていた。

「情深い旦那《だんな》様の敵、文之進が生きていられる筈《はず》はねえ。神様も仏様も、伊織様の背中に、ぴったりくっついておいでなさるのだ」

汗と山霧に、体も着物もびっしょり濡《ぬ》らし、眼を血走らせ、喘《あえ》ぎながら山道を急いで来た彼は竹筒の水を飲みほすまでは口もきけなかった。

伊之助が竹筒を置くや否《いな》や、苛《い》ら苛らと見守っていた侍達は、口々に浴びせかけた。

「か、敵《かたき》は来るかッ」

「様子は？　様子はッ？」

「きさま。遅いではないかッ」

「何だ、息を切らせておって――しっかりせい。貴様の主人の敵を討つのだぞッ」

怒鳴りつける久馬を武四郎は押え、

「ま、よい――伊之助、敵は――平九郎は確かに来るのだな？」

「まいります。やがて、これへ――」

伊之助は、顔中に血をのぼらせ、

「小西様。お指図通り、昨日の夕方、この谷間の宿にそっと泊り込み、敵の泊っている部屋を突きとめましてござります」

「フムフム。で、昨夜の様子は？」

「はい。私、夜が更《ふ》けてから、敵の部屋の縁の下へ忍び込みまして――」

「こいつ、存外、肝の太い奴《やつ》だ」

伊之助は誇らし気に、三人の侍を見廻《みまわ》してから「気づかれなかったろうな？」と問いかける三右衛門に、しっかりと答えた。

「へ――大丈夫でござります」

「それで？――それで？」

「はい。すると、その――夜中でござります。夜中に――」

「夜中にどうしたのだッ？」

「はい。その天野平九郎めが、夜中に腹痛を起しまして、大変な苦しみ方で……」

侍達は電光のような視線を交し合った。

小西武四郎が努めて冷静に、

「貴様、縁の下で聞いたのだな――」

「へいッ。腸《はらわた》が捻《ね》じくれるようだと、苦しがっておりました」

一寸《ちよつと》した沈黙の後に、

「下痢でも、起しおったのかな」と言った樋口三右衛門《ひぐちさんえもん》の声は異常な昂奮《こうふん》にふるえていた。

小西武四郎《たけしろう》は眼を輝かせ、

「ふむ——それで伊之助《いのすけ》。きゃつらは、病気を押してまでも出発したいと言うのか？」

「へいッ。この峠への道へかかるのをハッキリ見届けてから、私は大急ぎで——ま、間違いはございません」

身を乗り出した武四郎の喉《のど》がゴクリと鳴った。

「そして——そして、今日の平九郎の様子は、どうであった？」

「それが、何分近くへ寄れませぬもので——平九郎めは杖《つえ》をつき、顔をしかめていたようでござります」

「何、杖をついておったと——」

山の尾根を抜けた秋の陽《ひ》が、樹々の間を縫って縞《しま》をつくり、峠の上へも射《さ》し込んできた。

「病気を押してまでも出発したのは、追われる者の苦しさだなア」と叫んだ小西武四郎の声には、甦《よみがえ》ったような明るさがある。

武四郎ばかりではない、侍達は、濃霧を突き破って青空の山の頂点に躍り出たように生色に溢《あふ》れ、活気に満ちてきた。樋口三右衛門は手を打ち、思わず洩《も》らした。

「平九郎が病気とはしめたな」

「全くだ。出来ることなら病気が癒《い》えてから立合ってやりたいが、そうもいかぬしなア」

小西武四郎が久しぶりに微笑を浮べる。

天野平九郎が、腸がよじれるほどの痛みを押して、しかも一里余りの嶮《けわ》しい山道を登って来るその疲労は、必ず、彼の剣の力をにぶらせてしまうだろう。

(おみちよ。どうやら、お前の許《もと》へ帰れそうだぞ)と、惣兵衛《そうべえ》の唇元《くちもと》がニヤリとほころびたのも無理はなかった。

伊織《いおり》だけが黙って、憂《うれ》わし気に眉《まゆ》をしかめている。

(文之進が気の毒だ。頼みにする天野が病気では、あいつ、今日、この峠で死ぬことになる。我藩の行末を思い、父を斬《き》ったあいつを私は少しも恨んではいない。皮肉なことだ、皮肉な――)

「平九郎が病気とは、しめたしめた」

「しかし、何だか物足りませんなア」などと喜色を隠そうともしない三右衛門や久馬に、武四郎は、

「平九郎は、わし一人で引受ける。おぬし達は伊織殿を助け一時も早く文之進を――よいな」

急に強くなった武四郎へ、久馬が、

「しかるのちに、そちらへ御助勢を……」

「いらんいらん。わし一人で充分だ」と武四郎は両手をひろげて、深く息を吸い込み、

「いよいよ、今日か――」

武四郎にも、十歳と八歳になる男の子がいる。

(育ち盛りだ。大きくなったろうなア)と、彼は、余裕たっぷりに刀の下緒を外し、

「伊織殿。お仕度お仕度」

「心得た。さ、伊織――」惣兵衛は、甥《おい》を押しやるように林の中へ連れ込み、伊之助と共に、荷物をほどいて、鉢巻《はちまき》や襷《たすき》を出し、伊織の身仕度を手伝いにかかった。

この敵討ちが済めば、伊織が父の跡を襲い、奥用人になる。そうなれば自分も――と、惣兵衛は、むしろまめまめしく、何かと世話をやいた。

伊之助は、すぐに小西武四郎に呼ばれ、少し離れた崖《がけ》の上まで見張りに出ることになった。

「若旦那様――首尾よく……」と、うるんだ瞳《ひとみ》に万感をこめていう伊之助に、

「心配するな」

優しく言って、伊織は大刀を抜き放ち、しいんと、その青白い刀身に見入っていたが、やがてしっかりと言った。

「母や妻、子の為、私は討つ。文之進を討つ」

伊之助は崖の上まで引返して行き、五人の侍は、山道沿いの楢《なら》の大木のうしろに立ち、闘いの時の近づくのを闘志に燃えて待ち構えた。

ただ玉井惣兵衛だけが、のちのちの笑い草になるまい、その為には、どうしてうまく、この闘いの中で要領よく刀も抜き、身の安全を計ったらよいかと悩んでいた。

そういう惣兵衛を、武四郎も三右衛門も久馬も軽蔑《けいべつ》の眼で露骨に眺《なが》めやっては、惣兵衛を、いよいよ困惑させた。

七

見晴しの利《き》かない峠から二町ほど降り、山道から外れた崖の上に立つと、やや展望がきくし、その下の小さな草原をうねっている山道がのぞまれる。

伊之助は、この崖に伏せて、山道へ一生懸命に眼を凝らしていた。

どの位、時がたっていったろうか——。

次第に輝きを増す陽射しを浴びて、草原に白っぽく浮かんでいる山道へ人影が現われる気配もなく、張り詰め切った胸が、苛立たしく騒ぎはじめたとき、伊之助は背後に、

「おい」と、低く呼びかける声を聞いた。

ハッとして振り向くとたんに、首筋のあたりを激しく杖で撲《なぐ》られ、眼の中が黄色くなった。声も立てず彼は転倒した。

動転して起き上ったときには、伊之助の肩と口は、がっしりした腕と掌《て》に押えられ、眼の前に編笠《あみがさ》をかぶったままの鳥居文之進を見出《みいだ》して、伊之助は、

「か、敵ッ」

叫んだつもりだが声にはならない。彼の口を押えて抱きすくめて身動きもさせないもう一人の侍は、これも編笠をかぶったまま、

「こいつだな？」と文之進に聞いた。

文之進は笠をとり、痩身《そうしん》だが、引き締った体をそろりと動かせ、

「平九郎殿、あまり手荒にするな」と言う。

「これ、下郎ッ。昨夜は縁の下で何をしておった？　冷えて寒かったろう？　うむ？

──」

天野平九郎には、少しも腹痛の様子はなく、不気味に落ちつき払っている。伊之助は、恐怖で体中が竦《すく》み、動き出す気力も出なくなった。

「貴様、くさめをしたな？　うむ？──おい、下郎。わしがわざと声を高くして、貴様の耳に聞かせてやったことを、ちゃんと知らせてやったか？　腹が痛い腹が痛い、腸が捻じくれるように苦しがっていたと知らせたか？」

何も彼《か》も悟られていたのだ。一刻も早く、伊織様や助太刀の方々に知らせなくてはと、伊之助は夢中になり、口をふさいだ平九郎の掌をもぎり放し、

「ち、畜生ッ」

逃げ出しかけた彼は、杖に撲りつけられた。思わずあげた悲鳴は、再び平九郎の掌に押えられ、同時に伊之助は頰《ほお》のあたりに鮮烈な痛みを覚えて目が眩《くら》んだ。

平九郎が小柄《こづか》を引抜いて斬ったのだ。

「俺達《おれたち》はな、この山道を登ると見せ、途中から林の中へ切れ込み、そっと貴様の後をつけて来たのだ。馬鹿め」

そして、平九郎は文之進に、

「さて、どうする?」

「やろうではないか」

「うむ。おぬしがその気なら、俺に異存はない」

文之進は、温く、

「伊織は元気か?」と伊之助に聞いた。

むろん、伊之助の返事はない。

文之進は、むしろ元気に笑ってみせ、平九郎に、

「敵持は厭《いや》なものだ。たとえ伯父のところへ逃げ込んだとしても、枕《まくら》を高くして眠れ

ぬからな。かの石井兄弟は、二十九年間も敵をつけ狙《ねら》ったそうだ」

伊之助は、口惜《くや》しさと焦《あせ》りで、恐怖も忘れる位だった。

熊谷宿《くまがや》から逃げた敵二人は、わざと道を東海道にとり、途中から、切れ込んで山越しに甲州へ抜けるつもりらしい。

全力をこめてもがく伊之助の顔から喉にかけ、頬から流れる血が滴《したた》り落ちて来た。

平九郎は「動くな、馬鹿」と叱《しか》りつけ「文之進。おぬしも小心なところがあるな。つけ狙われるが、そんなに厭か？」

文之進は低く笑った。

「この気持は追われる者の身にならぬとわからん——馬鹿なことをしたものだ。平《へい》太夫《だゆう》を殺せば、殿様も家来共も目がさめると思ったのだが、一人として俺のあとに続くものがいないらしい」

文之進の押えていた激情がむき出しになった。

「くそッ。蔭《かげ》では平太夫や殿様の悪口を言っていた奴らも、俺一人を——俺一人を悪人にして……」

「世の中とはそうしたものさ。おぬしは正直すぎるんだな」

「そうかも知れん」

「では、返り討ちといくか」

「思い切って、さっぱりしたい」

文之進が襷をかけ、鉢巻をしめる間、天野平九郎は、冷めたい、殺気に満ちた眼を、ぴたりと伊之助につけていた。

その眼の光りは、実際に何人もの人間と闘い、それを殺して来た者だけが持っているものだった。

伊之助は、昨夜から一度も思い出さなかった恋女房のお仲の顔を、このとき、わけもなく、ただもう母親の乳房に縋《すが》りつく赤ン坊のような切なさで脳裡《のうり》に追い求めた。

一度去った恐怖は二倍も三倍もの激しさで彼を押し包み、押し流した。

天野平九郎が伊之助を蹴倒《けたお》し、大刀を引抜き、

「下郎。奴らは何処で俺達を待受けているんだ。言え――言わねば殺す」

じりじりと迫って来たときには、もう口も利けず、ガタガタと震える体中の血が
(死にたくない、死にたくない)と伊之助に訴えていた。

「誰か、登って来るぞ」と崖の上から文之進が言った。

「よく見ろ。どんな奴だ?」

「旅商人らしい」

「ふむ……」

平九郎は、一寸《ちよつと》考え込むふうだったが、やがて、

「文之進。福田家へ行ったら、俺のことを頼むぞ。約束は忘れるなよ」

「伯父は福田家でも羽振りがよい。安心してくれ。必ず俺と一緒に取立ててくれる。おぬしを附人《つけびと》に頼めと手紙で言って来たのも、伯父は、その腹があるからだ。福田家にしてもおぬしほどの腕前を持つ侍を手に入れれば損はないというものだ」

「俺も親父《おやじ》の代からの浪人暮しだからな。ははは……浪人がごろごろしている今の世の中で、人並な侍になるのも悪くないからな。福田家は五十万石の大大名。田舎大名の築《つく》井《い》土《と》岐守《きのかみ》など、今日の返り討ちに地団太踏んで口惜しがっても手は出まい」

「あの、登って来る旅商人をどうする？」

「あわてるな――俺に考えがある」と、平九郎は伊之助へ向き直り、

「こらッ。命が惜しければ言うことをきけ」

突然、抜打ちに伊之助の腕を、浅く斬った。

八

伊織一行が、峠へ登って来た旅商人の口から、伊之助が崖から落ち、大怪我《おおけが》をして倒れているという知らせを受けたのは、それから間もなくのことだ。

動けない伊之助を敵に見つけられてはまずいし、峠の両側の林から突如躍り出て文之進と平九郎を一挙に仕止めてしまおうという、こちら側の作戦が滅茶《めちゃ》々々になる。

佐々木久馬と樋口三右衛門が、中年の旅商人を案内にしてすぐに現場へ急行したときには、伊之助の姿は何処にも見えなかった。

「確かに、此処《ここ》に倒れておいでなすったんでございますがね」と旅商人は首を振り振り、

「私が登ってまいりますと、血だらけになって、そりゃもう、顔の色が紙みたいになっておりましたから、動ける筈《はず》はございません」

「確かに崖から落ちた、と申したのか？」

「へ、へえ——伊之助が崖から落ちた——だから、峠の上の五人連れのお武家様に知らせてくれ、そう申されましてね」

旅商人も鉢巻、襷の侍達を見て、只《ただ》ならない様子だと感じてはいたが、しっかりした男らしく、あたりを見廻《みまわ》して、

「もうし——もうし、旅の人——伊之助さアん……」などと呼びはじめた。

久馬と三右衛門も口々に名を呼んでみたが返事はない。

静かな秋の陽《ひ》に包まれた山と、野鳥の声と、風の音だけなのである。

二人の侍は不安な眼を向け合い、互いの眼の中に事態を探り合った。

其処《そこ》は、片方が崖になり杉の木立の斜面が、下の草原と森に落ち込んでいて、片方は杉林の斜面が上へ登っている。

樋口三右衛門《さんえもん》が頰の肉をピクピクさせ、

「敵に見つけられたのではないかな?」

「まさか」と久馬は、

「おい町人。間違いなく、この道に倒れていたのだな?」

「へえ——そりゃ、もう……」

怪我人の救助に一役買って出るつもりで、行きずりの気易《きやす》さから気軽に立廻ってい
た旅商人も、ようやく切迫したものを感じ出し、山道を少しずつ後退して行きはじめ
た。

舌打ちした三右衛門が、

「伊之助——おい、伊之助。返事をせい」

声をかけながら小暗い林の斜面を登りかけた、そのときである。

凄《すさ》まじい悲鳴をあげて、彼は山道へ転がり落ちて来た。

反射的に振り向いた久馬は、血を浴びて、何か喚《わめ》いている三右衛門と、その三右衛
門の後から、獣のように自分へ殺到して来る天野平九郎を見た。

九

樹蔭《こかげ》に隠れていた天野平九郎が久馬と三右衛門を斬殺《ざんさつ》し、鳥居文之進と共に、抜身

を提げたまま、ゆっくりと山道を登りかけたとき、小西武四郎《たけしろう》は、玉井伊織と玉井惣兵衛と共に山道の曲り角に姿を現わし、ぎょっとなった。

伊織達は、敵の背後に倒れている久馬と三右衛門の死体をハッキリと見出した。

討つ者と討たれる者は、十間ほどの距離をおいて睨《にら》み合った。

崖《がけ》の下から茶色の野兎《のうさぎ》が首を出し、矢のように山道を横切って林の中へ飛び込んで行った。

武四郎も伊織も、眼球がむき出しになり、声もたてずに刀を抜放ち、やや遅れて、二人の蔭に隠れるように首をすくめた惣兵衛が、わなわなと抜き合せた。

惣兵衛は、口中が砂だらけになったようで、喉《のど》が痛くなり両膝《りょうひざ》が、ガクガクして、体がふわふわと宙に浮かんでいるように思え、二人の敵が自分の眼の、すぐ前に立ちはだかっているように感じた。

突然、天野平九郎が動き出し、低く、文之進に何か言った。

文之進はうなずき、ひたと伊織を見入り、刀を額につけるように構え直し、平九郎と共に、じりじりと迫って来た。平九郎の肩に少し血が滲《にじ》み出している。久馬は久馬なりに闘い抜いたのだろう。

伊織も武四郎も、一歩二歩と下って行く。

しかし惣兵衛の足は動こうともしない。

山の大気を割って響いた気合いと共に、四人の体と刀身が、狭い山道にからみ合ったとき、惣兵衛は本能的に身を返して逃げた。彼の眼は山道を正確に踏むことも出来ず、

「ああッ」

崖から足を踏み外すと同時に、すーっと意識を失っていった。

どれ位経《た》ったろうか……。

惣兵衛は意識を取り戻しきょろきょろとあたりを見廻した。

崖上の山道は樹《き》に遮《さえぎ》切られて見えないが、それ程遠くはないらしい。

彼の体は斜面の途中にある黒松の大木に支えられていた。

何も聞えなかった。

もう何も彼《か》も済んでしまったのだろうか。

二対二の闘いでは、いくら平九郎が病気でも危いものだ。三右衛門も久馬も、敵に見つけられて殺されてしまった。——惣兵衛は泣きたくなった。

「どうする？——え、どうする？」と、彼は呟《つぶや》いてみたが、何の考えも浮ばなかった。

抜いた刀も何処へ飛んだのか、襷《たすき》、鉢巻《はちまき》の惣兵衛は素手のまま、やっと立ち上った。

右腕の附根と腰に激しい痛みがあり、彼は呻《うめ》いた。

永い時間をかけて、やっと惣兵衛が山道へ這《は》い上ってみると、誰も居なかった。

崖へ落ち込むときに振り飛ばしたらしい自分の刀が三間ほど先に落ちているだけだった。

やや下ったところに久馬と三右衛門の死体が見え、そっと近寄って見ると、二つに斬り折られた久馬の槍《やり》もあった。久馬の首の附根から胸にかけて黒い血が溢《あふ》れていた。

「どうする？――どうする？」

また惣兵衛は呟いた。彼の眼には何とも知れない涙が溢れているのだ。

その少し先に、山道はまた曲って消えている。

少しずつ、惣兵衛は下って行った。その行先に闘いが行われているのか、それとも自分は逃げようとしているのか、それさえも考えずに……。

「伊織《いおり》殿ッ――伊織……」

小西武四郎の声だ。山道の下からである。

惣兵衛はぴくんと小さく飛び上った。

続いて、人間の声とは思われぬ叫びが起り、刃の嚙《か》み合う音を惣兵衛は聞いた。

惣兵衛は、再び崖下の斜面へ下り、山道の下を身を屈《かが》めて動きながら、あきらかに、闘いの最中にある人々の激しい呼吸を頭上に聞いた。彼は、何度も躊躇《ちゅうちょ》した後に、ようやく首を伸ばして山道を見やった。

二組の決闘は、まだ続いていた。

すぐ目の前に、肌脱《はだぬ》ぎの白装束を真っ赤にして、のめりそうに刀を構えている甥《おい》の伊織の後姿があり、その向うに、敵の鳥居文之進が、よろめくように刀を振りかぶったところだった。

文之進の顔は頭から流れる血で、その形も色もわからないほどである。

山道から逸《そ》れた森林の斜面では、小西武四郎と天野平九郎が対決していた。武四郎の襷は斬《き》り外され、衣服は血に染んで引裂かれている。

平九郎はぴたりと刀をつけて、まだ余裕の残っている声で、

「文之進、もうすぐだッ。辛抱せいよ」と言った。

惣兵衛は、あわてて首をすくめ、斜面を少し擦り落ちた。

（どうする？——どうする？……）

掠《かす》れたような気合いが起った。伊織らしい。

「伊織——伊織……」

ひりつくような喉の乾きも忘れて、さすがに惣兵衛は居たたまれず、小刀を引き抜いてみたが、どうにもならなかった。

そのとき、涙の膜に蔽《おお》われた彼の眼に、ぼんやりと、斜面の樹蔭から現われた人影が映った。

猟師である。陽に灼《や》けた丸い顔の、中年だが童顔の、猟銃を背負ったその男が、崖

の上の気合いと刃の音を聞き、繁《しげ》みに蹲《うずく》まっている惣兵衛には気附かず、好奇心に駈《か》られて、そろそろと登って来たとき、惣兵衛は、抜いた小刀を振りかざし、気狂いのように猟師へ飛びかかって行った。

十

喘《あえ》ぐ呼吸と、全身を振りしぼるような気合いが交じり、小西武四郎に一撃を加えた天野平九郎は、武四郎が斜面の杉の根元に倒れて動かなくなるのを見て、

「文之進、今行くぞッ」

声をかけて腰を落し、斜面の土に足をすべらせないように駈け降りて来ると、山道に現われた。

伊織も文之進も一間ほど離れて睨み合ったままだったのが、このとき、ふらッと寄り合い、互いに刀を振った。

二人は、共に相手の一撃を受け、呻いた。

「くそッ」

平九郎が刀をかざして駈け寄ろうとしたとき、人間の血と汗と脂《あぶら》に、重くたれこもったあたりの空気が、

ばあーん……と揺れ動いた。

平九郎が刀を振り飛ばし、頭を押えて、ぐらッとよろめき、ほとんどのめり落ちそうに山道から崖に半身を乗り出して倒れた。

玉井惣兵衛《そうべえ》が、山道の上の方から、ぼんやりと現われたときには、四人の侍は、みな死んでいた。

惣兵衛が必死に小刀を突きつけて「あの侍を撃たねば貴様を殺すぞ」と威《おど》した猟師は、恐怖のあまり、仕方なく、惣兵衛に腕を摑《つか》まれたまま、崖の下から、決闘の場処よりやや離れた山道へ這い登り、森林を廻って、斬り合う四人の上から火縄《ひなわ》に火を点じ、言われるままに、鳥井文之進を狙《ねら》った。

平九郎よりも文之進を狙わせた惣兵衛は、ただもう甥の伊織の危急だけしか頭になかったのである。

猟師はしかし、引金をひくとたんに狙いを外した。獣と人間の区別を、この男はわきまえていたらしい。だから、弾丸は文之進を外れたかわりに、突然、山道を駈け寄って来た天野平九郎に命中したのである。

惣兵衛は、黙って甥の体を抱き起した。

伊織も文之進も不思議なほどに安らかな死顔だった。

最後に打ち合った一撃が、この若い二人の余力を奪ったのだ。

伊織は胸に、文之進は腹に相討ちの刃を受け合っている。

惣兵衛は汗と埃《ほこり》にまみれ、自分の全身が地の中へのめり込みそうに重く思えた。伊織の体を抱いたまま、彼は妾《めかけ》のおみちのことも殿様のことも、子供のことも、頭に浮んではこなかった。ただ、体が重く、指一本動かすのも厭《いや》なほどの疲労だけを感じていた。

谷間の向うの山肌が、澄み切った青い空の中で、夢のように秋の陽を浴びている。崖から山道にかけて、芒《すすき》が白く風に揺れていた。

やがて、山道を駈け下った旅商人の知らせで、谷間の湯宿に休憩していた番所の役人が二人、足軽達を連れて現場へ登って来た。旅商人も、谷間に居た木樵《きこり》達も、数人、後からついて来た。

役人は二人共軽衫袴《かるさんばかま》に大小を差し、朴訥《ぼくとつ》そうな中年の武士だったが、

「この体《てい》は何事です？」と惣兵衛に言った。

ふっと、惣兵衛は、放心からさめた。

木樵や炭焼きが遠く離れて、山道へ重なり合い、恐ろしそうに血まみれの死体に見入っては、囁《ささや》き合っている。

「われらは峠の番所の者だが、この体は何事でござる」

もう一人の役人が怒鳴るように、また言った。

惣兵衛は、かすかに震える手で伊織の懐《ふところ》を探り、この敵討ちが幕府へ届け済みのものだということを記した藩主からの書付けを引出し、役人に差し出した。

役人達は、敵討ちの現場に立合ったということ、その扱いと処理をするという刺激だけで昂奮《こうふん》した。彼等は、生き残った惣兵衛に尊敬といたわりとを交え、口々に質問しはじめた。

惣兵衛の顔も体も、擦りむいた傷や、こびりついた泥《どろ》や、汗や脂で無惨《むざん》なものに見えた。

惣兵衛は、途切れ途切れに、

「わ、わたくしは、築井土岐守家来、玉井惣兵衛と申します。こ、これなる者は、わたくしの甥、玉井伊織。只今《ただいま》——只今父の敵を討ちとりましたなれども……」

「相討ちとなられたか?」

「は、はッ」

役人達は感嘆の叫びをあげた。役人も木樵達も一様に、惣兵衛を今日の英雄と見たのである。

「あなたも、大分働かれたと見えますな」

「御奮戦の有様が眼に浮ぶようでござる」と、口々に役人は言った。

旅商人がしきりに木樵達へ説明しているらしく、急にざわめきが聞えはじめた。

惣兵衛は夢中になった。

「敵、鳥居文之進、及び、附人《つけびと》の天野平九郎、両人とも豪の者にて……」と言ううちに、得体の知れぬ昂奮が胸に突き上げ、すらすらとしゃべった。

「両人とも豪の者。こなたは、みんな相果てましたが、わたくし、必死の勇気を奮い起し、只今、やっと、文之進を仕止めたところでござる」

「おうおう――」

「お見事だ。お見事でござる」

役人達は心から、この白髪の交じりかけた中年の武士の奮闘を信じ、賞嘆した。

惣兵衛は酔ったように喚《わめ》いた。

「これなる伊織に、トドメをいたさせんと駈け寄り見れば、すでに伊織は絶命いたしてござる。残念――残念――残念でござる」

嘘《うそ》とも本当ともわからぬ涙が、どッと溢《あふ》れてきて、惣兵衛は、この敵討ちに自分が力の限り斬り合ったような錯覚に溺《おぼ》れ込んでいた。

「甥御殿は気の毒なことをいたしましたなア。しかし、あなたの御奮戦は、永く後世に残ることでしょう。お見事だ。お見事だ」と、役人の一人が叫ぶと、山道にひしめき合った者達は一斉《いっせい》に惣兵衛へ感嘆のどよめきを送ってきた。

惣兵衛は涙をこすりこすり喚きつづけた。

「それがし奮戦の甲斐《かい》もなく――一目、敵の首を見せてやりとうござった。一目、伊織に――それがし奮戦の甲斐もなく残念でござる。それがし奮戦の甲斐もなく……」

伊之助の死体は――姿は、何処にも見当らなかった。

（「小説倶楽部」昭和三十二年六月号に「猿鳴き峠」として発表され、東方社版『竜尾の剣』収録に際し、「黒雲峠」と改題）

秘図

一

東海道金谷《かなや》宿の尾州家七里役所に永く勤めた足軽友右衛門《ともえもん》の子で後に身を持崩し、三河・遠江《とおとうみ》一帯を、三十余人の手下と共に跳梁跋扈《ちょうりょうばっこ》する大盗となった日本左衛門こと浜島庄兵衛《しょうべえ》逮捕の命が、月番老中堀田《ほった》相模守《さがみのかみ》から徳山五兵衛秀栄《とくのやまごへえひでいえ》に下ったのは、延享《えんきょう》三年（西暦一七四六年）九月九日のことである。

徳山五兵衛はこのとき五十七歳。この年の五月から江戸内外の火災予防、盗賊逮捕、博徒取締りを行う火付盗賊改《あらため》に就任したばかりであった。

五兵衛は、ただちに、選抜した部下のうち与力堀田十次郎、同心磯野《いその》源右衛門《げんえもん》以下八名を、役宅を兼ねた本所《ほんじょ》石原の自邸へ呼びつけ、

「きゃつ奴《め》は義賊なりと自称して大百姓大町人へ押入り、しかも必ず押入先の婦女子を辱《はずか》しめずにはおかぬということじゃ。実に上の御威光を怖《おそ》れざる言語道断不埒《ふらち》至極の奴輩！」

五兵衛は五尺七寸もあったという体を巌《いわお》のようにいからせ、凜然《りんぜん》として部下に気合を入れた。

「近辺の陣屋、代官所に於《お》いても彼を捕えること成らず、先年から度び度び、ところの

町民百姓から公儀へ訴え出ておったが——此度、大池村の庄屋三右衛門方へ押入り婚礼間近の娘さえも辱しめ金千両余を強奪したむね、この二日に北町奉行所まで訴え出た。かくて御老中より火付盗賊改方へ召捕の御下知があったことは、近年、盗賊改方に対する不評を一掃するに、またとなき機会であると、わしは考える。どうじゃ、堀田。そうであろうが——」

「はッ——」

与力堀田は辟易《へきえき》した。

寛文年中に幕府職名となった火付盗賊改方は、奉行所という司法、警察制度の外にあって自由に活動する一種の特殊警察だ。それで、ともすれば、整然たる法規と威力によって君臨する奉行所よりも一段下った役目だと見られ、町奉行は檜舞台《ひのきぶたい》、盗賊改は乞食芝居などと俗に呼ばれている。事実其頃《そのころ》は事々に奉行所から差別をつけられるようになってきていたのである。

こうした空気は、勢い盗賊改方の警吏に響いてくる。反撥《はんぱつ》と劣等感が綯交《ないま》ぜになり、無理にも犯人を捕えようとする功名心から悪質の手先などと結託して失敗を重ねる与力同心も増える。また犯罪に味方する賄賂《わいろ》が横行し、警吏のうちから逆に奉行所へ引立てられて行くものも出て来る。

それに近年は、おのが配下を取締ることさえもろくにやれない怠けものの御頭が少くない。

現に、五兵衛の先任者小浜平右衛門などは微温湯《ぬるまゆ》のような事なかれ主義で、勤務の実績は居眠りをしていたのだ。

与力同心達の殆《ほとん》どは前任者から引続き五兵衛の配下になったものだが、そうなると一ぺんに、だらけきった気分に活を入れられた。

五兵衛は率先励行して毎日の夜廻《よまわ》りに顔を見せる。武芸の訓練に配下を集め自ら汗を流す。これがまたやたらに強い。腕自慢の警吏達も木刀を持っては、白髪《しらが》まじりの五兵衛から赤児のようにあしらわれるのである。

その上に五兵衛の言動のすべてから醸《かも》し出される威厳俊邁《しゅんまい》の風格が、一同を圧倒した。

濃く太い眉《まゆ》の下の、切長の妙に底深い光をたたえた双眸《そうぼう》。これ以上に完璧《かんぺき》な形はあるまいと思われる鼻。富士山を線描《せんが》きにしたかのように、しっかりと引結ばれた唇《くちびる》。豊かな耳の穴からモジャモジャと生え出している毛さえも、この立派な容貌《ようぼう》の引立役以外の何ものでもない。

いえば典型的美男でありながら、あくまでも武将の気魄《きはく》に満ちた五兵衛のそれは——語り伝えられるところの大御所（家康《いえやす》）の四天王として天下に武名をうたわれた本多平八郎忠勝《ただかつ》なんどという猛将の面影《おもかげ》を忍ぶに足るべしと、配下のものの噂《うわさ》しきりであった。

本所の徳山といえば旗本中でも評判のやり手だと聞いてはいたが、五兵衛就任以来、配下一同は尻《しり》の穴までも緊張に固くなった。

「われらが役目は、無宿無頼の徒を相手に、細々しい規則も、こせこせと面倒な手続も要らず刑事に働く、いわば軍政の名残りをとどめる荒っぽい御役目である——だが時世が移り、制度が複雑になってまいるにつれ、役に当るものが戦国武士の緊迫を忘れて数々の失敗を引起し、ついに不評をこうむるに至った。不肖徳山五兵衛、この不評を根絶せんとして努力を払っておることは言うまでもない。よって此度の大盗捕縛については、是が非にも……」

と、五兵衛はキリリと背を正し、

「否《いや》も応も言わせぬ。何としてもおぬし達の働きにより、きゃつ奴を引捕え、盗賊改方の威名を天下に示して貰《もら》わなくてはならぬ。よいか！　よいな！」

堀田与力は顔面を硬張《こわば》らせ、

「か、必ず捕縛を——」

「わしも出役する！」

異例であった。普通なら部下を派遣するだけだ。

一同、畏怖《いふ》をこめて平伏した。

それから三日目の九月十二日の未明――与力同心以下二十二名を従え石原の屋敷を発足した徳山五兵衛は、濃い朝霧を縫って、御竹蔵に沿った道を両国橋に進みながら、（東海道を旅するのは三十余年ぶりのことになるかな）と、若き日の自分にふいと感懐が湧《わ》いた。

その頃の五兵衛と現在の五兵衛の環境については、変れば変るもの、朝顔が夜更《よふ》けに咲くほどの変化をとげている。

五兵衛は大盗捜査の本拠を、遠州の大邑《たいゆう》、掛川と見付にはさまれている袋井宿におくつもりだ。

五兵衛は盗賊共の耳へ油断を吹込む為《ため》、江戸へ訴え出た庄屋三右衛門には――奉行所へ訴えても格別力を入れて取上げてくれた様子もない、がっかりして帰って来たという噂を近隣へ流布《るふ》させるように仕向けておいた。その上に尚《なお》、非人頭車善七に計って選んだ数名を先発させてある。非人を探偵《たんてい》に使うようになったのは、つい先頃の享《きょう》保《ほう》年間からのことだが、彼等が土地々々の無頼の群にまぎれ込み、又は宿場をうろついて流言を放ち、探索を進めることに打ってつけであることは言うをまたない。

「さすがだな。噂の通り何事にも気の届く、ありゃ通り一ぺんの武骨とは違うぞ」

配下の与力達も、新任早々いささかの隙《すき》もない五兵衛の処置に彼への感服の度を増すことにした。

日本橋から芝口を抜け、右手に増上寺の森が近寄ってきた。

霧もはれた。朝の陽《ひ》が一行の刀の鞘《さや》に煌《きら》めいた。

三十余年前——自暴自棄に荒《すさ》んだ眼《め》を据《す》え、当途のない旅にのぼって行った五兵衛は、いま同じ東海道を二千七百石の旗本、盗賊改徳山五兵衛となって、まかり間違えば危く自分も投じかねなかった盗賊どもを退治に出かけて行くのである。

（あのとき……袋井宿では日向《ひなた》臭い飯盛女を抱いたものだ。たしか一夜で四百文、いや五百文であったか……）

五兵衛は、笠《かさ》のうちに苦笑を洩《も》らした。

二

徳山家は加賀の豪族土岐《とき》氏の分れで、美濃《みの》国揖斐《いび》郡《ぐん》徳之山谷一帯を治めていたが、慶長十一年、徳山直政の代に徳川家康《いえやす》へ帰属した。

以来、旧邑を幕府から与えられ、代々世襲して旗本に列してきている。

旗本と一口にいっても上から下まで三万に近い中に、徳山家は、身分も俸禄《ほうろく》も、どうやら申し分のないといってよい家柄《いえがら》であった。

五兵衛は妾腹《しょうふく》に生れた。父の本妻の子で彼の兄に当る重朝が元禄八年に早世したので、父の重俊《しげとし》は彼を——（以下しばらくは五兵衛の前名に従い、彼を権十郎《ごんじゅうろう》と呼ぶことにしよう）権十郎を後継ぎにするつもりで、元禄十三年に十一歳の権十郎は初めて将軍に拝謁《はいえつ》を許された。

家督も継げず世に出る希望もなく、懶惰《らんだ》な高等遊民となるより仕方のない武家の次男坊としては、恵まれすぎていた権十郎である。

しかも彼が、五百文の飯盛女を買うような放埒無慙《むざん》に溺《おぼ》れ込んだのは、厳格な父親の仕つけに耐え切れなかった放蕩《ほうとう》息子だからだと、簡単に片づけてしまえないものがあった。

事実、権十郎は、ことに武芸を好み、父に鞭打《むちう》たれるまでもなく懸命に精を出したものだ。

権十郎の母の静は、本石町十軒店《ほんごくちょうじつけんだな》の扇問屋、駿河屋《するがや》又兵衛の娘で、徳山家へ侍女奉公に来ていた。

父重俊は本妻の歿後《ぼつご》、静に手をつけ、再婚をしなかった。静が難産の末に権十郎を生み、精も根も尽き果て、激しい産褥熱《さんじょくねつ》のうちに亡《な》くなった後も、重俊は妻帯しなかった。心から静を愛していたものと見える。

母の代りに権十郎を育て上げたのは、徳山家の給人を勤めていた永山兵助の娘、千である。

千は不幸な女で、旗本某の家来だった良人《おっと》が病死した直後に赤児を生み、つづいてその子を疫病《えきびょう》で死なせるという悲歎《ひたん》を背負い、ちょうど徳山邸内の実家へ戻って来ていたのだ。

それだけに千は、半ば気狂いじみた愛情で、その張ち切れんばかりの乳房を権十郎に含ませた。

後年、五十を越えてからは骨っぽくゴリゴリして来た体に凄味《すごみ》を利《き》かせ、千は徳山家の老女として侍女達に畏怖を与えるようになるのだが……当時は肌《はだ》の熱い、豊満な、体臭の濃い、感情の動きの強い女で、権十郎の小さなぶよぶよした体は、彼女の指や口唇《こうしん》によって執拗《しつよう》な愛撫《あいぶ》を受けたものだ。

権十郎が成長してからも、幼時の追憶として脳裡《のうり》に先ず浮ぶのは、自分の頬《ほお》や手足を這《は》い廻る千の唇の感触である。その生暖く甘酸《あまず》っぱい体臭である。

千は女として男に対する、失った子供に対する飢渇《きかつ》のすべてを権十郎に投げ込んだ。こうした女の全身をかけた愛情が、見るからにひ弱そうだった権十郎を、後に外神田《そとかんだ》の窪田《くぼた》道場でも名うての腕前となるまでに育て上げたのであろう。

と同時に、権十郎の肉体は、女の生身というもの、その肌の感触や匂《にお》いや、ぬめぬめした口唇の味いなどを赤児のときから敏感に吸収しつづけてきたわけだ。

女に対する官能は人の二倍も三倍も早く熟してしまった。十四歳の夏のことだったが、権十郎の夜半に侍女の部屋へ忍び込み怪《け》しからぬ振舞いに及ぼうとしたのを騒ぎ立てられ飛起きて来た父親に手ひどく折檻《せっかん》された。

父の監視と教育は頓《とみ》に厳しくなった。そしてまた其頃から権十郎の武芸は目に見えて上達したといわれる。

権十郎が堰《せき》を切ったような遊蕩三昧《ざんまい》に溺れ込んだのは二十歳のときであった。

この手引をしたのは二之丸御留守を勤める鷲巣伊織の次男坊で平之助という男である。前に窪田道場へ来ていた剣術仲間だ。当時もたまたま現われては荒っぽい稽古《けいこ》に汗を流し、

「おれなどはな、権十郎さん、兄貴どもが家を継げばビタ一文も手に入らなくなるのだ。同じ腹から絞り出されても先と後とじゃ、こんなに馬鹿《ばか》々しい差別をつけられるんだから侍もやり切れたもんじゃない。遊びの金にも詰ってムシャクシャするときは、こいつが一番だ」と、そんなことを言うだけに手筋もよかった。

「同じ次男坊でも、権十郎さんなどはうまい話さ。だが今のうちだよ遊ぶのは――今に家督をして御役目にでも就いて見ろ、身動きが出来なくなる――どうだ、一度おれについて来ないかな」

「何処へだ？」

「行くところにゃ困らぬ。吉原《よしわら》もよいが、近頃は深川の茶屋にも大分女が増えたそうだ」

「私のところは父上がやかましい。一ぺんに勘当だ」

「そこまで行くには仲々のことだ。げんにおれなどは親兄弟、親類から鼻をつままれて大分になるが、それでも首はつながっているのだ。親なんど甘いものだよ。それに権十郎さんは大事な後とりだしな——親どもに叱《しか》られることなど馴《な》れてしまえば蚊に脛《すね》を喰《く》われるよりも平気になる」

平之助は串団子《くしだんご》のような鼻をピクピクさせて笑い飛ばした。

「しかし、私には金が……」

「構うことはない。金が駄目《だめ》なら刀でも何でも蔵から持出して売飛ばせ。何三つか四つ親父《おやじ》に撲《なぐ》られたところで、こっちは剣術で鍛えてあるんだ、老いぼれ親父の腕の方が先に痺《しび》れてしまうさ」

「アハハ……成程なあ」

父の眼を掠《かす》め、深川の岡場所へ誘われたのがきっかけとなった。権十郎は、たちまち眼も眩《くら》む官能の世界へ引張り込まれてしまった。

深川や吉原、芝居町の女達を相手に汲《く》む酒の味。大名屋敷の仲間部屋《ちゆうげん》に潜ってする博奕《ばくち》の昂奮《こうふん》。胸を掻《か》きむしられる切なげな三味線の音……妖《あや》しい夜の衣裳《いしよう》をまとった享楽の一つ一つに、権十郎は夢中でしがみついていたのだ。

わけても彼の鋭敏な五官は女体を求めてやまない。その耽溺《たんでき》に打込む強烈さは只事《ただごと》ではなくなってきた。しかも生来、美貌の持主だものだから遊蕩にかかる拍車は、その度合を加える一方である。土蔵から品物を盗み出しては、平之助の指導による変装で塀《へい》を乗越え夜遊びに出かける権十郎を、いくら乳母の千や家来達が諫《いさ》めたり、発覚前に引戻そうと試みても無駄だったし、また到底隠し終《おお》せるものではなかった。

父重俊は、これを知ると激昂して権十郎を庭先へ引摺《ひきず》り出した。

「恥知らず奴《め》！　親の慈悲じゃ。殺してくれる」

庭先に坐《すわ》り込み、ふてくされていると、重俊は長押《なげし》の槍《やり》をとってその柄《え》で撲りつけ、石突きで突きまくった。むろん手向いは出来ない。

「死ね！　死ねい！」

死ねと叫びながら父親は、急所を外して息子を撲り、突くのであった。権十郎は失神した。そこへ千が飛び込んだ。必死である。悲愴《ひそう》に白眼をつり上げ、狂乱の態で、

「お待ち下さりませえ！　若さまは私が命に替えてお諫め申しまする。何事も、何事も、この乳母が不注意にござります。若さまのお身替りに、千を突いて下さりませえ……」

執拗に武者ぶりつくものだから、さすがに老齢の息も切れてくるし、重俊は持て余した。

千は、すかさず権十郎を家来どもに担《かつ》ぎ上げさせて屋内へ運び込み、一応は鼻《けり》がついた。

六日ほどたった夜のことだ。権十郎の看病に疲れ、次の間に詰めきっていた千が、着のみ着のままで眠り込んでいると……夢うつつのうちに、千は、股間《こかん》に久しく忘れていたあの感触を覚え、胸に重くのしかかってくる荒々しい圧力に、ギョッと眼ざめた。

「あッ——何、何ものじゃ！」

「叱《し》ッ——」

「あ——」

「叱ッ——」

「わわ、わ、若さま——」

意外、権十郎なのである。

これには千も呆《あき》れ返った。力をこめて突放し、声涙下るままに、

「あなたさま、この千を、あなたさまに乳を含ませたこの乳母を——まあ何とされようとでござります！」

詰《なじ》られて権十郎も鼻白んだ。

「済まぬ……」と一言、ぱッと自室へ逃げ込んでしまった。

権十郎が出奔したのは翌日の明け方である。

重俊は断乎《だんこ》として、勘当の処置に出た。

権十郎は、まず亡母の実家で扇問屋の駿河屋又兵衛方へ転げ込んだ。駿河屋と千の間に連絡がついた。千は何度も足を運び諫めにかかったが、今度は自暴《や》気《け》味になった権十郎の放埓《ほうらつ》は止《や》むべくもない。次第に悪い仲間も増えてくるし、どういうことになるか知れたものではなかった。

勘当を受ければ身を保証する何物もなく、彼はもう一介の無頼漢にすぎない。町なかで何か悪いことでもすれば有無を言わさず引捕えられ、徳山の家名に傷つけること必定である。

駿河屋にとっても権十郎は家の孫に当るわけだから可愛《かわい》くないことはない。はらはらと気を揉《も》んでいるうちに——宝永七年の秋の或夜《あるよ》、忽然《こつぜん》と権十郎が姿を消した。駿河屋から持出した金二十両ほどを懐《ふところ》に、ふらりと旅へ出たのである。

落目になった彼をチヤホヤしてくれるものも少くなり、かの鷲巣平之助なども、しゃぶりとるだけしゃぶりとって姿も見せない。権十郎も、よくよく江戸での生活に厭《いや》気《け》がさしたものと見える。

東海道を当途もなく、無頼の明け暮れに、あっちこっちと廻り道をしながら、徳山権十郎が京へ着いたのは翌年の正月であった。

袋井宿で飯盛女を抱いたのも、この途上に於《おい》てのことだ。

袋井は江戸から五十九里余りだが、五兵衛一行は九月十四日の夜更《よふ》けには宿へ入った。

三

一行は、見付、袋井、掛川の三宿に分散した。

五兵衛は与力堀田以下九名と共に、袋井宿本陣、田代八郎左衛門方へ入った。あくまでも隠密裡《おんみつり》にという建前だから、本陣でも主人以外は誰も一行の使命を知らない。表向きは、帰国する岡山藩士、大沢甚太夫《じんだゆう》一行ということになっている。

捜査は意外に早く決着した。

二日後の夕暮れに、先発隊の手引きにより、同心辻駒次郎《つじこまじろう》が、見付宿手前のみかの村の外れにある橋の袂《たもと》で、大盗一味の天竜《てんりゅう》の金兵衛を摑《つか》まえて来たのである。

日本左衛門は、この辺一帯の無力な警察状態を嘲笑《ちょうしょう》し切っていた。よほどの危険がない限り、一味の者は白昼濶歩《かっぽ》を平気でやる。先頃《さきごろ》も、駿府《すんぷ》城下へ夜盗に入ったときなどは、夜廻《よまわ》りの警吏に発見されたが、日本左衛門は手下と警吏が斬合《きりあ》うのを、悠然《ゆうぜん》と表通りに据えた床几《しょうぎ》にかけ、煙管《きせる》をくわえつつ眺《なが》めていたという太々《ふてぶて》しさであった。

五兵衛は、金兵衛を本陣の土蔵へ押籠《おしこ》め、徹夜で拷問《ごうもん》にかけた。手足を縛って吊《つる》し上げる海老《えび》責めである。本来なら、この拷問は老中の許可がなくては行えないことになっているのだが、そんな手続きをする位なら、この場合何の為《ため》の機動性ある火付盗賊改《あらため》出役だということになる。五兵衛は自ら棍棒《こんぼう》を振《ふる》って徹底的に締め上げた。始めは、

「ふふん。木ッ葉役人の月並な脅しに小便たれるような俺《おれ》だと思っていやがるのか」

などと、ふんぞり返っていた金兵衛も、宿場の彼方此方《あちこち》で鶏が鳴き出す頃になって、遂《つい》に音をあげた。

十九日夜、一里半先の見付宿、万右衛門方で、日本左衛門が夜通し博奕を催すことを、彼は白状に及んだ。

準備は遺憾なく進められた。

十八日の、いや十九日の朝を間もなく迎えようという時刻であったが、小用に起きた堀田《ほった》与力は、本陣の内庭に面した廊下の向うの寝所から灯が洩《も》れ、まだ起きているらしい五兵衛の咳払《せきばら》いを耳にした。

何時《いつ》の間に降り出したか、かなり強い雨音が冷んやりと廊下に立籠めている。

（まだお目ざめだ。明日の用意はすべて整っていた筈《はず》だが——何処かお体の工合でも悪いのだろうか……）

明日の大事を控えているだけに堀田も気になった。スルスルと近寄り、障子の外か

ら、

「まだお目ざめでございますか」

返事はなく、何かあわてて書類でも動かしたような、騒《ざわ》ついた紙の擦れ合う音が聞えた。

「御頭様……」

「うむ……何だ、まだ起きていたのか、急用でもあるのか？　どうしたのだ？」

立てつづけに、しかも狼狽《ろうばい》の気味あるその声を、堀田は職務柄、変だなと思った。紙の音が止んだ。

「ま、入れ」

障子を開けて見ると、五兵衛は着衣のまま床の間の前に小机を置き左の片肘《かたひじ》をそれへつき、右手で煙管をくわえかけたところである。それが取ってつけたような不自然さであった。

五兵衛の顔面がポッと上気し、眼の光りが異常な昂奮を宿しているのを、堀田はピリリと感得した。

それも一瞬のことで、たちまち五兵衛は何時もの威厳を鎧《よろ》い、

「何か出来《しゅったい》でもいたしたか？」

「いえ……」

堀田の言うことを聞くと、五兵衛は、ゆったりと、

「つい寝そびれたので日記をな、日記をつけておった。いや心配をかけて済まぬ。さ、休んでくれい」

「は――では……」一礼しかけて堀田は「茶の仕度でもいたさせましょうか？」

「よい。わしも、もう休む」

堀田は引下った。だが堀田十次郎は、その後も、この夜の五兵衛の挙動が気にかかり、凝《しこ》りになって残った。その凝りは一生解けぬままであったが……。

堀田が去った後、五兵衛は、かなり永い間、床の間に洒落《しゃれ》て活《い》けてある竜胆《りんどう》の、青紫の小さな釣鐘を上向きにしたようにも見える可憐《かれん》な花片を、黙念と見入ったままである。

弱まった雨音の底から、内庭で鳴く虫の声が微《かす》かに聞えてきた。

五兵衛が膝《ひざ》を崩した。座蒲団《ざぶとん》の下から美濃《みの》半紙の一帖《じょう》を取出し机上に置く。そしてチラリとあたりを窺《うかが》うようなこなしを見せ、おもむろに半紙をひろげ、何か書きかけの紙面に眼を凝らす。

やがて、五兵衛は懐に手を突込み、丸め込んだ半紙数枚を取出し、丁寧に皺《しわ》を伸ばす。どれにも何か描かれてある。

彼は、その一枚一枚を熟視しては何か口の中で独語しつつ、しきりに小首をかしげ

ていたが、遂にそのうちの一枚を選んで机上に置き、新しい半紙を上にのせた。透写しをやるつもりらしい。

五兵衛は矢立の筆をとる。細目の使い込んだ筆だ。本陣備えつけの硯箱《すずりばこ》には目もくれない。彼は、ひたと紙面に目を据《す》え、描き始めた。

脂《あぶら》の乗った太い手が、指が、細い筆を巧みに操作し、見る間に紙面へ繊細な曲線を描き出してゆくのである。

五兵衛の双眸《そうぼう》は、楽園に遊ぶ童児のような情熱に輝き、じっとりと汗が、掌《てのひら》にも額にも滲《にじ》み出してきた。

もはや、このときの五兵衛には、日常の古武士然とした厳めしい風格を何処にも見《み》出《いだ》すことが出来ない。赤児が母親の乳房にかじりつくような懸命さであり、無我の境にあるらしい。

雨が止み、空もどうやら白みかかったようだ。

やがて……五兵衛は筆を投げ、屈《かが》めた背を伸して大きなあくびをやった。絵が出来上ったらしい。

彼は完成の一枚を見て至極満足な頷《うなず》きを繰返す。そしてこの一枚以外の書損じを集め、行燈《あんどん》から移した炎によって火鉢《ひばち》の中で燃やしてしまう。その間に、机上に置かれた目出度く完成の絵を覗《のぞ》いて見ることにしよう。

描かれたものは、女と男である。しかも裸体の……。その裸体二つが、また妙に複雑な形で組合い何やらしている。などと小難かしく言うまでもない。これは男女の交歓を描いたものだ。秘戯画である。

女は町方風の勝山髷《まげ》、男は武士だ。女の円い尻《しり》の下からはみ出して、固く突張ったその膝、脹脛《ふくらはぎ》のあたりに絡《から》みついている長襦袢《ながじゅばん》。そこへぴったりと腰を寄せ、女を抱きしめている武士の舌は、がっくりと枕《まくら》から頸《くび》を落し、喜悦に酔っている女の耳朶《みみたぶ》をなぶっている——という図であった。

枕もとの男の大小から畳に落ちた女の簪《かんざし》に至るまで描写に抜かりはなく、ことに女の姿態、表情などは、祐信《すけのぶ》の風俗画や、豊信《とよのぶ》、重長《しげなが》の紅絵《べにえ》、師宣《もろのぶ》の一枚画などに描かれた女達の、まだ様式から抜け出し切れないそれよりも数段生なましく、閨房《けいぼう》の匂《にお》い纏綿《てんめん》たる肉感に満ちているではないか。

もし堀田与力がこれを知ったらどんな顔をするだろう。まして五兵衛を畏敬《いけい》する部下や友人の旗本連中や謹直な家長としての彼のみを知る家族、家来——ことに妻の勢以《せい》がこのさまを見たら、肝を潰《つぶ》して失神するに違いない。

後に、無頼の徒から〝鬼〟と呼ばれた徳山五兵衛の、これが唯一《ゆいいつ》の趣味なのか——それだけでは余りにも説明が簡略すぎるというものだ。

秘画と五兵衛の結びつきについては、もう一度、三十年前に戻り、放浪の草鞋《わらじ》を京に脱いだ若き権十郎《ごんじゅうろう》の時代に話を戻さなくてはなるまい。

四

宝永八年は改元のことあって正徳元年となった、その正月——懐中に一両余を残して京へ着いた徳山権十郎は、時に二十二歳である。

東山、比叡《ひえい》、鞍馬《くらま》、嵐山《あらしやま》などの山脈に囲まれ、あくまでも優雅沈着な雰囲気《ふんいき》のうちに呼吸している街や人の、潑剌《はつらつ》としてはいても雑駁《ざっぱく》な江戸のそれとは全く趣きを異にしている皇都の風物に心を移す余裕もなく、金を使い果した権十郎は、骨の髄まで沁《し》み透《とお》る底冷えの激しさに驚いた。

江戸でも、京へ向う道中でも、彼は悪事の一通りには首を突込んでおり、種々雑多な無頼漢どもの生態にも馴染《なじ》んできていたし、いっそもう、このまま斬奪《きりとり》強盗でもやってのけてくれようと、下京《しもぎょう》の町家のあたりをうろついたり、四条の茶屋からほろ酔いに鴨川《かもがわ》へかかる裕福そうな武家の後をつけたこともある。

だが知らぬ土地で仲間も居ない独りぽっちの境涯《きょうがい》が、決意を居竦《いすく》ませた。このとき悪党の一人も傍《そば》にいたら、まっさかさまに悪の道へ転落したに違いないのだ。

「仕方がない……思い切って出向いてみるか……」

もともとそれが意識の底に潜んでいたものらしい。懐が心細くなってからは、美濃の徳山家領地へ回ってみて何とか金を引出そうと思いつつ、知らず知らず京へ足が向いてしまったのもそれであった。

権十郎は或日《あるひ》、前に聞き知っていた二条河原町という住所を頼りに、淀川《よどがわ》の船支配を勤める木村和助を訪問した。

木村は京都在勤で百五十石の旗本だが、戦国の世には徳山家の家来筋だったという繋《つな》がりがある。現に権十郎の叔父、徳山重次の二女が当主和助に嫁いでいるのだ。おそらく江戸からの知らせで自分のことは耳に入っていることと思うし、落魄《らくはく》の無心に頭を下げることはたまらないことだったが、背に腹は替えられない権十郎であった。

「おうおう――貴公が権十郎殿か。そうか、そうか。わしがところへ見えられてまことに結構。さ、お上りなされ。京は江戸と違って寒いところでござろう?」

木村和助は丁度非番で、家来の取次を受けると妻(つまり権十郎の従妹《いとこ》に当る)と共に飛出して来て、気の優しい男だと聞いてはいたが、それにしても意外の歓待ぶりなのである。

権十郎としては勿論《もちろん》辞退の理由はみじんもなかった。

権十郎が祇園社《ぎおんしゃ》の境内にある茶店の女主人、お梶《かじ》の寵愛《ちようあい》を蒙《こうむ》るようになったのは間もなくのことである。

お梶は権十郎よりも八つ上の大年増《おおどしま》で、お百合《ゆり》という七歳になる娘がある。もと四条の或る茶屋の女房だったが良人《おっと》の死後、店を義弟に譲り渡して自分は祇園社の茶店の権利を買受け、至極のんきに日を送っていた。権十郎も、ちびちびと木村家から小遣いを引出しては、ようやく春の水嵩《みずかさ》を増した鴨川を渡り、祇園周辺の茶屋をうろつく。

このあたりは祇園社の鎮座によって社頭に早くから聚落《しゅうらく》が発達したところで、四条通りをはさむ門前一帯には茶屋が押並び、店によっては安直に茶立女と遊べるので、権十郎としては京の居心地も満更ではなくなってきた。

それに木村和助は妙に寛容なのである。

「度を過してはなりませんぞ、何事もな。また度を過させるほどのものをこの和助が持っていよう筈はない」

「まことに申しわけないと存じているのですが……」

「金一両でよろしいか」

「はあ……」

「これで当分はなりませんぞ」

「相済みませぬ」

それにしても一両、二両と、度重なるにつれ、小身の和助にしては返金の当もない居候《いそうろう》の自分に、よくもつづけて——と権十郎も不審に思ったが、そんなことよりも彼は、京の女に酒に、夢中であった。

江戸に居た頃《ころ》の無鉄砲な放蕩《ほうとう》は出来ない。そこには木村家への遠慮もあるし、不如意《ふにょい》な遊興費を大切に使うだけに、権十郎の遊びぶりは反《かえ》って入念のものとなってきた。

その頃、祇園町の美姫《びき》を擁する為《ため》の費用は、花七匁《もんめ》泊り二十三匁五分、新地の女は花二匁泊り十一匁である。銀六十匁を一両として新地で遊べば、かなりの満悦を味うことが出来た。

（それにしても女というものは、こういうものだったのか——）

権十郎は讃嘆《さんたん》した。京の女達の丸顔で、やや下膨れの柔和な顔つきと、いかにも優美で、おっとりとした姿態の動き——それは茶屋女ひとつをとってみても、江戸とは格段の相違がある。江戸女の仇《あだ》っぽさも、むしろ粗野で泥臭《どろくさ》いと権十郎は回顧した。衣裳《いしょう》の好みの洗練さにしても問題にならぬではないか。

こうして祇園の遊所へ足を運ぶ権十郎が、近くの祇園社の境内へ出かけて木立の匂いを運ぶ風に昼酒の火照《ほて》りを冷ましたとしても不思議はあるまい。

それは彼が京へ着いた年の秋の或日のことであった。

「水をくれい」

権十郎が、古風な茅葺《かやあし》の、見るから清げな茶店の土間へ入ると、石造りの竈《かまど》の向うから、お梶が、にこやかに会釈《えしやく》をした。

(むむ……これはよろしい)

祇園社へは数度足を運んでいたが、この茶店にこの女が……少しも気づかぬことだったと彼は（迂闊《うかつ》千万！）舌打をした。

顔の中の一つ一つをよく見ると、決して美女のそれだとは言い難いが、この女の白と黒の諧調《かいちょう》の美しさはどうだ。勝山風の髷、小鼻の傍のほくろ。唇《くちびる》から洩れる鉄漿《かね》の黒が、肌《はだ》の絖《ぬめ》やかな白によって見事に息づいている。

一口に白と黒と言ってしまえばそれまでだが、この二つの色彩の豊潤さには切りがないのであって、ことに女の生身がこの二色を表現する場合、その美しさの度合いにはピンからキリまである。

お梶は女の生気をはらんでいた。これは京の女にも無いものであった。いま流行の紫がかった友禅染の小袖《こそで》に包まれた豊熟の肉体が健康と自信に満ちているからこそ、白と黒も生彩を呼ぶのであろう。白粉《おしろい》も紅も、この女に全く無用のものだと言いたいところであった。三十という年齢すらもお梶の前には屈服しているように見える。

冷水を汲《く》んで権十郎の前に差出したとき、お梶の方でもハッと胸がときめいた。

権十郎も美男である。その上に剣の修行で鍛えた骨太い男性的な匂いも濃厚なのだから、黒の着流しに茶の帯という扮装《ふんそう》も颯爽《さっそう》として見え、お梶は一ぺんに参ってしまった。

お梶は、良人の歿後《ぼつご》、歌舞伎《かぶき》役者との浮名もかなり立てられたほどだ。歌道も嗜《たしな》んで京の文化人とも交際が深い。そういう感性の豊かな女の上に、女ひとりで暮しをたてているという、当時の女にしては珍重すべき自負をもっている。

いえば男も女も、この道にかけて修錬に不足はなく、それが互いに蘊蓄《うんちく》を競い合おうという気になったのだから手間暇は要らなかった。

「お武家さま」が「徳山さま」になって「権十郎さま」になり「権さま」まで下落する頃には、愛撫《あいぶ》するものだとばかり思っていた女というものから強烈な愛撫を受けるという、権十郎にとっては全く初めての歓喜を得て、これこそおのれの欲求極まるところなりと、彼は雀躍《じゃくやく》した。

なめらかな肌などといっても、こちらの皮膚が、しっとりと相手の皮膚に吸い込まれて一枚になるような女の肌などというものはざらにあるものではない。汗に光るその全身の肌を、豊かに、あくまでも柔軟な重味と共に権十郎の四肢《しし》へ加えつつ、

「権さま……あ……権さま……」

と、お梶が喘《あえ》ぐとき、その「権さま」が夢うつつのうちに「若さま」と聞え、権十郎は乳母の千をいやでも想《おも》い起さずにはいられなかった。

愛撫されるということは彼にとって、必然、乳母お千に結びついていたのである。

ただ千の体は火照って熱いばかりだった記憶しかないが、お梶の肌身は適度に暖く、そして適度にひんやりとこちらの熱を吸いとってくれる。快かった。

権十郎は木村家とお梶の茶店と半々に暮すようになった。

お梶も、権十郎が居るときは娘お百合を四条の義弟のところへやってしまい、土間の後ろの二間ほどの小部屋へ閉じこもって、店を休むこともある。

お百合は権十郎と入違いに、小女に送られて四条の叔父の茶屋へ行くのであるが、土間の腰掛けに居て、権十郎が、

「おう、もう行くのか。や、綺麗《きれい》なおべべだなあ」なぞとお世辞をかけると、

「いや、おじさま、きらい」

「何故きらい？」

「おじさまはえどからきたのでしょ」

「そうだよ」

「そうなら、またえどへかえるのね」

「帰らなくてはいけないか？」

「はい、いけないの」

「お百合、何をいうている。さ、早う叔父さまのところへお行き」

お梶が、それでもいささか困惑の体で優しく叱《しか》ると、お百合は、禿風《かむろ》のそれに母が

工夫し整えた髪の乱れを小さな手でしきりに気にしながら、お梶そっくりの上眼使いのうるんだ双眸《そうぼう》を、じいっと権十郎に向け、

「おじさまはおかえり。はやくおかえり」と繰り返した。

母を奪われた怒りなのか、と権十郎も辟易《へきえき》したが、お梶は、

「あれも一年毎《ごと》に大きゅうなるので、今にわたくしの手足も自由に動かなくなりましょう」と言った。

評判もたった。

木村和助に問い詰められ仕方なくすべてをぶちまけると、和助は「あの女は京でも名高い女でな。あれに見込まれたのは権十郎殿としても悔ないところじゃ。まさに貴公は選ばれたる男と申してよろしかろう」と案外に捌《さば》けたことを言い、

「祇園のお梶を手に入れようと足を運ぶ男どもは貴公の出現で後を絶ったという噂《うわさ》もっぱらでござるよ。いや確かに美形。わしも拝みに行ったものだが……」

「左様でしたか」

気が楽になって、やや得意気に肩の力を抜くと、

「じゃが、権十郎殿。別れのときを今から考えておかねばならぬ。よろしいか」

「別れのとき……」

「お梶も浮気。貴公も浮気。貴公とても女苦労に揉《も》まれてきた人じゃ。心おきなく楽

しみ、別れるときには澱《おり》を残さぬ心構え、今更わしが言うまでもなかろうと思う」

そのとき和助の妻が茶を持って入って来たので話は中断したが……権十郎は暗然となった。勘当の身の食客暮しで、これから先このままのんべんと今の状態を続けていけるものではない。と言ってどうこの身を始末して行ったらよいのか。

(いっそお梶のところへ入夫してしまおうか。何、茶店の亭主も悪くはない)

思っても見なかった考えだが、しかし権十郎は日毎に、この思いを募らせていった。武士も茶店の亭主も生きるには何の変りがあるだろう。喫飯、睡眠し、交りをすることが人間の暮しだ。後のものは大同小異、畢竟《ひっきょう》はこの三慾《さんよく》を満すための手段体裁に過ぎまい。

今日切出そうか、明日か——と、それでも仲々に言いにくく、

(まだよいわ。もう少し詰ってくるまで……)

お梶との交情には、たっぷり自信を持っていたが、もしや断わられて——との疑念も湧《わ》かないではない。あれ程の情熱をかたむけながら、お梶はただの一言も（このまま一生、権さまと暮したい）という言葉の破片も零《こぼ》さなかったのが、権十郎を逡巡《しゅんじゅん》させたのである。

お梶と馴染むようになってからは金も余り要らなかった。お梶は男に金銭の面倒をかけることを極度に厭《いや》がった。小金も持ち、商いもしている彼女には、またその必要

もないのである。
嵯峨《さが》や御室《おむろ》への行楽や四条の芝居見物。宇治の舟遊びにも出かけた。お梶は暇さえあると権十郎《ごんじゆうろう》を引出しては京の内外の寺院や名所を巡るのが楽しみらしかった。また彼女の風物に対する説明は行届いていた。実家は有名な表具師だと聞いたが、町家の女にしては歌も詠《よ》むだけに歴史への造詣《ぞうけい》も並々でない。新開地の荒々しい雑音がやっと落着いたばかりの江戸と違い、伝統の香気に育《はぐ》くまれた京都という土地の風韻に、権十郎も魅せられてきていた。

権十郎にとっては京で二度目の祇園祭も過ぎ、きびしい残暑が近年珍しいと言われた暴風雨に洗われ、空が俄《にわ》かに澄渡った正徳二年の八月末のことであったが、突然、江戸から徳山家の用人柴田《しばた》主計《かずえ》と老女お千が京へやって来た。

〝勘当を許す。家督を継ぐ為、急ぎ帰れ〟との父重俊《しげとし》の言葉を持ってであった。

「まあ、まあ――大きくおなり遊ばして……」

千は、人眼《ひとめ》がなければ権十郎に武者ぶりつきかねない感激ぶりで、出奔した夜の慙《ざん》愧《き》に耐えない思い出にヘドモドしている権十郎の頭から爪先《つまさき》へ、こちらが照れ臭くなるまで、何度見ても見飽きぬ芸術品を鑑賞するような讃美と、生なましく光る愛情の視線を上げたり下げたりした。お千の頭に、めっきりと白いものが交じっているのを見ると、権十郎も変に涙ぐましくなった。これは間違いなく母親へ向けられた子の感情であったと言えよう。

さて、用人柴田と千が代る代る語るには――去年の春頃から重俊の持病が悪化した。何分にも七十を越えた老齢ではあるし、努めて勤務に怠りなくしてはいるものの、近頃は胃の痛みに、あの強気な殿様が夜更《よふ》けの寝所から呻《うめ》き声を発することもしばしばである。出来る限りの医薬も迎え尽したのだが……「もう無駄《むだ》じゃ。それよりも早く、権十郎を呼び寄せい」ということになったという。

「あの強情な父上が、まさかおれに……」

「考えてもごらんなされませ。若様を勘当遊ばした折、既にそのときから殿様におかれては今日あることをお考え遊ばしておられたのでございますぞ」と、柴田用人が鼻を詰らせれば、お千も、

「あなたさまが駿河屋《するがや》をお出になり行方が判《わか》らなくなったときには、ですから殿様もすっかりお気を落されたのでございますよ。あなたさまを遠くで見守っておいでになることが出来なくなったことが、どれだけ……」

「うむうむ。殿様のお体が目に見えてお弱り遊ばしたのもあの時からじゃ」と柴田は相槌《あいづち》を打って権十郎を睨《にら》み、

「全くもって親不孝な若様でございましたな」

「言うな……もう言うな主計――」

もうそろそろ許してやっても——と思いかけていた父親は息子の失踪《しっそう》に狼狽《ろうばい》し、八方に手を廻《まわ》した。江戸に居ないことが略《おおよ》そわかると、重俊は、まず美濃《みの》の領地と京の木村和助へ、書翰《しょかん》をもって、権十郎が立廻った場合の処置を依頼した。万に一つと思って放った矢が的を射たということになる。和助が権十郎の京都着を江戸へ知らせたのは言うまでもない。

「貴公へお渡しした金子も皆、江戸から送られてきたものでござる。こうなれば気の済むまで遊ばせてやってくれとの御言葉でござった」

権十郎は、いい気になっていた迂闊《うかつ》さを、和助に恥じるより仕方がなかった。

「お帰り下さいますか?」

「お帰り下さいますな?」

「そりゃ勿論《もちろん》のことでござるよ。のう権十郎殿——」

権十郎は黙ってうつ向いたままであった。

二千七百石の旗本として世を送れることになったよろこびよりも、こうなって見ると、やたらに、お梶《かじ》と別れるのが苦しかった。

(帰ってみたところでどうだというのだ、固苦しい侍勤めなぞ面白くもない)

だが……薄氷を踏むような現在の歓楽には、男として人間として何の裏づけもないのだ。

「若様！　徳山の家名を何と御心得遊ばす。後継ぎは貴方様《あなた》ひとりなのでございますぞ」

家名は父親の愛情そのものの具現である。今までのいきさつを聞いてみれば、権十郎としても父重俊の自分へかけた〝侍の父親としての愛〟に動揺せずにはいられなかった。

由緒《ゆいしょ》ある徳山家が、遊蕩《ゆうとう》息子の為に重俊の代で断絶となれば、親類一統の面目も丸《まる》潰《つぶ》れになるし、二十人に近い家来達を路頭に放《ほう》り捨てることになるのだ。

それにもまして、養子縁組もせずに何処《どこ》までも、懶惰《らんだ》な、妾腹《しょうふく》の自分に望みをかけてくれている父の心を踏みつけにすることは出来ない。このことが一ばん身にこたえる。

「帰る！」

よろこびの声をあげる三人――権十郎は、小さな庭の竹林のあたりから秋の陽《ひ》にきらりと輝き飛び流れてきた赤蜻蛉《あかとんぼ》の行方を眼で追い、土塀《どべい》の彼方《かなた》にひろがる空の青さに、見る見るお梶の白い豊満な肉体が吸い込まれ消え果てる幻影を見て、唇《くちびる》を噛《か》んだ。

「そうなりましたか――それなら権さまとも、これで……」

一切を聞くと、お梶は静やかな青い眉《まゆ》を上げ、はんなりと笑った。

「おぬし、平気なのか……」

「平気か平気でないか――権さまにはおわかりになりませぬか？」

「むむ……」

「ただ、わたくしは、男と女の別れには、涙というものを邪魔だと思うているばかりなのでございます――それに、わたくし……わたくしも今に婆《ばば》になる、汚れ果てまする。それはもうすぐ目の前のことでございます」

「何を馬鹿《ばか》な――」

「いえ、まことのこと――十年二十年というても、つまりは朝から夜まで、一日のことと同じようなものでございますもの。わたくしは婆になったらひとりでいたい、そういう女なのでございます」

二人の眸《ひとみ》は、ひたと合った。

「おわかり下さいましたか」

「うむ――ようわかった」

権十郎は微笑した。お梶も……だが、このとき彼女の双眸はまさにうるみかかってきていた。それをはっきりと見て、権十郎は満足した。

「権さまのことをよろしく頼むと申されまして――いつか、木村様が此処《ここ》へお見えになったこともございました」

「そうか――そうだったのか……」

明日は京を発《た》つという前の日の夕暮れ近く、権十郎は祇園社を訪れ、お梶が別れの晩餐《ばんさん》の仕度にかかる間、お百合《ゆり》の手を引き裏山へのぼった。

長楽寺の前を通り過ぎ真葛《まくず》が原《はら》へ出て、やや急な坂路《さかみち》を、お百合を抱いて丘へのぼりきると、京の町は粛然と夕闇《ゆうやみ》のうちに在った。

ようやく我物とした、その町の姿態を飽かず眺《なが》めながら、権十郎は懐中から小さな包みを出し、

「お百合。これはそなたの母とそなたにあげようと、わしが買《こ》うて来たものだ。明日の朝になってから母に渡して開けて見てくれ。よいか、明日だぞ」

それは、螺鈿《らでん》の珊瑚《さんご》に飾られた二つの簪《かんざし》である。

と――お百合も袂《たもと》のかげに隠し持っていたものを差出し、

「これは、おじさまにあげるようにと――」

「母様がか?」

「あい」

それは金襴《きんらん》の布にくるまれた一尺に足らぬ細長い箱のようなものであった。開こうとすると、お百合は、

「あ――それは明日の朝になってから……」

「そう言われたのか？」

「あい……」

「うむ――よし」

「おじさま、かえってはいや！」

突然、お百合が権十郎の首へ手を巻きつけて、咽《むせ》び泣きを始めた。

可愛《かわい》らしい唇が頰《ほお》に触れるのを感じながら、権十郎は、

「前には帰れと言うたではないか」

「うそ。あれはうそ！」

お百合は何時《いつ》までも泣き止《や》まなかった。

晩餐のときも、互いの贈物について、お梶も権十郎も口に出さなかった。食事が済むとお百合は四条へ送られて行った。

翌朝――権十郎帰府の祝膳《しゆくぜん》で木村家は賑《にぎわ》っていた。権十郎は独り自室に逃れ、お梶の贈物を開いて見た。

それは絵であった。秘戯画なのだ。小さな愛くるしい巻物になっている。

絵は宮廷の、やんごとなき男女の交歓を写したものだ。大胆な構図である。男女悦楽の極致のいくつかを華麗な彩色によって描きつくしているこの秘画には、しかしみ

じんの卑猥《ひわい》さもとどめてはいない。

権十郎は唸《うな》った。唸りつづけながらこの絵巻を縦にしたり横にしたりした。彼も、かつてこうしたものを見ないではなかったが、それは余りにも貧しく卑俗な劣情にこびたものばかりだっただけに、この寛濶《かんかつ》な熟達した技法をもって、人間の歓喜そのものを謳歌《おうか》しているかのような逸品には、驚嘆した。

中に、お梶の筆になる紙片が挿《はさ》み込まれていた。

それには——この作は鎌倉時代、宮中の絵所を預っていた名人、住吉慶恩《すみよしけいおん》の筆になる名作だという文句が、いとも簡単に記されてあった。

五

権十郎が将軍の許可を得て、徳山五兵衛《ごへえ》の名を襲い、家督を継いだのは、翌正徳三年十一月二十八日である。

一度勘当されたものに再び跡目相続をさせるのであるから、そこにはいろいろと面倒があった。

かつての権十郎放蕩のいきさつも幕府の目付方の耳へ入っていることだし、従って目付の監察をその耳目としている若年寄も〝徳山の放蕩息子〟については充分に承知している。

何時の世にも賄賂《わいろ》というものの利目《ききめ》には変りがないのであって、ことに戦国の世は既に遠く、複雑錯綜《さくそう》した制度の網の目の中に生きている武士階級にあっては、それはもう交際の常識となっている。

父親の重俊は病み衰えた体に鞭打《むちう》って、家名存続の為《ため》、倅《せがれ》の為、陣頭指揮に当った。まず老中の秘書官ともいうべき奥御祐筆《おくごゆうひつ》衆の自邸へ「何分よろしく……」との挨拶《あいさつ》と共に、袴地《はかまじ》を贈る。この下には金百両が潜ませてあるわけだ。この要領で同時に若年寄へも目付方へも同じく袴地の下に金を入れてつけとどける。

徳山家は領地もあるし、代々の経済の道にかけては固いのが家風で場違いをやらかしたのは権十郎位なものだが、次から次へと湯水のように流出する莫大《ばくだい》な出費についても、どうにか持ちこたえていくことが出来たのは幸いであった。

徳山家にとっては本家筋に当る出羽上之山二万五千石、土岐《とき》侯の運動もあり、重俊の亡妻の実家である六千石の大身旗本、溝口《みぞぐち》又十郎も好意的に力を添えてくれた。

何よりも、徳山代々の謹直な勤務精励ぶりが物を言ったし、権十郎もまた抜目なく立廻り関係者の招待饗応《きょうおう》の席に於《お》ける挨拶も、悪夢から醒《さ》めて慙愧の念に耐えぬ態を見せると同時に適度の愛嬌《あいきょう》も仄《ほの》めかせるという芸当をやってのけ、好感をもたれた。

「ようやってくれた。見っともない廻り道をしてきたのも、おぬしにとっては無駄ではなかったようじゃ」

いよいよ許可が降り、徳山家が所属する小普請《こぶしん》の組頭以下二十名と寄合肝煎《きもいり》を饗応して、繁雑な相続運動も、やっと終りを告げた夜——憔悴《しょうすい》の身を押して宴席に出た重俊は、がっくりと疲れ果てながらも安堵《あんど》の嘆息を洩《も》らし、権十郎をねぎらってくれた。

重俊は、骨と皮ばかりになっていた。

病状は進行しており、気力のみでこの日を待ち、五体を動かしつづけてきたのだ。

「永い間、権十郎の不孝を……」

「待て。今日よりはおぬし、徳山五兵衛となったのじゃ——これよう聞け。武士も町人も、その家を継ぎ守ることによって世は成り立ってまいる。その為にはまずおのれを殺すことが第一じゃ。殺すことによって生きる。これが大切じゃと思え。これからは醒めた夢を追うなよ」

「はい」

重俊は年の暮れるまでに致仕し、寄合に列したが、翌正徳四年の三月三日、七十七歳で歿《ぼっ》した。

生前の取極めによって、五兵衛が、藤枝若狭守《わかさのかみ》の二女、勢以《せい》と結婚したのは同年九月一日である。

藤枝家は武蔵相模《むさしさがみ》のうち四千石を領する旗本だ。代々要職に在って羽振りもよい。勢以は五兵衛より五つ下の二十歳。当時としてはやや晩婚であったが、美貌《びぼう》で、武家の女としての教養百般に通暁《つうぎよう》。小太刀薙刀《なぎなた》の名手だという。

こういう女を五兵衛に妻《めあ》わすことにしたのも、実は父親の深慮があったからで、まだ危険に見える息子の手綱を内から引締めさせるべく選ばれた勢以なのである。勢以を貰《もら》い受けるについては、土岐侯の並々ならぬ推薦と尽力があった。

当時の武家の結婚と言えば見合すら無かったほどだから、五兵衛への斟酌《しんしやく》などは、父も親類達も全く念頭にはなかった。

もらって見ると、成程、勢以は美貌であった。目鼻立のすべてが整っているからと言うならばである。

婚礼の席上、濃化粧に彩《いろど》られた勢以を初めて盗み見た五兵衛は、（これならば……）と、ひそかに北叟笑《ほくそえ》んだものだ。

五兵衛は京を発して以来、約二年の間、只《ただ》の一度も女体に接していなかった。相続運動一件と死に瀕《ひん》している父を眼前にして懸命に耐え忍んではいたのだが、五兵衛の悩乱は一通りのものではなかったのだ。

いっそ侍女の誰かをと餌物《えもの》を狙《ねら》う狼《おおかみ》の眼つきに何度なったか知れない。しかし侍女達は用人柴田の監督の下に、名うての若様を防禦《ぼうぎよ》する体制にいささかの怠りもない。外出にもいちいち柴田主計が白髪頭《しらがあたま》を振り立てて供をする。やり切れたものではなかった。

日夜、五兵衛の脳裡《のうり》を去来するものは、京で見た夢であった。

あの恍惚《こうこつ》として閉じられたお梶の眼。恍惚と開かれた唇の喘《あえ》ぎ。また恍惚として口走った言葉の数々――。

甘やかな肌《はだ》の匂《にお》いに浸りながら、汗みどろに絶頂を極めた夜の想《おも》い出を追いつづけていると、思わず、

「うむ――ああ、くそッ！」

狂気のように呻《うめ》いて、このまま門を走り出て、京へ飛んで行きたい思いで頭が割れ返りそうになったものだ。

けれども互いに割切った別れ方をしてきただけに、見苦しく恋慕の態を女に見せるのは何としても厭《いや》だった。男の見得である。権十郎は歯を食いしばって、お梶へ書きかけた手紙も破り捨てた。

老女お千だけが、そっと近寄って来ては、皺《しわ》やシミの増えた顔を妙に昂《たか》ぶらせ、

「若さま、御辛抱を――今に奥さまがおいでになるまでのこと――よろしゅうございますか。何事も今が大切でございますよ」などと声を詰らせながら同情をしてくれたようである。

だから、いざ勢以との床入りになると、五兵衛は(遊女、茶屋女を相手にするのとは違う。男女の交りにも武家の礼儀を重んじなくてはな。それから追い追いにやるこ

とだ）などと考えていたことも忘れ、いきなり花嫁の寝衣をはだけて胸を探ると……薄い乳房であった。男のように固くしまった体の筋肉なのである。

（や――成程、薙刀の名手だけのことはある）

ふッと哀《かな》しくなったが、ままよとばかり寝衣をはぎとろうとすると、

「何をなされます」

やや怒りに震える勢以の声が、電光のように五兵衛を打った。

何をする？　きまっているではないか。勇気をふるって尚《なお》も迫ると、

「着衣のままで。着衣のままで――」

勢以は叱《しか》りつけるように低く言った。

さすがに四肢《しし》を硬張《こわば》らせて、勢以は初夜の緊張に息を詰めているようだったが、その声は乙女の好意的な恥らいから発しているものでないことは明瞭《めいりよう》である。

着衣のままで何が出来る……一ぺんに興醒めして自分で自分が情なくなったが、しかし、どうやら済ますことは済ました。用の足りる部分だけを辛うじて開くことを花嫁は許可したのであった。あとの部分は着衣のままで……。

口唇を吸おうとすれば顔を振って「何をなされます」である。胸に手を差伸べれば「何をなされます」である。

五兵衛は、幻滅の衝撃に臍《ほぞ》を噛《か》んだ。

勢以は、男女の交りが、みにくいものであり、しかも仕方なくこれを為《な》さねばならないという考えを無意識のうちに持っていたようである。

生の肌身と肌身を寄せあわず、男女双方の肉体のあらゆる器官の機能を働かせずして形ばかりの交りをするなど、それこそけだものではないか――今に見ておれ、と五兵衛は腕を撫《ぶ》し、夜毎《よごと》にいどみかかったが、駄目《だめ》であった。

第一、夜毎になぞは到底許しそうにもなくなり、何かといえば、「何をなされます」である。

その声の冷ややかな響きは、次第に五兵衛を竦《すく》ませ、自棄な諦《あきら》めさえも感じさせるようになっていった。

(よし。機会を見て離縁してくれる!)

だが、早くも子供が産れた。長男の治郎右衛門頼屋である。

あれほど睦《むつ》み合ったお梶《かじ》とは遂《つい》にもうけることのなかった子が、砂を噛むように呆《あっ》気《け》ない勢以との交りによって生れるとは、

(何たることだ、女というものは――)

五兵衛は慨歎《がいたん》した。慨歎しつつ、生れた我子は憎いと思わなかった。

(これで何も彼《か》も終りか――)

勢以は着実に、徳山家での妻という地位を固めていった。

彼女は嫁入るについて、何処《どこ》の家でも常例となっている里方の侍女を一人も連れて来ることをしなかった。これは破天荒ともいうべき異常である。勢以は、すぐさま徳山家の侍女、家来達を我物とした。

彼女は、五兵衛の歎《なげ》く閨房《けいぼう》の欠点以外は完璧《かんぺき》であった。

武家の主婦としての役目一切に毛ほどの口をさしはさむところなく、侍女達には厳しい半面、非常に細かく気をつけ労《いた》わってやるのである。

里方の藤枝家では、もっぱら老女の橋尾というのが幼時からの教育に当ったと聞いていたが、勢以の一文字に引結んだ唇から発せられる一言々々は、古狸《ふるだぬき》のお千までも屈服させてしまった。もっともお千は蔭《かげ》へ回り、「殿さまも、とんでもないのをおもらい遊ばしてしまった」とこぼしたとか……。

長男が産れると、その養育にも抜かりはなく、良人《おっと》五兵衛へ仕える気構えにも隙《すき》はなかった。

しかし……「何をなされます」の彼女に於ては、五兵衛もとうとう匙《さじ》を投げた。

「勢以。願いたい」

と、臥所《ふしど》を共にするのも、年に数えれば、不可能ではないほどで、何時《いつ》だったか、「何ゆえに男女は、かようなことをいたさねばならぬのでございましょう」と、勢以に歎かれて、五兵衛は恐縮したことがある。

悶々《もんもん》たる夜毎――五兵衛は、あの住吉慶恩描くところの秘画絵巻を取出し、官能の疼《うず》くまま、ひたすらにお梶の面影《おもかげ》を、肉体を、脳裡に追いつづけた。

家督を継ぎ、一家の主《あるじ》ともなれば無暗《むやみ》に外出も出来ない。旗本でも五百石以下になると気楽なのだが、千石以上ともなれば親類を訪問するとか仏参か、別邸へ梅桜などを見に出かけるのが関の山である。

それに当分は、幕府の目付方も五兵衛には注意を払っていることだろうし、土岐侯はじめ親類一統の監視も厳重だ。

覚悟はしていたことだが、五兵衛も、しばらくは鬱積《うっせき》した本能のうごめきを持余すばかりであった。

人間の強烈な本能の欲求は、何かの形で〝はけ口〟を求めずにはいられないものだ。

徳山五兵衛が、所属する小普請組に於て頭角を現わし始めたのは間もなくのことであった。

小普請は閑職である。その代り幕府の小規模な普請工事の費用の一部を、持高に割当てられて出さねばならない。割のよくない配置だ。

組には支配がいる。月のうち六、十九、二十四の三日間〔相対〕と称し、お勤めとも言われる面会があり、御役に就きたいものは、この日、支配を通して、一種の就職運動をするのである。

五兵衛は、金と機智《きち》を巧みに駆使した。彼が本所火事場見廻方から書院番に任じたのは享保《きょうほう》二年、二十八歳の三月だ。この年の正月には又しても次男の監物《けんもつ》が生れた。その頃には既に、不思議な魔力に誘われ惑わされた五兵衛の、夜更《よふ》けの寝間に独り筆を運ぶ姿を見出《みいだ》すことが出来る。

秘画の手本は、あの絵巻だ。

五兵衛は、覚束《おぼつか》ない自分の手に筆をとって、これを写し始めたとき戦慄《せんりつ》的な感動が体内を貫くのを知った。

観賞と創造とは、おのずから興味の度合いが行うについて違うものだ。こうも形を変えたら歓喜の頂点にある女体の其処《そこ》も彼処《かしこ》も眼に入る筈《はず》だ。そうなれば、もっとお梶をしのぶ夢も濃厚なものとなってくれるであろう。見たいと望み、いや行いたいと渇望《かつぼう》しては溜息《ためいき》と一緒に諦めてきた歓楽が、紙の上では自由自在だ。五兵衛にとって、これは素晴しい発見であった。筆が馴《な》れ、ひと月ふた月となるにつれ、五兵衛の貪欲《どんよく》は果しがなくなった。

やんごとなき方々のあられもないそれは、お梶と五兵衛の面影を宿し始めてきた。就寝のときも当時は灯影は絶やしてはいないから、一度床へ入り屋敷内が森閑と寝静まるのを待って、五兵衛は、そろりと脱出し、机に向うのである。

何枚も描《か》き損ねたもののうちから、これはと思うものを一枚残し、最後に力をこめ、これを透写しにして、満足のゆく一枚が仕上るまでは眠れなくなってきた。

その一枚を手文庫の底に隠し、残りは行燈《あんどん》の火を移して焼き捨て、灰化したそれを懐紙にくるみ、五兵衛は翌朝の用便のときに、そっと便器の中へ始末するのであった。

(おれは、何という奴《やつ》だ)

大の男が、しかも書院番まで勤める旗本徳山五兵衛が、夜毎眼《め》を血走らせ、筆尖《ふでさき》の動きにつれて、

(うむ……これはよし)とか(いかん! どうも女体というものは手に負えぬわい)とか(ふむ。こういう形も、やれば出来るものなのだなあ)とか……胸に思ったり、呟《つぶや》いたりしながら、しかも妻や家来に悟られまいと神経を配りながら、あのことの生態を描くことに熱中しているのだ。

(恥を知れ、恥を——あまりにも情ない。このようなものに魅入られるとは……)

べっとりと脂汗《あぶらあせ》をかいて納得のゆく最後の一枚が仕上ったとき、五兵衛は我ながら、おのが姿を浅ましいと思った。

寒中でも描いていると息が弾み、体中がポッポッと火照《ほて》ってきて汗ばんでくるのである。このさまをもし勢以が見たら、どんな軽蔑《けいべつ》を投げつけてくるか——家来達は呆《あき》れ果てて主人への敬意を放擲《ほうてき》してしまうであろう。

(いかん! 止《や》めなくてはいかん!)

だが止められなかった。城中へ出ていても、ふッと、今夜はああしてやろう、こういう工合に描いてみよう――などと知らず知らず眠り足りぬ脳裡にぼんやりと想像をたくましゅうしている自分を発見して、五兵衛は（このようなことで、もしお勤めに差さわりがあったらどうするのだ！）と、冷汗をかくことがあった。

誰にも見られず知られていなくても自分が自分の恥かしいありさまを知っている。だから尚更たまらなくなるのだ。

（五兵衛よ。お前は何という愚か者なのだ）

その愚かさを恥じる心は、無意識のうちにこれを隠そうとして、五兵衛は一日一日と、謹厳の衣を厚くまといはじめた。五兵衛自身が、明るい陽の光の中では夜更けの自分の姿を忘れ切りたいからであった。

けれども、老女お千だけは五兵衛の苦手だ。彼女の前では如何《いか》なる威厳も通用しまい。五兵衛は次第に、お千と言葉を交さなくなった。

一年、二年――五兵衛の精力は勤務の精励と秘画への上達にかたむけつくされた。睡眠不足の彼が、その日常に、上司からも同僚からも家来からも襤褸《ぼろ》を摘《つま》み出さずに立派な体面を保つことが出来たのは、ひとえに強健な彼の肉体があったからだ。

享保四年、西之丸小姓組。七年には御先手鉄砲頭と歴任して、徳山も昔は手に負えぬ放蕩者《ほうとうもの》で――という噂も何時しか消え「やり手じゃ。腕も利《き》き頭も働く。しかも見るからに武士の気風を崩さぬ。まだ三十を越えたばかりだが立派な面《つら》つきしておるの」と、こういう評判がとって替るようになってきた。折柄《おりから》、吉宗《よしむね》の治世で、ゆるんでいた綱紀が将軍自らの強い督励によって引締められていたときだから、尚更に五兵《ご》衛《え》の評判はよろしかった。

昼の謹厳、夜の痴愚。二面を使い分ける五兵衛の日常は、年月の流れによって習慣と化した。

筆の熟練につれ、秘画に対する興味も深刻になるばかりで、到底この泥沼《どろぬま》から脱出することは出来ないと、五兵衛も覚悟をきめた。彼は、墨一色の描写に飽き足らなくなった。彩色をしたい良い紙が欲しい。そうなると、とても隠し切れまい。財布の紐《ひも》は殿様が握るものではないからだ。

「わしは絵を習ってみることにしたぞ」

幕府御絵師、板谷桂梅《けいばい》方から絵師に来てもらい、五兵衛は非番のときに習いはじめた。今や絵具も紙も堂々と整えることが出来た。

「失礼ながら、お手筋のよろしいのには全くもって驚き入りました」

お世辞ではなく、絵師は目を瞠《みは》った。

もともと五兵衛には絵師になる素質があったものとみえる。

「殿さまは此頃《このごろ》、絵を遊ばしておられます。仲々に見事なので、私もいささか驚いているのですよ」

たまたま、里方の藤枝家から訪ねて来たものに、勢以《せい》はこう言ったそうである。花鳥の手本を見ながら、また厨房《ちゆうぼう》から季節の野菜などを持ってこさせて写すのも、満更悪くはなかった。

五兵衛は秘《ひそ》かに侍女達の髷《まげ》の形や衣裳《いしよう》の模様などを写しとった。

「殿様は近頃、絵に御執心でな。時によると暁方《あけがた》近くまで稽古《けいこ》なされるそうじゃ」と、家来達の噂《うわさ》である。

五兵衛の秘画も、とみに光彩陸離たるものになってきた。

居間の手文庫が一つ増えた。五兵衛はこれにも鍵《かぎ》をつけ、

「中には公務の上にも徳山家にとっても、重要なる、秘密の書類が入っておる。もし、わしが不在の折に地震火事など急変あるときは、そなた身をもって守ってくれい。中を開くことはならぬ。よいな」

重々しく、五兵衛が、さも仔細《しさい》ありげに依頼すると、勢以は屹《きつ》と青い眉《まゆ》を上げ、引結んだ唇《くちびる》に決意をみなぎらせて、力強くも言った。

「命に替えましても――御安心下さいませ」

六

これから死ぬまで徳山五兵衛は、天ぷらの衣だけ食べさせて中身はいけない、といった風の勢以だけを性生活の対象として暮さねばならなかったのか……。

いやそうではなかった。五兵衛は、花火のように激烈で一瞬の後に消え去った想《おも》い出を一つだけ、その中年期にかかる頃に獲得することが出来たのである。

それは享保十一年の晩春のことだから、用人の柴田老人が歿《ぼっ》してから四年目、十歳になった次男を従兄《いとこ》重一の養子にやった年に当る。

ときに五兵衛は三十七歳。小普請八組のうちの組頭をつとめていた。

品川裏河岸の廻船《かいせん》問屋、利倉屋彦三郎方の使いが一通の書状をもたらしたのは、その日の朝である。家来が取次いだ書状を読んだ五兵衛の顔はさッと変り、ぱッと元へ戻った。

「急用あって出かける。仕度せい。内密の公務なれば、供は二人ほどでよい」

若党と草履取の二名だけを供に、編笠《あみがさ》をかぶった五兵衛は、つとめて悠然《ゆうぜん》と本所《ほんじょ》の屋敷を出た。

利倉屋からの手紙は木村和助とあったが筆蹟《ひっせき》に見覚えはなかった。開いて見ると中身は女の筆で、文面は簡単に——江戸見物に来たので十五年ぶりお目にかかりたく、まことに失礼ながら……と所定の場処を記し、京の女より、とある。

(お梶《かじ》だ！)

とどろく胸を抑え抑え、五兵衛が上野の山下から奥州《おうしゅう》街道を北にとり、入谷《いりや》村へ着いたのは、それでも昼近い時刻になっていたろうか。供の者は通り道の坂本にある善養寺門前の茶店に待たせておき、五兵衛は坂本の通りから右へ切れ込んだ。

街道筋に当る坂本村と違い、この入谷村あたりは、広びろとした水田に交じって、寺院と百姓家が点在するといった風景である。

二度ほど行迷って、庚申堂《こうしんどう》傍の百姓家に訊《き》くと、利倉屋の別宅は、すぐ目の前の林泉寺という寺の裏手にあった。藁《わら》ぶきの小ぢんまりと瀟洒《しょうしゃ》な構えで、細流にかかった石橋を渡ると、門の中から待構えたように、でっぷり肥えた五十男が飛出して来て利倉屋の主人だと名乗り「これはどういうわけじゃ？」と訊く五兵衛を「まず――ともかくもお通り下さいませ」と、奥の一間へ案内した。

そこに見出したものは、まさに十五年前のお梶そのものではないか……。

「お梶……」

「まあ、おじさま。それほど母さまに似ておりましょうか？」

「や……お、お百合《ゆり》なのか、そなた……」

よく見れば、豊艶《ほうえん》の目鼻立は母親そっくりだが、小鼻の傍のほくろがない。お梶は頸《くび》のあたりも太やかだったし、顎《あご》のあたりにも僅《わず》かながら肉がついて括《くく》れかかっていたものだ。

お百合の頸から肩にかけての嫋《たおや》かさや、鉄漿《かね》をつけぬ白い歯がのぞく唇の形もお梶とは違う。

お百合は濃緑の地に鶴《つる》の絵模様を染抜いた友禅の衣裳によって、一層くっきりと、母親ゆずりの肌《はだ》の白さを誇っている。

お百合は十五年ぶりの五兵衛に興味をそそられ、まじまじと五兵衛を見つめ、見つめてはクスクスと笑い出すのである。

「何が——何が可笑《おか》しい……」

五兵衛の頰《ほお》にも血がのぼった。彼は思うように言葉が出てこなかった。

利倉屋も入って来、改めて挨拶《あいさつ》をしたが、彼が、お百合と交《こも》ごも語るところによると……。

利倉屋彦三郎は、大坂の今橋にある廻船問屋、日野屋九兵衛の義弟に当り、日野屋はしかも、お梶の亡夫の従兄に当るのだそうだ。日野屋は、かねがねお梶母子《おやこ》の面倒を何くれとなく見てくれているのだという。たまたま此度、日野屋の番頭某が商用で江戸へ出て来ることになり、

「こんなときでなければ、おじさまにお目にかかれることもないと考えまして……思いきって……わたくし一緒に……」

「一昨日の夕方、江戸へ着いたばかりなのでございます」と、利倉屋。

「前と違《ちご》うておじさまは、今はもう大身の御旗本なので、お訪ねすることも、何となく気にかかり、利倉屋さんにお頼みして、此処《ここ》へ……」

「そうであったか……」

利倉屋は間もなく品川の店へ戻って行った。後は下男に女中二人ほどの別宅であった。

開け放った窓の向うに、雑木林を通して、田打が済んだ水田の土が、くろぐろと晩春の陽《ひ》に濡《ぬ》れている。

雲雀《ひばり》が高く高く囀《さえ》ずっていた。

五兵衛は眩《まぶ》しげに、お百合を見守り、

「見違えた。余り美しく、大きくなっているのでなあ」

「フフフ……有難うございます」

「わしは年を老《と》ったろう？　どうだ？」

「いえ――でも怖いお顔になって……」

「怖い――そりゃァいかぬな。そうかな……」

「でも、こうしているうちに、だんだんと昔のおじさまに、お顔が戻ってきたようでございます」

「それはともかく――で……母は？　お梶、どのは元気でおるか」

「母さまは亡《な》くなりました」

「何――」

「おととしの夏でございましたけれど……はやり病いにかかりまして、あの丈夫な母さまが、急に……」

徳山五兵衛が、その二十二歳の芳香を放つ鮮果を捥《も》ぎ奪《と》ったのは、三日後の、お百合と二度目の出合のときである。

お百合は、媚態《びたい》で拒否した。

用意された酒肴《しゅこう》の器物を、彼女は一切無言の含み笑いのうちに五兵衛へ投げつけては、抱きすくめにかかる男の両腕を叩《たた》き、払い退《の》けては焦《じ》らしぬいた。

お梶の追憶談をしているうちに(いや三日前のときからと言ってもよい)何処《どこ》となく希望が持てそうな、お百合の嬌羞《きょうしゅう》が、五兵衛を騎虎《きこ》の勢いにさせた。

「わたくし、昔おじさまに、早く江戸へお帰り下さいって申上げましたけれど……」

「お百合には大分いじめられたわ」

「いえ。あれは……あれはわたくし、母さまをおじさまに奪られるのが厭《いや》で申上げたのではございません」

「では、何故？」

「おじさまを母さまに奪られるのが口惜《くや》しくて……」

うつ向いたまま銚子《ちょうし》をとり酌《しゃく》にかかろうとして、お百合が見上げると、五兵衛の顔は茹《ゆ》で上げた蟹《かに》のようになっていた。

お百合は逃げた。逃げるなら何故、下女下男を外に出しておいたのだ。おじさまと一緒に母親の追憶談をやるのに邪魔なものでもあるまい。

両者の切迫した呼吸のうちに、やがて――お百合は相変らず喘《あえ》ぎ喘ぎの、五兵衛をなぶるような笑いのままに、五兵衛はやや青ざめた面に一抹《いちまつ》の決意を次第々々に凝固しつつ、畳一帖《じょう》ほどの距離をはさんで動かなくなった。

夕闇《ゆうやみ》が灰色に、閉めきった障子に降りてきていた。

張り詰めた静寂が揺れ動き、お百合は五兵衛に組敷かれた。決意に燃えた男の腕だ。

今度は解けない。

「母さまが……母さまが……」

「構わぬ。構わぬ。構わぬ！」

「叱《しか》られまする」

「冥土《めいど》からか――」

「あい」

「叱られても……」

「叱られても？」

「わしは思う。叱っても、お梶はよろこんでくれると……」

何という勝手な理屈が、つけばつくものだ。

しかし、お百合は陶然と眼《め》を閉じた。

むろん、お百合は男を知っていたのである。

飢餓から賞味に、そして飽満に——飽満を知るが故《ゆえ》の飢餓に……お百合が江戸を去る二カ月ほどの間に、五兵衛は利倉屋の別宅で何度彼女に会ったことだろう。

それは実に十本の指を折るまでもないほどのものであった。

千五百坪の宅地に長屋門を構え、家来、侍女、小者を合せ上下三十余人の主人として、幕府旗本に列する徳山五兵衛にとり、勝手気儘《きまま》な外出など度び度び出来るものではなかった。

「秘密の公務」などと言い逃れても、これがもし家来の口から洩《も》れでもしたら穏やかなことではなくなるというものだ。

「目黒あたりへ写生にまいって来ようと思う。何、微行でよろしい。供などいちいち面倒だ」

わざと野人風の扮装《ふんそう》で笠をかぶり、画帖《がちよう》と矢立を持ち、穏厚な口調で、用人の柴田《しばた》間喜太（先代の息子である）に、五兵衛は言った。

「わしも四十の坂の頂点へさしかかった。老人臭いようだが、此頃は絵を描くことが実に楽しみになってまいってな」

「結構なことでございます」

「深く踏込めば踏込むほど面白くなってまいる。この道は格別なものじゃ」

「私など折々に拝見いたしましても、殿様のお描き遊ばすお台所の野菜など、まことに結構なるものと……」

「ふむ。野菜から景色へ移り度くなるな、どうしても……」

「左様でございましょうとも――」

「それも手本ではなく、外へ出て生のままの景観を、どうしても写したくなるのじゃ」

「左様でございましょうとも――」

「では一寸《ちよつと》行ってまいる。これはわしの楽しみだ。大げさにしたくない。いや今日も一人でよい。大丈夫じゃ」

「左様でございますか。それでは――」

「間喜太一人にて含んでおけい」

「はッ」

ぶらり、五兵衛は裏門から出て行く。

勢以も格別気にとめた様子はなく、

「近頃は御執心なことじゃ。殿さまのお道楽は、まことによいお道楽だけれども、お一人でお出かけ遊ばし何か間違いでもあっては――」と、柴田に洩らしたそうである。

二カ月は早い。

江戸を去るお百合に、五兵衛は亡母静のかたみとして懐《なつか》しんでいた宗珉《そうみん》作の獅子図《ししず》笄《こうがい》を贈った。

「これで……別れか……」

「二度とお目にはかかれますまい」

「むむ……」

「わたくし、おじさまと……」

「おじさまはよせ!」

「ま――怖いお顔……」

「怖いか。ふん、この面つきで、わしはこれから一生終ってやるのだ」

言い放った五兵衛の声の底に沈む悲愁を、お百合は汲《く》みとることが出来たろうか。

「京へ帰ってどうするつもりか?」

「祇園《ぎおん》さまの茶店のあるじでございますもの、わたくしは……」

「お前も母と同じく嫁には行かぬと言っておったが――しかし……」

「わたくし、おじさまに何よりの嬉《うれ》しい嬉しいおみやげを頂きました。これを大切に守って生きてまいりまする」

「笄一つ――それを見て、わしを想《おも》うてくれるか？」

突然、お百合は朗らかな笑いを笑った。

「何が可笑《おか》しい？――変なやつだなあ」

「いえ、別に……では、これにて――」

利倉屋から迎えの駕籠《かご》はお百合を乗せ、別宅の門前に立ちつくす五兵衛《ごへえ》を後に、青々と田植えの終った入谷《いりや》の水田を縫って消え去った。

空いちめんの夕焼けであった。

わが腕の下に揺蕩《ようとう》するお百合の肌身《はだみ》に、五兵衛が見出《みいだ》したほくろは五つあった。顔には一点もないそれが、其処《そこ》のくぼみに彼処《かしこ》のふくらみに、である。

耐えがたい、そのほくろへの慕情の苦しさに、五兵衛は永い忍耐の後、ようやく馴《な》れた。

享保《きようほう》十五年五月――物倦《ものう》い初夏の午後に、老女お千が歿《ぼつ》した。

お千は息を引取る直前、枕頭《ちんとう》にあった五兵衛に、ぽっかりと白い眼を開けて見せ、ニヤリと言った。

「殿さま。これで、目の上の、瘤《こぶ》が、消えまするなあ……」

冷水を浴びた心地がしたが、五兵衛は、能面のような表情を崩さずに重々しく言い返した。

「永い間、苦労であった」

享保十八年、五兵衛四十四歳の年の正月に御使番となり、同年十二月布衣を許された。

長子治郎右衛門は十九歳、文武両道に五兵衛の督励を受け、砂利を結んだ握り飯のように歯がたたぬ堅物だとの風評もっぱらである。

お千が歿してからは、いよいよ五兵衛の風貌《ふうぼう》は苦味を帯びた。整然たる秩序や誠実精励の勤務を愛する一面と、深更の秘画潤筆にいそしむ一面は、歳月の波濤《はとう》に揉《も》まれ、習慣の反復に押し均《なら》され、やがて五兵衛は、その矛盾を事ともしなくなってゆくのである。

江戸の町は日に日に発展していった。

不自然な人口の膨脹《ぼうちょう》と消費の奢侈《しゃし》的向上、さらに数次にわたる天災の続発などによって、商人達の活動が大いに刺激され、経済の実力は全く武士から町人の手に移ろうとしていた。

激しく変転する時代の流れにも、しっかりと眼を据《す》え、要心堅固に、徳山五兵衛は武骨一辺倒だと他からは見えながら、美濃《みの》国の領地を治めるにも手抜かりはなく、上司同僚の間も巧緻《こうち》に立廻《たちまわ》って評判は良かった。

どっしりと落着き構えたままで人の心をとらえ信頼を与える技術を、五兵衛は体得していた。

それが彼の若き無頼の日々の習錬？がもたらしたものの一つであることを五兵衛自身は気がついてはいない。

五兵衛はまた、鋭く人の意中を見抜いた。それでいて我子には、かつて父重俊が我身に加えたような厳しい教育と監督をもってのぞんだのである。

泥沼《どろぬま》へ踏込まれでもしたら大変だと思い、五兵衛は我子へひたむきな父の愛をかたむけていることを疑ってもみないのであった。

空気と空気が交流し合い、米粒が水に磨《みが》かれて飯がたける、といったような、勢以《せい》との夫婦生活も淡々とつづけられていった。

元文、寛保と年号も移り、延享元年には再び御先手鉄砲頭。同三年、五十七歳のときに火付盗賊改《あらため》に任ぜられ、大盗日本左衛門逮捕に向ったことは前にのべた通りである。

七

延享三年九月十九日の夜——見付宿万右衛門方で博奕《ばくち》開帳中の大盗一味のうち、今弁慶、赤池法印養益、白輪の伝右衛門、頬白《ほおじろ》の長次郎、菅田の平蔵など主だったもの十一名を召捕ったが、首領日本左衛門だけは逃走した。

その夜は、袋井宿の問屋から屈強の人夫三十余名を出させ、徳山五兵衛は部下一同と共に、万右衛門宅を表裏からひたひたと取巻いた。亥《い》の刻も廻った頃《ころ》である。

万右衛門宅は、宿の中央にある高札場から少し先の貫目改所の傍から右へのぼっている小道を三町ほど行ったところにある百姓家である。裏手は竹林に囲まれていて、かなり大きな家だ。

「それッ」

用意が整うと、五兵衛の指揮で、捕方は一斉《いっせい》に踏込んだ。同時に屋内から洩れていた灯《あか》りもパッと消える。なまじ声をかけて怪しまれるよりはと、いきなり戸締りを打ちこわして躍り込んだ捕方と盗賊一味の凄《すさま》じい争闘の響きが起った。

五兵衛が、同心二名手先三名を従え、裏手の納屋《なや》のあたりに立ち、逃げて来るものに備えていると、突然、納屋の向うの居宅の壁が内から蹴破《けやぶ》られ、躍り出して来た大きな黒い影がある。

待構えた捕方が殺到した。

青白い月の光を浴びて、激しい気合いが飛交い、あッと思う間に同心一名手先二名が大男に斬倒《きりたお》された。

「日本左衛門だな」

五兵衛は声を掛け、杖《つえ》にしていた六尺棒を提げてツカツカと近寄る。

同心ら二人と対峙《たいじ》している大男が、五兵衛を迎えて声なく笑った。色白く目の中細く、鼻すじ通り顔おも長なる方――という人相そっくりである。

額に二寸ほどの切疵《きりきず》が、月光を受けてハッキリと見えた。

屋内から飛出して来た一味を捕方が追って、其処此処に叫喚、悲鳴が起っている。

このとき日本左衛門は二十九歳。琥珀檳榔子《こはくびんろうじ》の小袖《こそで》に橘《たちばな》の大紋をつけ、鮫鞘《さめざや》に金覆輪《きんぷくりん》の大脇差《おおわきざし》という芝居気取りの扮装《ふんそう》だったそうだが、腕も舞台の大悪党に劣らぬ鮮かなものだ。

「退けい！　わしが引捕える」

五兵衛は棒を構えた。大盗は威勢よく叫んだ。

「お役人。まだ早えい！」

五兵衛の手から六尺棒が唸《うな》って大盗を襲った。同時に五兵衛は身を沈めて躍り込んだ。

大盗は脇差を一閃《いっせん》して、この棒を二つに切飛ばしたが、五兵衛の掬《すく》い上げるような抜打ちを何処《どこ》かに受けた。

「あッ――」

間髪を入れず、日本左衛門は五、六尺も躍り上った。

「ああッ」

「待てい！」

捕方の叫び声を後ろに、大盗は怪鳥のように身を翻《ひるが》えして、裏手の竹林の闇《やみ》へ溶け込んだ。

「追えい！」

確か狙《ねら》った通りに脚のあたりを傷《きずつ》けておいた、その手応《てごた》えに（まず逃すことはあるまい）と考え、

「や――？」

右の肩から背にかけ切裂かれた衣服が、ズルズルと腕へ落ちかかるのに気づいた。

「きゃつめ！　悪党には惜しい早業じゃ」

抜打ちに斬って立直る五兵衛の背中の斜め横を飛び越えながら、日本左衛門は一太刀みやげに置いていったものと見える。

その箇処は肌着一枚を残して切裂かれていた。

五兵衛は、いまいましげに舌打を鳴らし、

「馴れ切っておるわい」と、呟《つぶや》いた。

翌延享四年正月七日、日本左衛門こと浜島庄兵衛は、京の町奉行永井丹波守《たんばのかみ》の役宅へ自首して出た。

黒紋付に麻上下、大小を帯して堂々たる風采《ふうさい》だったというから、何処までも芝居心を失わぬ大泥棒であった。彼が逃亡してから幕府は慣例を破り、その人相書を以《もっ》て全国へ御尋ね者とした。

それだけに、反《かえ》って大盗に意表をつかれ、あたふたと立騒ぐ奉行所の与力同心達に向い、日本左衛門は、さも愉快げに、

「かくわざわざと名乗り出《い》ずる上は逃げ隠れなど致すわけはござらぬ。お心静かに、お心静かに——」

永井丹波守の吟味にあって、彼はこう言った。

「私はあれより長門《ながと》下関《しものせき》まで落ちのびましたが、また勢州古市へ戻り、そこで弟分といたしおりました中村左膳《さぜん》召捕を聞き、それにまた天網はもはや逃れぬところと……」

「そちほどの大盗が、今更に……」

「いや。親殺し主殺しの逆罪の外には人相書にて御尋ねはなき筈《はず》のところ、私は天下未曾有《みぞう》の大盗とあって全国へ御手配。こうなっては、これがもう天網と申すものと存じました。自殺のことも考えましたが、他人に見出さるるよりも我みずから天網にかかり、恢々疎《かいかいそ》にして漏らさぬという金言をまことのものと致し度く、かくは出頭いたしてござります。それにまた……」

と、彼は眉《まゆ》をしかめて左の股《もも》のあたりを押え、

「見付宿にて御役人の頭と見ゆる方に、此処《ここ》を斬払われ、この傷がこじれて歩行も思うに任せませぬ——盗賊と申すものは、御役人よりも何よりも、おのれの手傷に心弱きものでござりまして……」

日本左衛門は江戸へ送られ、吟味の上、三月十一日に獄門を申渡された。

即日、江戸市中を引廻しの上、伝馬町《てんまちょう》の牢内《ろうない》に於《おい》て首を打たれ、乾分《こぶん》の者もそれぞれ処分を受けた。

火付盗賊御改、徳山五兵衛の名は一度に江戸市中に拡《ひろ》まった。

見付宿以来、捕縛した一味に泥を吐かせ、次ぎ次ぎに潜んでいた大盗一味を、ほとんど一網打尽にした功績もさることながらだ。何よりも強力無比な日本左衛門と一騎打にわたり合い、捕縛の為《ため》にわざと脚を斬払って、それが大盗自首の素因の一つとなったということが人気を湧《わ》かせた。

就任以来、種々の願届も増え、繁忙な仕事であったが、五兵衛は適確にすべてを処理し、素早く事を運んで江戸の治安に働き、その評判はいよいよ高いものとなっていった。

この時代の五兵衛が、秘《ひそ》かに与力堀田《ほった》十次郎へ言ったことに、こんなのがある。

「見廻りに出ていると、どれが悪漢かということが一眼《ひとめ》に、明白にわしには判《わか》る。だが、それを皆捕えてしまっては数限りのないものになってしまう。一口に盗賊と申してもだ、困窮の揚句、切破詰ってやるような泥棒はだ、それをいちいち捕えておっては、今日の時世から申して、下々の者を皆縛らなくてはならなくなるであろう。善のみの人間など世の中におる筈がないのだからのう。悪と善とが支え合い均衡がとれておるのはよろしい。それが出来ぬ特別にひどい悪漢のみを捕え、その余は見逃しておく方がよいのじゃ。だがこれはおぬしだけに話すことだ。口外してはならぬ。よいな――」

また五兵衛は、本所《ほんじょ》の屋敷の中に〝徳ノ山稲荷《いなり》〟と後に呼ばれた稲荷の祠《ほこら》をこしらえた。

堀田与力が「御奇特なことで……」と言うと、五兵衛は苦っぽく唇《くちびる》を曲げて、

「あれは日本左衛門を祭ったつもりでおるのじゃ」

「それはまた……？」

「何、きゃつ奴《め》、ちょいと面白い男であったからのう――だが言うな。口外してはならぬ。よいな――」

堀田は、五兵衛のもっとも信頼する部下の一人となった。彼は五兵衛を助けて以後も目ざましい働きをしている。

彼は日本左衛門逮捕から四年後の寛延四年八月、一度解任されて再度盗賊改になった五兵衛と共に相州小田原へ出役、尾張九右衛門という大盗を捕縛。二年後には奥州《おうしゅう》川俣《かわまた》で、今日本左衛門只吉と気取って名乗る残酷無比の大泥棒を、五兵衛から派遣されて見事召捕って来ている。

長男の治郎右衛門は寛延元年、三十四歳のときに新御番入りを命ぜられた。家督前の息子の俸給《ほうきゅう》が頂けるわけだ。食いつぶすところを稼《かせ》ぐのだから旗本仲間でも大いに羨《うらや》ましがられたものだ。これも五兵衛の間然するところなき運動によるものだろう。治郎右衛門も妻帯して、男子をもうけた。五兵衛も孫には、すこぶる甘かった。

夜更《よふ》けの逸楽は、たゆみなく続けられていた。

同時に、五兵衛は明るい陽《ひ》の下で描く方の絵画にも、長足の進歩を示した。

それは余暇を楽しむ小品ばかりであったが、扇面や茶掛けを上司や同僚から懇望され、仕方なく散らした、飄逸《ひょういつ》な筆致の作品が僅《わず》かではあるが現存している。

孫がまた生れた。治郎右衛門長女りくである。

六十の声をきくと、五兵衛の体力が急に衰えはじめた。

秘画潤筆も、以前のようなガムシャラな描き損じを重ねたり、空が白むまで熱中したりすることはなく、毎夜きちんと寝所の机には向うが、練りに練った一枚の構図に取組み、これを何日もかかって丹念に仕上げてゆくというやり方に変ってきていた。

絵は精緻を極めた力作となり、一枚が仕上る毎《ごと》に五兵衛は執着が残った。彼は若い頃、美濃半紙に墨一色で描いた作品を少しずつ消滅させていった。秘画は二つの手文庫に、ギッシリと詰っていたのである。

絵を灰にして捨てるということの他《ほか》に、彼は思い出深いその数枚を毎朝隠し運んでは、畳敷き一坪半の、香の匂《にお》いが揺曳《ようえい》する厠《かわや》に尻《しり》をおろし、その一枚々々をブツブツと何か独語しながら懐《なつか》し気に見入り、やがて細かく引裂いたのち便壺《べんつぼ》へ落し込むのである。

勢以も老いた。

三十余年も連れ添い、孫も出来てみると、ようやくこの夫婦は、茶飲み話の一つもやれるようになったらしい。

京都油小路の菓子舗、万屋の支店が本石町に出来、南蛮菓子のカステラが売出されると、これが勢以の大好物となった。

「どうじゃ。万屋のかすていらでも届けさせるか」

「度び度びでは癖になりまする、高価なものを……」

「よいわ。わしもそなたも、もはや食うことだけじゃよ」

「ともかく今日はなりませぬ。美味にはございますが勿体《もったい》のうございますもの」

宝暦四年四月——五兵衛は六十五歳で、最後の役目に就いた。西之丸御持筒頭である。

その頃から勤務中に、殿中の畳や襖《ふすま》がゆらゆらと動いて凸凹に見えたり、踏んでいる地面が持上って破れかかり、自分の足がめり込むような錯覚におちいることがあった。

宝暦五年の春のことであった。

丁度非番の日で、居間の縁側に毛氈《もうせん》をのべさせた五兵衛は、半切に軽く墨竹を描いていた。

描き終り立上って伸びをしつつ、庭の木の間を縫って落ちかかる陽の輝きに眼を上げたとき、五兵衛は、ぐらぐらと眩暈《めまい》して、

「あ……」

気がつくと、庭へ落ちていた。幸い人には見られなかったが、

（醜態じゃ。もういかぬかな……もう永くはあるまい）

部屋へ入って、両腕に頭を支え蹲《うずく》まり、五兵衛は懸命に呼吸を整えた。

秘画潤筆にしても、もう根がなくなり、描いたあとの絵具や筆の始末は自分一人でやらなくてはならず、それが何よりも億劫《おつくう》であった。だから近頃はまた簡単に半紙に墨一色で軽く楽しむことにしていたが、それを机に向っては苦しく、寝床に腹這《はらば》いになって三、四枚を描き、それを畳んで三枚重ねた敷蒲団《しきぶとん》の間にはさみ、翌朝起きぬけの用便の際に持って出て捨てることにしていた。

或朝《あるあさ》のことだ。眼ざめて起上ったとたんに、また激しく眩暈を起し、思わず叫んで、突伏したことがある。

声が高かったものと見え、家来や勢以までも寝所へ駈《か》けつけて来た。

「如何《いかが》なされました」

「むう……いや大丈夫じゃ。心配ない」

「なれど……」

「ちょっと眩暈がしただけのことよ」

「……お気をつけ遊ばさぬと……」

「わかっておる」

便器を運ばせようと勢以は言ったが、五兵衛は制した。死ぬまで下の世話を受けるのは厭《いや》だと思った。

それから厠へ入ってみて、五兵衛は、

（……？）ギクリとなった。昨夜の秘画のいたずらがきを、蒲団にはさみ忘れていたのだ。

「や――これはいかぬ」

狼狽《ろうばい》の極に達して寝所へ戻ると、寝床はまだそのままだ。

（よかった。今更に恥かかずに済んだわい）

蒲団の下から五兵衛は作品を掴《つか》み出し、寝所を清めに入って来る家来の気配にかなりあわてて廊下へ出た。半紙を丸めながら懐中に仕舞い込みつつ、また厠へ向ったのだが……それにしても五兵衛の眼や頭は、もうかなり老病に鈍り始めてきていたものとみえる。

丸め込んだつもりの作品のうちの一枚が、廊下へ零《こぼ》れ落ちたのである。

五兵衛はこれに全く気づかなかった。

この一枚を拾ったのは、ちょうど中庭沿いの廊下を侍女の手に曳《ひ》かれて通りかかった、孫のりくであった。すぐあとに勢以がつづいていた。

「おばあさま。いまおじいさまが、この紙をお落しになりました」

八

五兵衛《ごへえ》は（もう描くまい）と決心した。

三十余年の習慣、その惰性は恐ろしいもので、屋敷内が寝静まると筆をとらずにはいられなくなる。しかし、このような失敗をするほど老いぼれては、もはや危険であった。

(今更に間の抜けた恥を……もう止《や》める汐《しお》どきというものじゃ)

五兵衛は筆をとろうとする慾望《よくぼう》と闘いつつ、毎夜、ほんの僅かずつだが手文庫を埋めた作品を整理していった。

その一枚々々には彼の歴史がこめられている。これを描いた頃は日本左衛門を、このときには尾張九右衛門を……と想起しつつ見入る五兵衛は、

(お百合《ゆり》も、もう五十過ぎ)と指を折って見て(や。来年はもう五十二じゃ)

だが、五兵衛の胸に生きるお梶《かじ》もお百合も、今もって老いた身内に燃え残り冷えかけた血を熱くさせてくれるほど、芳醇《ほうじゅん》なのである。

わたしは婆になったら一人で暮したいと言ったお梶の言葉が、今更のように納得がゆくように思える。今は老いたお百合もまた、壮年の力に満ちた五兵衛の肉体のみを知っていてくれるであろう。

(母子《おやこ》ともおのれの美しさを充分に知っておったのじゃな)

こうなって見ると六十余年の人生のうち、(わしの心に残され、回想のよろこびに浸らせてくれるものは、お梶お百合と睦《むつ》み合うた、あのことばかりじゃ。世の中とい

うものは、人というものは所詮《しょせん》こうしたものなのであろうか……とすれば、政事も法律も、つまり男女が深いよろこびを後のちまでも残して睦み合うことの出来る世の中にするべく、設けられなくてはならんのだ)

なんだ下らぬことをと苦笑しつつ、五兵衛は、火付盗賊改方として世の悪漢どもを震駭《しんがい》させ、治安に大きな役目を果したことなどは、全く念頭になかった。彼が公務に打込んだ情熱。その功績が生れた素因は何であったかも、五兵衛は勿論《もちろん》、考えてみたことがない。

(人の眠りこける夜を、わしは、あの楽しみによって生きてきた。つまり他人の二倍も多く、この一生を生きてきたことになる。とすると……わしは、これでも仲々、幸福な男であったのかなあ)

死ぬことは怖かったが、五兵衛は乏しい残りの時間を、最後の刻《とき》を迎える心構えの充実に使いたいと考えた。

(わしも武士じゃ。それ位はやれよう)

宝暦六年の秋――五兵衛は致仕して、家督を治郎右衛門に譲った。

勢《せ》以《い》は六十二歳になっていたが、近頃《ちかごろ》の彼女が五兵衛に対する態度は、ガラリと変ってきた。丸で町家の世話女房のように、暖く、くだけて、潤《うるお》いを滲《にじ》ませてきたのである。

旗本も大身となれば主人の身の廻りは男のものがする。これが常道だ。勢以は、しかし、五兵衛の喫飯坐臥《ざが》のすべてに附ききりとなったのである。

侍女達が「此頃の殿さまと奥さまの仲が、濃《こま》やかになったことはどうでしょう……でも年を老《と》ってああいうことを見せつけるのは一寸《ちよつと》いやらしくはありません？」などと蔭《かげ》で噂《うわさ》をし合ったりする。

五兵衛も、実は面喰《めんくら》った。

妻というものは、樫《かし》の木刀のような女でも、年を老りつくすとこうなるものか。

（勢以も、あれで良い女だったのかも知れぬ。もう少し、わしが辛抱して、まめに手をかけ丹精をしてやったら……）

或いは、馥郁《ふくいく》とまではいかなかったかも知れないが、どうにか観賞に耐え得る花片を開いたかも知れない、と五兵衛は考えるのだ。

（フフン。じゃがもう遅い。遅いわい）

房事から遠去かったのは何時《いつ》頃のことであったろう、と考えて見ても思い出せなかった。いやもうそんなことを思い浮べることすらが、五兵衛には面倒臭くなってきていたのだ。

夫婦は互いに頼り合うようになっていった。

勢以は、五兵衛の寝所の隣室へ床を移してくるようになった。

襖越しにボソボソと、老夫婦は孫のこと庭の草花のことや、明日食べるお菜のことなどを語り合うのである。

秘画はもう描かない。

ときたま勢以の寝息をうかがい、そっと手文庫を開いて、おのが筆のあとと、かの慶恩《けいおん》作の絵巻を観賞するだけのことである。

五兵衛は、その傑作を選びに選んで、上下二冊の画帖《がちよう》にまとめ、残りは全部始末してしまってあった。


宝暦七年、七月十八日の夕暮れ、徳山五兵衛は六十八歳の生涯《しようがい》を終った。

数日前から息切れと眩暈、頭痛が激しくなり、臥床していた五兵衛が、

「今日は朝から気分がよい。腹が空《す》いてならぬ。夕飯を早くさせせい」と命じた。

そして好物の鯉《こい》の作りを食べたが、ややあって吐いた。

「いかぬ。寝かせてくれい」

五兵衛は身動きも出来なくなって苦しみに耐えた。頭が割れるように鳴った。只事《ただごと》でない顔色になっていたが、そのまま居間に床をのべさせ、騒ぎ立つ侍女や家来を遠去け、勢以と二人きりになると、五兵衛は仰臥のまま形を改め、

「もはやこれまでとなったようだ」

「そ、そのようなことを……」

「いかぬ。勢以、そこで頼みがある」

「まだ早うございます」

「早くはない。其処《そこ》まで迎えに来ておる」

「何がでございますか？」

「閻魔《えんま》の乾分《こぶん》がよ」

「まあ——」

「勢以。寝所の手文庫二つの中にあるもののことは前に申しつけてあったな」

「……はい——」

「わしが死ぬとなれば、焼捨てねばならぬ」

「何故でございます」

「中には、公儀にとって重大なる秘密書類が入っておるのじゃ」

「それほどのものを何故、焼捨てねばならないのでございますか？」

「言うな！　黙れ！」

五兵衛は、白い眉《まゆ》を震わせ大喝《だいかつ》した。

厳そかな気魄《きはく》が顔面を引締め、乾涸《ひから》びた皮膚に仄《ほの》かな血の色が出ている。

「男の、しかも武士の世界には女に到底わからぬ重大事があるのじゃ。すぐに運び、わしが見ている前で手文庫ごと焼き捨てい——は、はやく、早くせい。早くせぬか……」

降るような茅蜩《ひぐらし》の声であった。

開け放った障子の向うに、忍び寄る夕闇《ゆうやみ》と空の残照とが織りなす鎮《しず》やかな気配を漂わせ、石庭風の庭がひろがっている。

ややあって、勢以が差図し、家来達が、あの鍵《かぎ》のかかったままの手文庫二つを庭へ運んで火を放った。

「起せ」

治郎右衛門夫婦や、孫達に囲まれ、勢以に肩をもたせて床の上に半身を起した徳山五兵衛は、ピクリ、ピクリと頰《ほお》のあたりの痩《や》せた筋肉を震わせながら、全身の気力を双眸《そうぼう》に籠《こ》め、桔梗色《ききょういろ》に暮れ沈みかかる庭に美しく映えている炎を凝視した。

すべてが灰になったとき、五兵衛は庭に灯《あか》りを運ばせて、その灰の中に、もはや何物の痕跡《こんせき》も残存していないことを確かめると、長く深い吐息をついた。

(こうなる前に、わしの手で始末したかったのじゃが……遂《つい》に最後まで、あの絵を手離せなかったとはなあ)

土気色に変った五兵衛の顔には、放心と安堵《あんど》が濃く彫り込まれた。

「これでよいわ」と、静かに言った。

間もなく五兵衛は、

「勢以。そなたもそうは永くもあるまい故《ゆえ》、申しておくが、いざとなると、それほどに、怖くはないものじゃ」

「はい」

「冥土《めいど》へ向うときの、懸念《けねん》は無用。のんきに、暮せい」

「は……」

「永い間、苦労であった」

「わたくし……今一度、三十余年前に戻って、初めから、やり直しとうございました」

勢以は涙を一杯にため、五兵衛の耳許《みみもと》へ囁《ささや》いたが、もう聞えないらしく、

「治郎右衛門……」

息子が膝行《しっこう》して顔を近寄せると、五兵衛は、厳そかに言った。

「治郎右衛門。正道を、踏み外してはならぬぞ」

勢以は、その年の冬に、良人《おっと》の後を追った。

いよいよ死期が近づくと、彼女は、息子の治郎右衛門一人を呼び寄せ、

「亡き父上よりお預りいたしましたものが、この手文庫に入っています。手文庫ごと焼き捨ててもらいたいのじゃ」

「父上のときも、そのようなことを……」

「わやわやと申さいでもよろしい。早うしませぬか」

「なれど母上……一体、何が？」

「御公儀の秘密にも及ぶ重要な品が入っているのじゃ。父上の御遺言ですよ。早うしませぬか」

暖い冬の午後であったが、戸障子を開けさせた勢以の眼《め》の前で、蒔絵《まきえ》の豪華な、勢以の嫁入道具の一つだった鍵つきの手文庫は中身ぐるみ焼滅した。

「あ……もう、これでよい。これで、せいせいと気がはれました」

勢以は、安堵のよろこびに眼さえ潤《うる》ませた。

その翌朝、彼女は安らかに歿《ぼっ》した。

徳山家の後継者、徳山治郎右衛門は、翌宝暦八年の秋、四十四歳で急死したと記録にはあるが、病名はわからない。何かの熱病であったようである。

彼も死にのぞみ、寝所の手文庫の一つを、長男に命じ、焼き捨てさせた。

ときに十六歳だった長男は祖父の前名をもらって後に権十郎《ごんじゅうろう》と名乗ったが、彼は灰になる前の手文庫から中身の画帖二冊と、あの絵巻を抜出したかどうか、それは知らない。

人間のこしらえた鍵などというものも、同じ人間の手にかかっては、全く頼りにならない。

らないものとみえる。

九

日本的南画の完成者といわれ、雄渾《ゆうこん》超俗の名作を数多く残した江戸中期の画家、池《いけの》大雅《たいが》の妻で、これも女流画家として知られる玉瀾《ぎよくらん》女史は、遂にその存在を知ることなく歿した旗本徳山五兵衛と祇園社《ぎおんしや》茶店の女主人お百合との間に生れた、お町その人である。

（「大衆文芸」昭和三十四年六月号）

賊将

桐野利秋《きりのとしあき》は、おそらく日本最初の陸軍少将ではないかと思う。薩摩《さつま》の、米もろくに食えない百姓侍に過ぎなかった彼が、明治新政府が初めて設立した陸軍省の高官へ一足飛びに駈《か》け上ったのは、あの維新の動乱に得意の剣を振《ふる》い活躍した勲功を認められたに他《ほか》ならない。

徳川幕府を攻め倒した勤王諸藩のうち、彼の属する薩摩藩は西郷隆盛《さいごうたかもり》、大久保利通《おおくぼとしみち》などの傑出した指導者の下に最も重要な活動を行い、天皇を中心に樹立された新政府の陸軍は、ほとんど薩摩藩出身の武士達によって固められた。

ことに利秋は、薩摩が天下に誇る英雄、西郷隆盛に可愛《かわい》がられていたのだから、この目ざましい出世ぶりも頷《うなず》けようというものである。

利秋は、前名を中村半次郎という。

官位を受けたときに彼は、西郷隆盛に言った。

「先生。おいどんな、中村半次郎ちゅ名前な、どうも陸軍少将には不似合いかと思《おめ》もすが……」

西郷は、三十貫ほどもある、あの有名な巨体を揺って、クックッと笑いながら、

「半次郎どん。おはんも存外、洒落者《しゃれもん》ごわすなあ」と言ったそうである。

「いや、そんなら先生も洒落もんごわす」

「ほう……何で？」

「先生も、陸軍大将になられ、吉之助《きちのすけ》から隆盛ちゅ名に変えたじゃごわはんか」

「なるほど……」と、西郷は頷きつつ、「わしゃ、今まで気づかなんだが、こりゃ確かにわしも洒落者か知れんのう」と……それが妙に真面目《まじめ》くさった顔つきで言うので、傍に居たこれも陸軍少将に任命されたばかりの篠原国幹《しのはらくにもと》が思わず吹き出したものだ。

日頃《ひごろ》の言動ばかりではなく、軍服のズボンのボタンをかけ忘れ、中の褌《ふんどし》が見えるなどということは格別珍しくないほど、洒落者という言葉とは凡《およ》そかけ離れた悠揚《ゆうよう》たる西郷だけに、篠原もよほど、可笑《おか》しかったのであろう。

桐野利秋という姓名は、こうして西郷がつけてくれたものである。

罪人の子として生まれ、字もろくに読めぬ、中村半次郎が、よもやこうまで出世するとは西郷自身も思ってはいなかったろう。

西郷は、一つに半次郎の凄《すさ》まじい剣の冴《さ》えを買って活躍の場所を与えたに過ぎない。もっとも後に〔人斬《ひとき》り半次郎〕と呼ばれるほどの剣名を売った彼の、人懐《ひとなつ》こい半面の性情に心ひかれ、彼を愛するようになったことは言うをまたない。

中村半次郎は天保《てんぽう》九年（西暦一八三八年）十二月――鹿児島城下から一里ほど離れた吉野村実方《さねかた》郷の貧乏郷士の二男として生まれた。

父の与右衛門《よえもん》は、それでも藩庁の小吏として五石ほどの僅《わず》かな俸米《ほうまい》を貰《もら》っていたのだが、江戸出府中に勤務上の間違いを起して罪を問われ、徳之島へ流されてしまった。一説には、半次郎の妹、貞子が幼少の頃大病を患《わずら》い、その医薬費に僅かな公務上の金を、そっと一時借用していたのが上役に見つかってしまったのだともいうが、真偽は別として、いかにも貧しい下級武士の生活の一端が判《わか》るような気がする。

以来、長兄の与左衛門が家を支えていたが、これも半次郎が十八歳の春に、畑仕事や紙漉《かみす》きの重労働から病死し、一家はあげて半次郎の肩にすがりつくことになった。

罪人の家であるから公職に就くことも出来ず、母と弟妹を抱えた半次郎は全精力をふりしぼって百姓仕事に挑《いど》みかかった。

「今に見ちょれ!!　今に見ちょれ!!」

他人には手のつけられぬほどの山林や荒地を借り受けては、たった一人で開墾を始めだし、夜も明け切らぬうちに内職の紙漉き、陽《ひ》が昇ってからは自家の畑仕事。夜は太い木刀を持ち出して剣の鍛錬を行う。

半次郎の「今に見ちょれ!!」も、ひとえに、この剣道修行にかけられていた。

修行といっても只《ただ》一人、必殺の気魄《きはく》をこめて、庭の立木という立木を相手に打ち込みの練習を繰り返し繰り返し行うだけである。

もともと薩摩の国の剣法は、示現流《じげんりゅう》をもってその代表とする。

約三百年ほど前に、東郷重位《しげかた》によって確立されたこの剣法には〝突撃あって防禦《ぼうぎょ》なし〟といわれるほど激烈なものだ。刀を摑《つか》んだ両腕を突き上げた構えから、互いに迫り合って斬るか斬られるか、振り落すただ一太刀にすべてがこめられている。守備をまったく排除した捨身の剣法だから、ひとつにその鍛錬の成果は、剣を持つ者の気魄と力の強さ如何《いかん》にかかってくるわけであった。半次郎も父が生きていた頃は城下の伊集院鴨居《いじゅういんかもい》の道場へ通ってその骨格を修めていただけに、あとは自分一人の、独自の技を練ることによって、その恐るべき剣技の冴えは、城下のお侍達にまで評判されるに至った。

「おいどんは、薩摩第一の使い手になっちゃる。そうなりゃ、厭《いや》でも殿様は、この半次郎を取立ててくれるに違いなか!! そうなったら、おいどんな殿様に願うて、父さアの罪を許していただくんじゃ。そうして母さアや弟、妹のよろこぶ顔を、おいは一日も早く見たいと思うちょる」

寝る間もない位に、労働と鍛錬に倦《う》むことを知らない半次郎の精力に、近辺の人々が「よく続くもんじゃ」と感嘆すると、半次郎は言った。

「おいは疲れるちゅことな知りもはん。こりゃ自分でも不思議じゃ思うちょる」

精気に満ち、いかにも逞《たくま》しい肉体、風貌《ふうぼう》であった。それでいて鼻筋の通った眉《まゆ》の濃い、すこぶる美男子であるので村々の娘達にもてたことは言うまでもない。加えて悲境にめげず「おいどんは、この剣の力をもってきっと出世して見せちゃる!!」という希望に少しの疑いを持つことなく勇気凛々《りんりん》として貧乏と闘う半次郎なのだから、その頃の薩摩の女達にとっては彼の魅力というものは絶対なものがあったらしい。

彼が吉野村に咲かせたロマンスはいろいろとあったらしいがついに子供をもうけるに至った女は、同じ実方の郷士、宮原家の幸江ひとりだ。

幸江は半次郎より一つ歳上《としうえ》の出戻り女であった。吉野の郷士某に嫁いだが子が産まれぬというのが理由で離別され、実家へ帰っているうちに、半次郎と愛し合うようになったのである。

背も高く、がっしりとした躰《からだ》つきで、色浅黒く、どちらかと言えば男まさりのパキパキした女で物ごともズバズバ言ってのける。男尊女卑のお国柄《くにがら》から言えばちょっとケタの外れた女であったらしい。

南国の常で男女関係は放漫なところがあったのだが、罪人の家のものと関係したというので、幸江の兄で宮原家の当主、弥介《やすけ》が烈火のように怒り、たまりかねて半次郎の家へ飛び込んできたことがある。それは文久二年の二月、と言っても九州の空に輝やく太陽は燦々《さんさん》たる光を鹿児島湾の青い海にも、海に浮かぶ雄大な桜島にも、半次郎の村がある吉野高原にも惜しみなくふりそそいでいる暖かいある朝のことであった。

「半次郎はおらんかっ!!　半次郎は何処《どこ》じゃ」

手入れの余裕もなく、荒れ果てた藁《わら》ぶきの屋根や薄黒く燻《くす》んだ台所や荒筵《あらむしろ》を敷いた座敷などを、せわしなく見廻《みまわ》しながら喚《わめ》く宮原弥介に、庭の井戸端の棕櫚《しゅろ》の樹《き》の蔭《かげ》から声がかかった。

「何じゃ？　弥介どん——何の用ごわす」

見ると半次郎だ。上半身裸体になって躰をふいているところらしい。肉の厚い、その逞しい胸を見ると、弥介は圧迫を感じ、話がもつれたら斬り捨ててやるなどと息まいて来たものの、心臓が不安げに鳴り始めてくる。

「こりゃ、おはんは……おはんは、ようもおいの妹をもてあそんだな。村中の評判聞いたか」

「聞いちょる。けれど幸江さアはおいどんに惚《ほ》れちょりもす」

「黙れ!!　これ、半次郎。おいどんは妹の親代りじゃ。いくら出戻りの妹でも罪人の家へは嫁にやれん」

「弥介どん。もう一度言うて見やい」と、半次郎は、のっそりと近寄りつつ、凄《すご》い眼《め》つきになり、「さ、もう一度、今の言葉、言うて見やいちゅうに——」

「お、おう——何度でも言うちゃる。あ、言うちゃる」

弥介は、もう真青になり、ビクビクと震える右手を辛うじて脇差《わきざし》の柄《つか》にかけはしたが、猛々《たけだけ》しく迫って来る半次郎に対抗する自信は毛頭ない。たちまち飛び退って逃場

をつくりながら、

「別れろ!! 妹と別れてくやいちゅに……」と、むしろ哀願の口調になる。

「おはんも同じ吉野の貧乏郷士じゃ。殿様近く取り入ってベチャベチャしちょる城下のその又下にくっついて、やっと名ばかりの安い禄《ろく》を貰っちょる仲間じゃごわはんか。そいならおいの父が多勢の家族抱えて芋粟《いもあわ》も満足に食えん身の、何故、ちょっとばかりの罪を問われて島流しにあったか……その気持がわからんちゅかっ。さ、今の情け知らずの暴言な取消せ。あやまんなはれ!! あやまれちゅのに……」

半次郎の声にはやる方ない悲憤の情がこもっている。

この後指さされてなおも傲然《ごうぜん》と生き抜こうとする半次郎の悲憤は、内に抑えつけたものではない。彼は肩をそびやかし、洗いざらしの木綿の野良着《のらぎ》に大刀一本をぶち込んでは、堂々と鹿児島城下へ出かけて行き、町を闊歩《かっぽ》した。

どこの藩でもそうだが、ことに、この七十七万石の島津家が領する薩摩藩では、上級藩士と下級藩士の区別がうるさい。農民と共に百姓仕事に励みながら、いざというときには武器をとって闘うという使命をもたされている郷士達は、ことごとに城下の藩士達から軽蔑《けいべつ》される――と言うよりも、むしろ厳然たる交際禁止が昔からの仕来《しきた》りであった。

吉野高原の郷士達は、ことに「唐芋」とか「紙漉き侍」とか言われて冷笑されていた。唐芋はいわゆるサツマイモで吉野一帯の名産である。もともと薩摩の国は火山灰地が多くて水利に恵まれず、従って水田が余り無い土地だし、富には縁遠いところだ。質朴《しつぼく》、剛健な薩摩隼人《はやと》の武勇を尊ぶ気風もこうした風土から生まれたものであろう。

型破りの半次郎が胸を張って城下町へ出て来ると、城下に住む血気の藩士達は、

「吉野のカライモめ、また大手を振って歩いちょる。よか!! 引っ張り込んで二度と歩けぬようにしてしまえ」

袋叩《ふくろだた》きにしようとするのだが——とても半次郎に敵《かな》うものではなかった。狼《おおかみ》のような敏捷《びんしょう》!! 虎《とら》のように猛烈な攻撃!! 半次郎の一撃また一撃は調子に乗って城下の道場荒しまで始めるようになってきていたのである。

この評判はもちろん、吉野一帯にも拡《ひろ》がっていたし、いくら妹思いの弥介が家名を汚してはと乗込んでみても歯の立つわけはなかった。

「す、す、済まんこつごわした」

ぺたりと庭の楠《くすのき》の大木の下へ坐《すわ》り込んで、びっしょり脂汗《あぶらあせ》をかいた弥介が手をつくと、その楠の、半次郎の木刀でメチャメチャに皮のむけた樹の蔭で、女の笑い声がひびいた。

「あッ、幸江——」

「だから兄さア、行っても無駄《むだ》じゃと言うたのでござす」

幸江は無造作に巻き上げた豊かな黒い髪にちょっと手をやったが、見る見る大きな瞳《ひとみ》に情熱をたぎらせ、兄の弥介を尻目《しりめ》にすたすた半次郎の傍へ寄って、甘やかに何か囁《ささや》き始める。

「チェ!!」舌打ちをして弥介は、

(妹の腹の子はどうする。どうしたらいいのか……まさか罪人の家に妹を……それだけは困る。それだけはいかん)

頭を抱えて弥介は呻《うめ》いた。

「一昨日の晩から姿が消えたちゅうので、貞子さア(半次郎妹)も母さまも心配しておられました。何処へ行っておじゃした」

幸江が両肌脱《もろはだ》いだ半次郎へ野良着の袖《そで》を通してやりながら訊《き》くと、半次郎は、もうサッパリと弥介への怒りは忘れたように、

「うん。滝の上の川まで行きもしたよ」

「何しに?」

「あの辺は河童《かっぱ》が出て、通るもんの尻ご玉抜きよるちゅて村のもんが怖がっちょる。そいで……」

「河童退治な?」

「うん」

「そいで飲まず食わずに二日も川辺りに？」

「うん」

幸江は可笑《おか》しそうに、しかも我子を愛撫《あいぶ》するような笑い声をたてて、なおさら、弥介を呆《あき》れさせた。

（半次郎奴《め》、二十五にもなって、これじゃ。こんな男に妹を……）そう考えると、弥介は泣くにも泣けない。

つい数日前に友達となったばかりの、城下侍で小人目附を勤めている佐土原英助が庭先へ駈《か》け込んで来たのはこのときであった。

見ると、半次郎の母親の菅子も妹の貞子も、野良着のまま顔に昂奮《こうふん》の血をのぼらせて佐土原に従《つ》いて姿を現わすと菅子はわっと泣声をあげながら半次郎へ縋《すが》りついた。

「何じゃ？　どうしたんじゃと母さア……」

「半次郎どん」と佐土原が進み出て、

「おはん、殿様の御供がかないもしたぞ」

「何でごわすと？」

「西郷先生のお口添えで、京にのぼる藩士の中に加わることが出来るのじゃ。おいは西郷先生の使いでごわす」

「本当か？　そりゃ本当でごわすか？」

「もちろんでごわす」と、佐土原は嬉《うれ》し気に近寄って半次郎の肩を叩き、心から言った。

「よかったのう、カライモ――」

半次郎は「よかったのう半次郎。ほんによかった。島においでなさる父さまも、この知らせ聞いたら、どげによろこぶことか……」と泣きむせぶ母の肩を抱きしめ、わなわなと唇《くちびる》を震わせるばかりで声も出なかった。

ただ呆然《ぼうぜん》と、半次郎は、西郷吉之助の深々と澄みきった巨大な双眸《そうぼう》を脳裡《のうり》に浮かべ、顔中にあふれる涙をぬぐおうともしなかった。


半次郎が城下の西郷邸を訪問したのは五日ほど前のことで、土産には唐芋を十個ばかり包み、案内を乞《こ》うた。意外にも西郷は気軽に会ってくれた。半次郎が「こや、土産ごわす」と出し並べる唐芋を見て、丁度傍にいた弟の吉次郎が思わず吹き出すのを、西郷は強く叱《しか》りつけ、

「こや、見事な出来じゃ。後でゆっくりと頂きもそ」

芋を戴《いただ》いて見せ、西郷は厚く礼を言った。

半次郎は、心をこめて選んだ出来のいい芋だっただけに、もう嬉しくてたまらず、胸に溜《たま》った鬱憤《うっぷん》と嘆きを、まるで父親の膝《ひざ》へ縋りつく思いで訴えはじめた。つまり、

近いうちに京へ上る藩兵の一人として用いて貰いたいという切々たる願望をぶちまけたのであった。藩の信望を一身に担《にな》い、軍賦役《ぐんふえき》という要職にある西郷吉之助の邸《やしき》へ単身乗り込んで来たのは、いかに乱暴者の半次郎にとっても（この機会を逃しては――）という、押え切れない焦躁《しょうそう》にたまりかねたからであろう。

当時、日本の政権を握っていた徳川幕府は、外から西洋諸国の圧迫、内からは全国に火の手を上げた勤王運動に板挟《いたばさ》みとなって、政治も経済も混乱の極に達していた。

薩摩《さつま》藩は先代藩主島津斉彬《なりあきら》以来、天皇を擁して幕府の政治に重きをなし、多難な国政に当ろうとしていたわけだが――斉彬の死後も、まだ幼い藩主の忠義《ただよし》の父、久光（斉彬の弟）によって、その意志が受継がれてきている。

軟弱な幕府の政治を建て直し、京都にある天皇を中心に国体の確立を計り、この東洋の美しい島国を侵略しかけている外国列強の威圧を何とか切り抜けようとする動きは、薩摩藩ばかりではない。長州、土佐の諸藩もむしろ先を争うようにして朝廷に取り入り、政権を担うべき名目を得ようとする。国難を憂《うれ》う精神の立派さはともかく日本における政治改革が、朝廷を中心にしての権力争いになるのは、古来、何度も繰り返されてきたことであった。

この権力争いに打ち勝って、見事、危機に瀕《ひん》した日本の政治を一手に引受けようため、藩兵一千余を率いて京都へ上る島津久光である。

先君の斉彬に見出《みいだ》されて小姓組の軽輩から次々に抜擢《ばってき》登用され、薩摩藩のみか、全国の勤王運動の中心となって大きく動いている西郷吉之助には、久光も一目置いている。

「西郷先生!! おいも京へ連れて行ってたもし。お願いごわす。おいどんな、昼は畑、夜は紙を漉《す》いて眠る間もなく働きつづけてきもした。そいもよか。そいも艱難《かんなん》、汝《なんじ》を王にす、でごわす」

半次郎が懸命にしゃべると、また吉次郎がこらえ切れなくなって吹き出した。西郷も今度は弟を叱らず、暖かい苦笑を洩《も》らして、

「そりゃ半次郎どん。艱難、汝を玉にす、でごわしょう」

「何でもようごわす。くずして書けば同んなじようなもんごわす」

もともと半次郎は難しい四書の素読などは大嫌《だいきら》いで外祖父の別府九郎兵衛や亡兄の与左衛門が無理にも読書をさせようとすると、いきなり本を投げ出して庭へ飛び出し、「バカ、オンジョ!!（馬鹿、じじい）」と叫んで逃げて行ってしまう。

七歳のときのことだが父が鎧櫃《よろいびつ》の中に仕まっておいた火薬を持出していたずらをし、顔や手足に、ひどい火傷《やけど》を受けても平然として痛いともかゆいとも言わず夕飯の膳《ぜん》にノコノコと出て来た半次郎だが、面倒くさい読書は大嫌いであった。それでも彼は仮名まじりの〔水滸伝《すいこでん》〕や〔三国志〕など英雄豪傑の活躍する書物や〔太平記〕に於《お》け

る楠正成《くすのきまさしげ》の武勇、天皇への忠誠などは大いに好み、九つ歳下の従弟《いとこ》の別府晋介《べっぷしんすけ》が呼び出されて判《わか》らない字を教えたり、果ては舌が廻らなくなるまで音読させられたりして、大いに晋介は閉口したそうである。

「このときを逃して、おいどん、この腕を振うときはごわはん。勤王に刃向う犬どもな切り捨て、天皇階下と我薩摩藩の為に働きたいのでごわす」

「ワハハハハハ」と、またも吉次郎が腹を抱えて笑い出す。

後になっても、よく半次郎は陛下と階下を混同してしゃべり、笑われたものだ。そのたびに彼は平然と言い放った。

「おはん等の如《ごと》く、学問しよったもんが字を間違えたら笑うてもよか。おいどんは素《もと》から字を知りもはん。間違うても恥じゃなか」

とにかく、——その日は——「今日はまず帰んなはれ」と、西郷に言われて、スゴスゴと邸を辞し、城下町を抜け、吉野への山路《やまみち》へかかると、御内用屋敷の方向から騎乗の若い武士がやって来るのに出会った。

西郷の許可が得られなかったムシャクシャした気持もあって、半次郎は擦れ違いざま、その武士が乗っている馬の尻尾《しっぽ》を摑《つか》んで、片手抜討ちに房々とした尻尾を斬《き》り落したものである。

これでは納まるはずがなかった。

この若い武士が、佐土原英助で、もちろん、半次郎のことはよく噂《うわさ》に聞いているだけに、もはや許しては置けん、と言うので、馬から飛び降り、さっそくに決闘を申し込んだ。

場所は路を上って切れ込んだ山林の中だ。

佐土原は、学問もあり腕も立ち、西郷や大久保《おおくぼ》の信頼も深く、今度京へ上る軍勢にも加わり大砲一門、兵十三名を指揮することになっているほどの男だが、このときは、さすがに我を忘れて、

「今こそ城下侍一同になり代り、この佐土原が、われの首、斬っちゃる!!」

ぱっと草履を脱ぎ捨てて抜刀した。

「おう!!」半次郎も叫んで飛び退り抜き合せたが、急に人懐《ひとなつ》こい眼を、いたずらっぽく笑わせ、

「待ちゃい!!」

「何じゃ？」

「ちょっと、待ちゃい」

「何じゃちゅに!!」

「いや――ちょっと……」

半次郎は眼を閉じ、刀を下して腹を屈《かが》め「うむ……」と低く唸《うな》って、見事な屁《へ》を放

った。

「あ――こりゃ、貴様っ」

佐土原も二の句がつげず、刀を下して半次郎を、まじまじと見やったが、

「臭い」と、鼻をつまんだ。

「こりゃ無礼ごわした――さア、やりもそか」

まるで子供が相撲遊びでもするように半次郎が言うのを見て、佐土原はすーっと気が抜け、呆れ果てたような笑いに誘われた。

「おはんちゅ人は、ま、何ちゅ人じゃ」

半次郎も、ニコニコして、

「いやア、どうも気が抜けもした。今日はやめもはんか？」と言う。

そして二人は声を合せて高らかに笑い出していた。

二人は一刻《とき》（二時間）ほど、佐土原の腰にあった竹の水筒の酒を飲みながら、その林の中で語り合った。二人は互いに持っている美点を認め合ったようである。

だから、佐土原英助は、半次郎が、たとえそれは一兵士としてであっても、京へ上る軍勢の一人に加えられたことをよろこんでやれずにはいられなかったのだ。

こうなると、もう半次郎は女などのことは忘れ切ってしまう。

永年、錬磨《れんま》した腕が鳴り、京都での活動にひたすら目を据《す》え、

上って行った。

「きっと手紙を下され。待っちょりもす。半次郎どん、待っちょりもす」と掻《か》きくどく幸江との別れの一夜も、もう上の空で、彼は大砲の縄《なわ》を引き足を踏み鳴らして京へ上って行った。

半年——一年……。

半次郎からの便りはなかった。手紙を書くことなどを彼に望んでも無理だったのかも知れない。とにかく、中村半次郎は薩摩藩の密偵《みってい》の一人として、藩の動向を遮《さえぎ》る者に刃《やいば》を振う暗殺者の一人として、息をつく間もない明け暮れを……と言うことは、一人前の武士として、働いているという昂奮の中へ、ひたぶるにしがみついて、京の町で暴れ廻《まわ》っていたのである。

この間に、徳之島で父・与右衛門《よえもん》は病死し、そして幸江は、生まれ出た男児を半太郎と名づけて兄の弥介《やすけ》に託し、弥介の強い指示に従い、すべてを諦《あきら》めた身で近辺の郷士、伊集院家へ再婚した。

約三百年の間、日本を統治した徳川幕府が崩壊し、五百数十年ぶりに日本の政治は天皇のものとなった。すなわち王政復古である。

この明治維新の成功までには、幾多の複雑な段階、めまぐるしい事件と戦火と謀略の連続があったのだが——結局は、薩摩藩と長州藩が、今までの確執を水に流し、共に手を結んで、ついに倒幕の密勅降下を実現した。

慶応四年の晩春——大総督府参謀の西郷隆盛に率いられた倒幕軍は錦《にしき》の御旗を押立て、江戸へ攻め上り、時の将軍慶喜《よしのぶ》は大政を奉還し恭順した。こうしてこの年の九月に改元あり、明治元年となったのである。

西郷隆盛に対する内外の信頼感というものは非常に深く、この大革命が比較的に人間味ある、みじんも惨《むご》たらしさを感じさせない状態のまま成功を収めたのは確かに西郷の決断力と、その大きな人望によるものがあったと言ってよいであろう。

西郷は明治維新の立役者であった。彼が明治新政府に於《おい》て、第一の功臣としての厚い恩賞を受け、日本最初の陸軍大将となったのも宜《むべ》なるかな、と言うべきであった。

明治四年七月——今まで大名が治めていた全国の土地を朝廷に収め、その軍隊を朝廷が裁兵するという完全な封建制度の打破が決行された。いわゆる廃藩置県である。

これも西郷の人望によって無血のうちに成功を収めた。新政府は薩摩と長州二藩から出た指導者達によって主に運営されていたが、今まで武家によって統治され、三百年もの間に沁《し》み渡り根を下してしまっている日本諸国の政治、生活、習慣、風俗を統一して、強大な外国列強に対抗しなくてはならないということが如何《いか》に困難なことかは言うまでもない。

指導者達は、外国文明の吸収に懸命であった。

この最中に、あの〔征韓論〕が持ち上ったのだ。

日本と海峡一つ隔てた韓国の国王は大変な欧米嫌いであり、維新後、外国に門戸を開いて外交を始めた日本を軽蔑《けいべつ》し、いくら日本が国交を調整しようとしても、まったく取り合ってくれない。

「そいばかりか、韓国の我国へ対する反感は一年々々と高まるばかりごわす。今年になってからは我使節の住む草梁館《そうりようかん》に対して食糧の供給まで中止しおった。そいにまた、ほれ対馬《つしま》と釜山《ふざん》の間を往復しちょった番船の出入を差止めたじゃごわはんか。さらにじゃ。日本商品の輸入も禁止しおった。この上、韓国に見くびられたら、我国はどげになるか知れたもんじゃごわはん‼」

と、中村半次郎改め陸軍少将、桐野《きりの》利秋《としあき》は大いに憤慨した。

この頃《ころ》になると利秋も、かなり立派になってきている。すぐれた勤皇志士達と交際もしてきたし、努力して字も勉強したし、十余年の並々ならぬ歳月に揉《も》まれ、どうやら貫禄《かんろく》も出て来た。京都では新選組や見廻組の猛者《もさ》達に恐れられるほどの凄《すさ》まじい剣の冴《さ》えを見せたものだし、薩摩藩や官軍が行った戦争のたびに、利秋は「あやつは、よろずにつけ、ものを怖がることを知らん奴《やつ》じゃ。胆《きも》の太かこと無類じゃ」と外祖父の別府九郎兵衛が口癖のように言っていた言葉の通り、獅子《しし》奮迅の働きをしてきている。

韓国の無礼に対し、これを討つべしとの〔征韓論〕が、西郷隆盛《たかもり》を中心に、もはや押え切れないものになってきたのは明治六年の春であった。

それはちょうど、右大臣外務卿《きょう》の岩倉具視《ともみ》を全権大使として、木戸孝允《たかよし》・大久保利《とし》通《みち》・伊藤博文《いとうひろぶみ》・山口尚芳《なおよし》等の、新政府高官が、欧米視察と不利な条約改正の使命をもって外国へ出発した留守中のことである。

留守を預かっていた西郷隆盛は、

「まず使節を韓国に派遣して正理公道を説き、なおも相手が聴かなかった場合には、その非を世界に訴え、堂々と討伐すべきじゃ」と、各参議に諮《はか》った。

参議のうちの一人が「これは一大事でござる。岩倉右大臣等の帰朝を待って決めたほうがよろしかろう」と言うと、西郷は何時《いつ》になく怒り、

「一国の政府が国の大事を決めかねるというのはどういうことじゃ」と叱りつけ、決然と、

「韓国への大使には、わたしが行きます」

西郷は太政大臣の三条実美《さねとみ》に、天皇への上奏を強硬に迫り、ついにその御内諾を得ることが出来た。

西郷は欣喜雀躍《きんきじゃくやく》した。

と言うのは——新政府成って以来、西郷のような古武士気質《かたぎ》の残っている英雄は、目まぐるしいばかりの時代の変転や、それに伴って複雑化し、密謀や駈《か》け引きの多くなった政治機構、または流れ込むバタ臭い外国文明を何も彼《か》も取り入れようとする政府の動向からちょっと取り残された感じであった。

禄を取り上げられた武士達には士族という名称が与えられはしたが、その実際的な力は全部、政府が取り上げてしまったのだから全国に渡っての不平不満は見のがすことが出来ない危機をはらんでいる。韓国を討つことになれば、これらの士族にも活躍の場所が与えられようし、政治的にもすべてが解決されようという考えもあった。

大使として韓国へ出かければ、その時の険悪な状態からして必ず危害を受けるというのが誰から見てもあきらかであったし西郷もまた、口では「国交回復の使者に危害を加えるなどということは決してごわはん」と言い切ってはいたが、腹の中は、命を捨てる覚悟であった。

大使としての自分が相手から危害を加えられたら、立派に戦争の名目がつくと言うものである。桐野利秋をはじめ、篠原国幹《しのはらくにもと》（少将）、別府晋介（少佐）、辺見十郎太（大尉《たいい》）をはじめ、東京にいる西郷麾下《きか》の薩摩軍人達も、始めは西郷の朝鮮行きを「危険でごわす」と止めにかかったのだが……今は、西郷と共に決死の軍を朝鮮に発し、日本の国威と共に薩摩隼人の働きを示す、というところへ結びついてきている。

西郷も時に四十七歳。肥満した肉体の心臓も悪化してきているし、このあたりで国のために最後の花々しい働きをやってのけて死にたかったのであろうか――。

この年の夏――欧米視察団が帰朝した。欧米の恐るべき戦力・国力を眼《ま》のあたりに見て来た彼等は、留守中に進行していた征韓論に驚愕《きようがく》した。

戦争どころではない。まだ海とも山ともつかぬ日本の貧弱な国力をもって外国と事を構えることなどもっての他《ほか》である――岩倉も木戸も大隈《おおくま》も、そして西郷とは無二の親友である大久保利通も、絶対反対の立場に立って、まとまりかけていた西郷の朝鮮行きを突き崩しにかかった。

夏から秋にかけて――数度の内閣会議が行われ、西郷は必死の力を振りしぼって反対派と闘った。

その最後の決定が行われる会議のある前の夜――本郷湯島にある桐野の邸《やしき》へ、ぶらりと西郷が訪れて来た。

例の如く、従僕の吉左衛門一人を供にして、勲章も飾らぬ黒い軍服姿の巨大な姿を、のっそり現わすと、「利秋どん。わしゃ今日耳にはさんだのじゃが――おはん、万一のときは大久保参議を斬るちゅて、陸軍省や海軍省の中で、大声に喚《わめ》き立てたちゅことじゃが、そいはまことのことでごわすか?」

「いかにも申しました」

利秋は少しも悪びれずに言い放った。

この邸は、もと高田十五万石、榊原《さかきばら》家の下屋敷だったものを利秋が買い受けたものだ。その宏壮《こうそう》を極めた屋敷内の書院一杯に敷きつめられた緋色《ひいろ》の絨毯《じゅうたん》の上のフランス製の椅子《いす》にかけて西郷と向い合った桐野利秋は、このとき三十六歳。薩摩絣《さつまがすり》に紬《つむぎ》の袴《はかま》をつけ金鎖の時計を腰に巻いたところは、とうてい、十余年前の〔からいも半次郎〕と同じ人間だとは思えない。

洋灯《ランプ》の光に満たされたこの室内に、屋根を打つ時雨《しぐれ》の音が聞えたり止《や》んだりした。

西郷は吸いかけた煙管《きせる》で煙草盆《たばこぼん》を強く叩《たた》き、置き捨てると、

「おはん、この場合、特に言動を慎しんで貰《もら》いたい」

「何でごわすと――おいどんは、先生に刃向う奴は、たとえ岩倉公と言えども、大久保どんと言えども許すことは出来もはん」

「黙んなはれ」

「いや黙いもはん」

「黙んなはれ!!」

西郷は眼《め》をむいて厳しく叱りつけた。

利秋は圧迫され、唇《くちびる》をとがらして駄々《だだ》ッ児《こ》のように上眼使いに西郷を見ながら拗《す》ねた顔つきになる。こうなると、まったく昔の半次郎そのままで、ひたすら西郷のため

を思い、西郷のためには何時でも命を投げ出すという純真な思いつめた胸の中がハッキリと顔に出てくる。それだけに西郷も、利秋の腹に一物も隠しては置けない粗暴ながら信ずるに足る性格が可愛《かわい》いのだろう。ニヤリと笑って、また煙管を取り上げた。

飾り棚《だな》のオルゴオル時計が、ゆったりとフランス国歌を鳴らしはじめた。

「利秋どん――そりゃ、わしは、おはんの気持な、有難いと思うとる」

「おいどんは、先生によって、これまで身を立てることが出来もした。こいは決して忘れもはん!! おいどんの命は先生の命でごわす。そいじゃから口惜《くや》しか!!――しかも、我薩摩の大久保どんは事々に先生の征韓論に反対し、西洋かぶれ共の仲間入りしちょる。おいどん、こいは許しもはん。大声上げて許しもはんと言うのでごわす」

何よりも利秋は、大久保利通が憎かった。大久保は市蔵時代から西郷と共に苦難を共にして維新の大業を成しとげるべく働いて来た、西郷にとっては無二の親友である。それが、公卿《くぎょう》出身の岩倉や、長州出身の木戸などと一緒になり、西郷に反対し、国威を発揚すべき征韓の論をぶちこわしにかかっていることが口惜しくてたまらないのであった。

ことに大久保が、右大臣の岩倉と結んで、西郷を屈服させるべく密《ひそ》かに策謀を練りつづけている様子がたまらなく不愉快なのである。それは西郷にしても同じ思いであったろうと思われる。

「桐野どん。今は大切なときでごわす。軽挙妄動《もうどう》を慎しんで下され。まだ明日の会議なありもす——使節派遣の決定は確実となったわけじゃごわはん」

「じゃが先生!! すでに勅許を——」

「あや勅許じゃなか。陛下の御内諾でごわす」と、西郷は、ほろ苦く笑って、

「今は十年前の日本とは違《ちげ》もす。肚《はら》と肚、胸と胸をぶち明け、人間と人間とが政治をとるのじゃごわはん——何十人もの人、何枚もの書類が国を治めるのでごわす——じゃから利秋どん……油断は出来ん」

西郷は両腕を組むと、苦渋に満ちた眼を閉じ、むしろ自分に言い聞かせるように呟《つぶや》いた。

翌日の太政官会議は、今の日比谷《ひびや》公園の宮城寄りの一角にあった議定所で開かれた。

大久保利通は、それまで親友の西郷と争うことを厭《いや》がって余り会議には出て来なかったのだが——岩倉右大臣の懇請もあり、自分としては朝鮮問題に火をつけることが、どうしても現在の日本にとって憂《うれ》うべきことであるという所信には断乎《だんこ》たるものがある。

大久保は密かに……西郷との友情が今日限りのものであると決意して、この日の会議にのぞんだ。

出席者は右大臣岩倉具視、太政大臣三条実美、参議の西郷隆盛、木戸孝允（病気欠席）、板垣《いたがき》退助、後藤象二郎、江藤新平、大木喬任《たかとう》、大隈重信である。

征韓論および大使派遣反対を説《とな》えるものは大久保以下、岩倉、木戸、大隈の三人であったが、西郷派の板垣も、後藤、江藤なども、岩倉の卓抜した政治手腕によってやや軟化を示してきている。

必然、会議は大久保と西郷の激しい論争となったわけである。

「西郷どん!!　おはん外遊をしてくれぬか。その眼で欧米の文明を見て貰えば、わしの言うこともよう判《わか》って貰えると思う——文明国の政治とは只《ただ》一つ、国民を富ませ、その力を涵養《かんよう》することじゃ。世界文明諸国のうち、内務省のなか国は我日本のみでごわす」

大久保はあくまで理性的に説き伏せようとすると、西郷はちらりと皮肉な微笑を浮かべ、

「何事も人間がやるこつごわす。そげに珍しがることも驚くこともなか——西洋の文明開化に驚くことは、今の流行じゃごわはんか」

「これ西郷どん!!　おはん天下の大勢を知らんはずはあるまい。横浜には強大なる武装に身を固めた英仏の駐留軍あり、またその上に、外債五百余万両、輸入超過年百万両という我国の貧弱なる財政によって、外国相手に戦争が出来ると思うのか」

「わしゃ、戦さしに韓国へ出向くのじゃない。国交回復の使節として……」

大久保《おおくぼ》は、これを斬《き》りつけるように遮《さえぎ》った。

「行けば死ぬ。死ねば戦争の名目がつく!!」

西郷はじろりと睨《にら》んだまま口をつぐむ。

大久保は押しかぶせた。

「もし韓国と戦って負けた場合にはどうなりもす」

「………」

「もし戦うて敗《ま》けた場合、――いや韓国の後には清《しん》国が尻押《しりお》ししとる。それぱかりか、ロシア、イギリス、フランス、恐るべき外国が介入して来て事がうまく運ばなかった場合には、おはん、その責任を、誰にかぶせるつもりじゃ」

「何事も、この西郷の責任ごわす」

「黙らっしゃい!!」

「何!!」

「おはん、勅許を得て海を渡り、その結果が招来するものは、事の善悪にかかわらず、その責任はすべて、まだお年若な天皇にかかることを御存知ないか!!」

大久保も必死であった。

「西郷どん!!　わしもお前さアの苦衷はようわかっておる。全国の士族は、その不平不満を新政府に抱き、ために社会人心はまことに穏やかならざるものがごわす――それにまた、政府の高官に成り上った者のうちには、昔を忘れ、現在の出世に眼がくらみ、眼前の安楽をむさぼる者も少なくない。新政府樹立してより僅《わず》かに六年、早くも風俗の頽廃《たいはい》、綱紀の弛緩《しかん》は眼に余るところもある――お前さアは、こうした国内の乱れかかった人心の刷新を計ろうとして……」

「いや、国威を海外に示すことが今の急務じゃ」

「いや、お前さアは新政府の責任者として、その国威宣揚のための戦争に国内の不平不満を結びつけ、これを解決なさるおつもりじゃ――そいもよか。じゃが問題は、その日本の戦争に乗じて、西洋諸国の侵略政策が、どう動くかちゅことじゃ!!」

西郷は、苦々し気に大久保を見やった。何十年も兄弟以上に苦労を分け合った親友の反逆なのである。彼は、ややあって、重々しく「今は、世界中が武力の時代でごわす」

と、こう言ったきり、もうプツンとも唇を開けようとはしなかった。

西郷は、この会議の席上で、味方の板垣などが余りはかばかしくない煮え切らない態度になってしまったのを見てとってしまったし、とにかく大久保、岩倉を中心にした反対派の策動が巧みに自分一人を押し包み退けようとしていることが不快で不快でたまらなくなってきていた。

明治維新の動乱が、自分一人の力、人望を中心に揺れ動き解決出来たことをよく知っているだけに、またおのれを頼むところも大きかった西郷である。

こうなると面倒臭い論争や複雑な裏面の工作などのすべてが疎《うと》ましくなってしまい、西郷は、秋の夕闇《ゆうやみ》の冷気が漂う会議所の窓ガラスへぼんやりと視線を投げかけたまま、席を立った。

会議はまた明日に持ち越された。

この間に岩倉は大久保と計り、急ぎ宮中へ参内して懸命に明治天皇を説いた。

やがて――国政を養い、民力を養い、つとめて成功を永遠に期すべし――との勅旨が下った。

ここに征韓論は破れ、西郷は辞表を出し、これが受理されると、単身、横浜から船に乗り故郷鹿児島へ帰国してしまったのである。

「百千の窮鬼《きゆうきわ》吾れ何《いずくん》ぞ畏《おそ》れん。脱出す人間虎狼《ころう》の群《ぐん》」という西郷の詩は、まさに当時の心境を物語っている。政治家という人間がまるで虎狼の群に見えたのであろう。

桐野利秋《きりのとしあき》をはじめ、篠原《しのはら》、別府《べつぷ》、辺見など、陸軍の高官、軍人は続々と西郷の後を追って辞表を叩きつけ、鹿児島へ帰ることになった。いずれも西郷と同じ憤懣《ふんまん》を胸に抱いていたのだ。

「見ちょれ。我国の陸軍なほとんど薩摩のもんが握っちょるのだ。陸軍な空ッポになるわ」

別府晋介《しんすけ》の言葉通り、東京の陸軍はまったく名のみのものとなった。

ここに桐野利秋の、派手やかな陸軍少将としての人生は終りを告げる。

勲功によって賞典禄二百石を貰った桐野の生活は豪華なものであった。彼は手中に得たものはすべて散らした。後輩や使用人の面倒を見ることはもちろん、相変らず彼の身辺をとりまく東京の女達へも惜しみなくこれを与えつくしたのである。

事実、当時、柳橋や新橋の芸者達の中では「池の端の御前なら只ではおかない」と意気込む女達が多かった。贅沢《ぜいたく》な衣服にフランス香水をふりかけて東京の町を闊歩《かっぽ》する桐野利秋——薩摩の田舎もんが何てキザな……と初めは眉《まゆ》をひそめていた女も何時《いつ》しか魅了されて行くのは、利秋の引きしまった美男ぶりと、颯爽《さっそう》、明快な男性的体臭が、そうした生活によく似合ったものであろうか——。

篠原国幹《くにもと》がこんなことを言ったことがある。

「利秋どんが女子《おなご》にもてるのはな、この人が死ぬことが怖くないからじゃ。じゃからすべての物に執着が無か。よって見得も外聞も飾る必要はごわはん——じゃからこそ、女にも男にも、真底、肚のうちから少しの惜しみもなく親切をつくしてやんなはるからでごわす」

利秋は鹿児島へ帰る朝も、暇をとらせた下女の（この女にも彼は手をつけていた）

家に馬を走らせて訪れ、銀座の玉屋で買った金の指輪と多額の金を渡し、泣きむせぶ女の背を撫《な》でながら、

「よかとこへ嫁に行きやい。な……な……わかりゃせん。大丈夫、大丈夫――」

馬を飛ばせて新橋駅へ来ると、プラットホームには珍しくも久しぶりに、佐土原英助が見送りに来ていた。

佐土原も今は陸軍中佐。彼は大久保に従い、随員として欧米を廻《まわ》って来ている。もちろん、征韓論に反対である。

「ようわかったな。おいは誰にも知らさず出発するつもりじゃったが……」

利秋は笑いながら、しかし肚の底には大久保一派への憎悪《ぞうお》をひそませて、こう言うと、佐土原は眉をひそめ、

「おはん、鹿児島へ帰って何するつもりでごわす?」

「またカライモなつくりもす」

「まさか――」

「敗軍の将、兵を語らずじゃ。わははは――」

「自重してくれい、な、頼む。西郷先生はかけがえのないお人じゃ」

「何言うちょるか、おはんは――おはんらが策謀によって追い出した先生をいまさら心配する必要はなか!!」

一瞬、睨み合ったが……。

「おはん、いつも良か匂《にお》いさせちょる。相変らずフランス香水つけちょるのか」と、佐土原が気を変えて言うと、利秋はニヤリとして、ポケットから香水壜《びん》を一つ取り出し、

「また何時か、これをつける日もあろうかと思《おめ》もすよ」

汽車が動き出し、手を振る佐土原に、利秋は激しい視線を浴びせつつ、

(今に見ちょれ。西郷先生と共に、きっとまた東京へ戻る。そうして天皇を取り巻く奸臣《かんしん》ばらを追い払ってくれる!! そのときにおいどんは、この軍服に、この香水をふりかけて東京へ乗り込むんじゃ)と心に叫んだ。

西郷隆盛《たかもり》を擁した約二万の薩摩軍が、東京政府の施政を詰問《きつもん》すべく、鹿児島を出発したのは、四年後の明治十年二月である。

この日の来ることを桐野利秋は、胸の高鳴りを押えてどんなに待ち兼ねたことだったろう。

あれから故郷へ帰った桐野利秋は、再び、元のカライモ半次郎に戻った。東京での豪奢《ごうしゃ》な生活に馴《な》れていたはずの彼が、何の未練も執着も残さず、あっさりと農民の姿に切り替ったのも、心中、深く期することがあったのであろう。

利秋は、吉野村の生家からなおも高原を奥深く入った吉田村宇源谷《うどん》の荒野に小さな家をつくり、開墾を始めた。

母の菅子は、山之内家へ養子に行き今は県庁へ勤めている弟半左衛門の家（鹿児島市内）に預け、只一人、いや十二年ぶりで昔の恋人と共に百姓暮しを始めたのだ。

女は、言うまでもなく宮原幸江である。

幸江は、あれから再婚した伊集院家を出て（良人《おっと》は病死した）二年ほど前から、また吉野村の実家へ戻っていたのである。

ときに利秋は三十七歳。幸江は三十八歳になっていた。二人の間に生まれた男の子は、半太郎と名づけられ幸江の兄・弥介《やすけ》が自分の子供として育てていたことは前に述べた通りだ。

利秋は畑仕事の合間を見ては、ちょくちょく鹿児島市内へ出かけて行く。その通りすがり、必ず吉野村へ立寄っては、宮原家を訪れ、半太郎に菓子や小遣いを渡すのが何よりの楽しみであり、半太郎もまた、よく馴ついた。

昔の半次郎と違い、今は西郷の片腕と言われる陸軍少将、桐野利秋である。今や彼は鹿児島の名士であった。

十三歳の半太郎が、この父を……いや叔父を誇りに思っていることはもちろんだ。

半太郎も二里余の道を、宇源谷の利秋の家を間断なく遊びに訪れる。

弥介も、これには困った。叱《しか》りつけると、

「父さま。何故、桐野の叔父さまとこへ行っちゃいかん？　おいは、そいが判らん」

半太郎に、こう反駁《はんばく》されると弥介も返す言葉が見当らなくなる。

弥介も四十七歳。県庁へ出ているが妻の文子との間には子が無い。

「妹。あまりな、半太郎を寄せつけんでくれ」

或《あ》る日、利秋の留守を見計い宇源谷へやって来た弥介が、幸江に訴えると、幸江は、たっぷりと肉のついた反り気味の、女にしては堂々たる躰《からだ》に、哀愁の想《おも》いを滲《にじ》み出させて、うつ向き、

「はい――けれども子供のことござす。何ちゅて叱ったらよいか……」

「今じゃ、半太郎は、おいどん夫婦の子として役所にも届けちょる。その後、おはんはやもめになり、そのうちに、こうやって、また桐野どんと一緒に暮すようになったんじゃが……」

「はい――」と幸江は、このとき耳のあたりへ熱く血の色をのぼらせ、

「亡《な》くなった伊集院どんには悪か思もすが、まさか三十八になってから、こうやって……私ゃもう、夢にも思もはんことでござした」

臆面《おくめん》もなく兄にのろけ話を聞かせるのである。

「こや、いい加減にしとけ」

「はい——けれど兄さま、安心して下され。桐野も私も、決して半太郎を奪《と》り返そうなどとは、思もはん」

「当り前じゃ、そげなこついまさら困る!!　そら困る!!」

「お前の両親じゃと名乗ってやりたいと、思もすときも、そりゃございもすが……」

「そら、そら。だからいかん、だから半太郎を近づけちゃ困るちゅのじゃ」

「いえ決して——桐野も私もいまさら、兄さまの御恩を踏みつけにするようなことはいたしませぬ」

幸江は唇《くちびる》を嚙《か》んだ。すくすくと育った半太郎を見て制止し切れぬ愛情の流露に悩みつつ、利秋と幸江は二人きりの生活の中に、昔の息苦しいまでの青春の残り火を搔《か》き立てていたのである。

「もう一人産みゃい!!　そうすりゃ今度こそ、俺《おれ》達の子供になる」と、利秋はなぐさめた。

しかし、幸江は身ごもらなかった。

「今度こそ命中さしちゃるぞ!!」

こう言って、よく利秋は、幸江を抱き寄せたそうだが……この、幸江にとっては生《しょう》涯《がい》忘れ得ない楽しい明け暮れも二年余をもって永久に断ち切られたのであった。

廃藩置県成ったと言えども、鹿児島県だけはまったく別のものだと言ってもよい。

西郷隆盛は、彼を擁している薩摩《さつま》士族の大群にとってまさに君主そのものと言ってよかった。東京政府が曲りなりにも資本主義的な近代国家への道を進もうとしているのに鹿児島県は農民中心の、いえば今まで大名の島津家が治めていた形態そのままの政治が行われていた。

県令の大山綱良《つなよし》は大久保利通《としみち》と共に西郷とは切っても切れないつながりをもって維新の動乱に活躍した男だし、東京政府によって県令に任命されてはいても、県の政治は、いちいち西郷の指導の下に行っているほど西郷派巨頭の一人である。

鹿児島へ帰った西郷は、明治七年の六月に私学校と砲隊学校を設立した。故郷の子弟への教育という名目であっても、これは正に西郷麾下《きか》の軍隊の性格を持ったものだし、桐野利秋をはじめ、学校監督に任じた篠原国幹などの幹部が、密《ひそ》かに事あるを期して、その教育訓練に当ったのは言うをまたない。

西郷は猟や畑仕事を楽しみながら、悠々《ゆうゆう》と日を送っていた。新政府への怒りも日がたつにつれて面倒くさくなってきたし、恐らくもう世捨人の境地に入って身の成り行きはどうにもなるように任せていようと、むしろ空漠《くうばく》たる心境であったのであろう。

だが、薩摩士族の怒りは高まるばかりであった。

ことに征韓論破れた翌年には、政府が台湾出兵を行って在野の士族派に妥協したことが、「それ、見ろ!! こんなことなら何故あのときに西郷先生に反対したのだ」という憤懣に替ったし、西郷もこれには内心怒り、しきりに外国視察や上京をすすめてくる東京政府の慰撫《いぶ》は、すべて拒絶してしまった。

政府も着々と進行している私学校の軍隊化などには耳をとがらしていたし、明治七年から九年にかけて農民一揆《いっき》や士族の暴動が次々に起ったので、大久保利通は名実共に政府の指導者として苦しい活動をつづけなければならなかった。

しかし大久保は、西郷のいる鹿児島に対しては事ごとに遠慮し、刺激を与えるような政策をとらなかったが……他の士族派の暴動には断乎《だんこ》として闘った。

これは元の参議で同僚でもあった江藤新平が起した佐賀の乱や、前原一誠が起した萩《はぎ》の乱《らん》などにも、新しく徴募した政府軍をもって制圧し、江藤も前原も死刑に処してしまうほど徹底的なものであった。

こうして、鹿児島と中央政府の対立は、政府の懐柔政策への疑惑と、政府から入り込む密偵《みってい》を捕えたりするたびに高まる怒りによってついに絶頂に達した。政府の鹿児島に対する政治的な画策もあまり上手なものとは言えなかったようである。西郷への遠慮と共に薩摩王国への不安が事ごとに因循姑息《いんじゅんこそく》な手段となって鹿児島を刺激したことは否《いな》めまい。

密偵の一人、中原尚雄《たかお》が、厳しい取り調べの後に——西郷暗殺の命を受けた——という事実を自白したことによって薩摩士族の怒りは爆発した。

明治十年一月二十九日——私学校生徒は大挙して磯《いそ》の浜にある政府の火薬庫を襲撃、武器弾薬を掠奪《りゃくだつ》した。政府と闘うときには火薬庫襲撃を先《ま》ず第一にすることは利秋などのかねてからの計画であった。

桐野利秋が、ここまで同志の怒りを燃え上らせた火つけ役の一人になっていたことは明白のようである。利秋は、西郷を退けた東京政府が憎くて憎くてたまらなかった。ことに西郷を裏切ったと信じている大久保利通への恨みは深く、鹿児島の同志を煽《せん》動《どう》し、西郷を動かして軍を起し上京することが彼の生涯をかけての願望となっていたのだ。

政府の火薬庫襲撃は、言うまでもなく政府への明確な挑戦《ちょうせん》である。

この知らせを聞いた西郷は、日当山《ひなたやま》の温泉で休養していたが、思わず「失敗《しま》った!!」と叫び、しばらく考え込んでいたが、

「よか!! おいの命は、みんなに上げもそ」と決意の声を洩《も》らした。

鹿児島士族や、若い私学校の生徒一万三千の血をここまで西郷のために沸騰《ふっとう》させた桐野利秋など西郷派幹部の得意さ思うべしである。

利秋は、かつて官軍が幕軍を追い払ったと同様に、薩摩軍が政府軍を切り従え中央政府に君臨することを少しも疑ってはいなかった。そうすることによって天皇と国に尽すことが薩摩隼人《はやと》の使命だと信じていた。

「百姓上りの政府軍に何が出来る。たとえ敵軍が百万二百万あると言えども、我軍二万の強兵はたちまちにして蹴散《けち》らさん!!」

利秋は、出発の朝、私学校本部の前に勢揃《せいぞろ》いした軍列の先頭に立って、こう叫んだ。

陸軍少将の軍服を四年ぶりにつけ、白縮緬《ちりめん》を巻いた腰に大小二刀をブチ込み、自ら大好きな進軍ラッパを吹きつつ、全軍の士気を鼓舞した。利秋の弟・山之内半左衛門も軍列に加わっている。

私学校生徒一万三千、士族の徴募隊一万の軍列は、まず大口街道を肥後に向った。

明治十年二月十七日のこの朝は、南国鹿児島には珍しい大雪である。

西郷は駕籠《かご》に乗って軍列の中央に在る。

霏々《ひひ》として降る雪の中を意気天をつく薩摩軍が磯の浜へ来かかると、浜沿いの茶店のあたりには見送りの家族達がひしめいていた。

馬上の利秋は、早くも母や伊東家に嫁いでいる妹、それに宮原夫婦に連れられた半太郎の姿をその中に見出《みいだ》した。

「利秋!!　半左衛門!!——武運を祈っちょりもすぞ」

と駈《か》け寄る母の菅子の後から、桐野の家族達は、どっと利秋兄弟を取囲んだ。

幸江は居ない。彼女は昨夜、吉田村での最後の夜に、

「私ゃここで一人でお見送りしもす」とこう言って瞼《まぶた》を押えた。

「何泣くか、お前らしくもない」

「はい――私も年をとりましたねえ」

「バカ、東京見物な楽しみにしちょれ」

「はい……」

「見送りはお前の好きなようにせい。どうせ半年もすりゃ東京で会えるんじゃ」

幸江は、簞笥《たんす》の底からフランス香水の罎《びん》を出して来た。

「あなた。いよいよこの香水をつけるときが来ましたな」

「おい、そうじゃった。危うく忘れるところじゃった」

今も、万歳の声が湧《わ》き返る中に、その香水の匂いが利秋の軍服から漂っていた。

宮原弥介は身を震わせて、利秋の前へ飛び出し、

「おいどんはもう我慢出来ん。この勇ましい軍列を見ては、もうたまりもはん。どうか桐野どん、おいも連れて行ってたもし。頼む頼む」

「あいほど言うてもわかりもはんのか」

「わかりもはん、わかりもはん」

利秋は、弥介の耳に口を寄せ、

「おはんは半太郎の父親ごわす。そうごわしょう。違もすか?」

「いや……違もはん」

「勝利な決まっちょると言えども戦争は戦争じゃ。弾丸も飛ぶ、刃も出る。わかりもすかと——おはんには半太郎を育てる義務がごわすよって、おいどんは許しもはん」

「桐野《きりの》どん!!」

「残って下され。な、わかってくれ」

半太郎が利秋《としあき》の前へ出て来た。

「叔父さま。おいの父さまは何故留守番ごわす？　何故ごわす？」

口惜《くや》し涙を一杯浮かべて半太郎は夢中になり、利秋の腕を掴《つか》んで揺さぶった。晴れの舞台に出られぬ父弥介に少年ながら、たまらない退け目《ひめ》を感じているのだろう。

利秋は、何時《いつ》になく厳しい眼《め》を半太郎に射つけて、しばらくは見守っていたが、やがて、手にしたラッパを半太郎に与えて、

「このラッパをやる。しまっときゃい」

ぱっと身を返して利秋は馬に飛び乗ると、挙手の礼を母から妹、弥介夫婦に与え、半太郎にはニッコリと大きくうなずいて見せてから、大声に言い放った。

「じゃァ、ちょいと行っチきもす!!」

雪を蹴って進む勇気凛々《りんりん》たる軍列!!

大砲を曳《ひ》く馬のいななき!!　軍鼓の響き!!

進軍ラッパを喨々《りようりよう》と雪空に吹き鳴らしつつ街道を進む薩摩軍の勝利を疑うものは、

見送りの家族達にも居なかったであろうと思われる。

「熊本城を通過するには、この青竹一本あれば充分でごわす」

鞭代《むちがわ》りに持った青竹を示して意気浩然《こうぜん》たる桐野利秋だったが――しかし、東京目ざして一路進む薩摩軍は、この熊本城に立て籠《こも》る鎮台兵によって食い止められた。鎮台司令官、谷干城《たてき》の粘り強い籠城《ろうじょう》作戦に薩軍が対抗しているうちに……東京政府は六万数千の将兵を次々に繰り出し、電信、軍艦、大砲など、あれから四年の間に営々と装備して来た軍力をもって海陸の両面作戦を行い、海から廻《まわ》った政府軍は、薩軍の牙城《がじょう》である鹿児島を奪取してしまったのである。新政府にとっても、この反乱軍を徹底的に打ちのめさなくては、今後の国民からの信頼を得ることは難かしくなるので懸命に戦った。

有名な田原坂《たばるざか》の激闘を最後に、薩軍は、北九州から退って、再び南九州の人吉《ひとよし》、宮崎、延岡と押し詰められ、ついに半年前に威風堂々と出発した故郷の鹿児島へ逃げ帰ったのは、この年の九月一日であった。篠原国幹《しのはらくにもと》も、利秋の弟半左衛門も、すでに戦死をとげていた。

逃げ帰ったと言っても、すでに鹿児島は政府軍の手にある。僅《わず》か五百余に減じた薩軍は決死の斬《き》り込みを行い、辛うじて鹿児島市街の西北にある城山へ立て籠ることが出来た。

城山は島津家居城の後にある標高一・五キロメートルの小さな山だが、天然の森林と多数の亜熱帯植物が繁茂し、冬でも鬱蒼《うつそう》たる樹葉におおわれている。

西郷はじめ、桐野、村田、別府《べっぷ》などは、それぞれ兵を分けて崖《がけ》の其処此処《そここ》に洞穴《ほらあな》をうがち、敵弾を避けつつ、これからの作戦を練った。

しかし手兵五百ではたとえ長崎へ逃げて策を計ると言ってみてもどうしようもなかった。

結局、一同、いさぎよく城山で最後の決戦を行うことにし、西郷隆盛《たかもり》だけは何とか助命を願うべく、軍使を官軍本営に送ったが、その返事として、参軍、川村純義《すみよし》は、

「西郷先生暗殺のことにつき、その実否を正すことが目的ならば、告訴状一枚で充分である。みだりに国民を動かし軍をつくり、上京せんとしたによって、政府としては、これを征討することが当然である——なお、その上に願うことあれば、全軍降伏の後に哀願すべきである」

と、言ってよこした。

「それ見やい!!　いわんこっちゃなか!!」

利秋は、これを聞くと手にした青竹を叩《たた》いて、

「いまさら、西郷先生に縄目《なわめ》の恥辱を受けさせてどうなるんじゃ。政府は我軍を反乱

軍、賊軍だと言うちょるそうな――この四年間に佐賀や萩で、政府に立ち向った反軍の大将は、みんな首斬られとる――いまさら、西郷先生の助命を願うたとてどうなるもんじゃなか‼　おいどんは官軍の、政府のすることなぞ、爪《つめ》のアカほども信ずることは出来ん‼」

利秋は始めから助命嘆願の軍使を出すことに反対だっただけに、村田、別府、池上、辺見などの西郷助命への希望などはまったく問題にしてはいなかった。

ひとえに勝利を信じて軍を起し、西郷を巻き込んでしまった責任を、薩摩幹部は、このときになって痛切に感じていた。西郷は愛する郷土の子弟の熱情と怒りが、一つに西郷自身のためを思うの余りだと知ったとき、すべてを捨てたのである。

磯の浜の火薬庫襲撃のことを聞き、西郷の生《き》一本で、純な情にもろい性格が、すべてを忘れさせた。

賊軍の汚名を着て死ぬことなどは何とも思ってはいなかったろう。名誉も名も後世に残したいなどという気持もさらさらにない西郷だが、

「官軍も賊軍も、人間、骨になってしまえば同じごわす。しかし――しかし、わしゃこの戦争が、日本人同士の最後の戦争になってくれればよいと思うちょる」と言った。

そしてその通り、この西南戦争は、日本人同士の日本領土内における最後の戦争となり、政府はこれを機会に一だんと威望を高めて新興国日本の発展に邁進《まいしん》することに

なるのである。

回答なきときは明朝を期して総攻撃という官軍の通達にも、西郷は、

「回答の必要ごわはん」と力強く言い切った。

これで全軍必死と決まったのである。

この日は九月二十三日の夜である。

岩崎谷の上の、西郷の洞穴に集まった一同が、今は見る影もない木綿縞《もめんじま》の単衣《ひとえ》一つに兵児帯《へこおび》、草鞋《わらじ》ばきという姿で、それぞれの営所へ引き取ったあと、利秋は、西郷の前で思いきり泣いた。

「先生!!　済みもはん――口惜しゅうごわす」

「よか、よか――」

「こんな口惜しい目に、先生を――おいどんは、おいどんは」

「もうよいちゅのに……」と、西郷は優しく、

「わしゃ若いときから何度も何度も死場所を求めて生きて来た男じゃ。こいで――こいでようやく落着きもすよ」

だが、西郷にしても利秋にしても、これから日本がきっと当面しなくてはならない東邦問題については絶対に自説を曲げず、また自信をもっていた。

果して、日本は間もなく、朝鮮はじめ支那《しな》、ロシアとの問題を、日清《につしん》日露の両戦争

において厭《いや》でも解決しなくてはならなかったのである。しかし、十年二十年後のそのときでも、日本は外国の圧迫と戦争の苦しさをやっと切り抜け得たのであるから、明治十年の征韓論を「まだ時期が早い」と押し止《とど》めた大久保《おおくぼ》利通他《ほか》の政府高官達の西郷に対する必死の活動もまた賞すべきであろう。

それと同様に——西郷隆盛の行うに任せたらば、それが決して成功を収め得なかっただろうと断定することも出来ない。神でない人間同士は、こうして互いの国へ対しての誠意をも、疑惑と感情の高まりに任せて決裂させてしまうものであろうか。

桐野利秋は、この夜——熊本で捕虜にして従僕に使っていた三浦某を招き、

「日本は今にきっと、朝鮮ばかりか清国やロシアと衝突すに決まっちょる。我々は、志もむなしく此処に死ぬが、そいを思うと死んでも死に切れん気持なする——おはんは、まだ若い、即《すなわ》ちこれ春秋に富む躰《からだ》ごわす。これから官軍の陣へ帰り、一旦《いったん》緩急あるときは、おいどんらの志を天下に伝え、国家のために努力奮闘を頼む。よいか、頼みもしたぞ!!」

こう言って、三浦を官軍の陣へ脱出せしめた。

満山にすだく虫の音を踏み分け、月光を浴びて山を降《くだ》る三浦の頰《ほお》は、もう感動の涙でぐっしょり濡《ぬ》れていたそうである。

翌二十四日、午前三時五十五分――三発の号砲が鳴り渡ると共に、官軍は決死の総攻撃を開始した。

西郷隆盛は、村田新八、別府晋介《しんすけ》、辺見十郎太などを従えて洞穴から出ると、弾丸雨飛の中を悠々、岩崎谷の本道へ向って進んだ。これより先、利秋は従弟《いとこ》の晋介を呼び、

「おいどんは、やるだけやりもす。斬り死しもすよ。おはんは先生を見事に……な、頼む」

「心得もした」

別府晋介が去ると、利秋は木綿縞単衣に兵児帯、フランネルのシャツという姿にフランス香水の最後の数滴をふりかけると、鉢巻《はちまき》をしめ、昔、新選組や見廻組の猛者《もさ》達の血を何度吸ったか知れない伝家の銘刀、綾小路定利《あやのこうじさだとし》を抜き放って、突撃して来る官軍を崖道に待ち受けた。

一方、西郷は、とどろく砲声と樹間を縫う弾丸の中を杖《つえ》をひきひき、ようやく岩崎谷の本道へ出る。早く弾丸が当ってくれと言わんばかりの淡々たる態度であったが、ついにここで弾丸二発を股《もも》と腹に受けて倒れた。

砲煙けむる市街の彼方《かなた》に紺碧《こんぺき》の鹿児島湾。そして雄大な桜島が朝の陽《ひ》を受けて、その突端を紅色に染めている。

西郷は喘《あえ》ぎつつ、しばらくこの景観を懐《なつ》かしげに眺《なが》めていたが、やがて、「晋どん。もうここらでよかろう」と言った。

このときには村田も辺見も弾丸に斃《たお》れ、従うものは別府晋介と従僕吉左衛門の二人であった。

別府晋介は涙を払って大刀を構え、

「先生!! 御免——」

血を吐くような一声と共に、西郷の首は落ちた。

ときに西郷隆盛、五十一歳である。

西郷の首は、吉左衛門によって、近くの竹藪《たけやぶ》に埋め隠されたが、間もなく官軍によって発見された。

その死顔は、赤児が眠ってでもいるように穏やかなものであったと言う。

桐野利秋は、城山中腹の崖道に立ちはだかり、突撃して来る官兵の中へ飛び込んで斬りまくった。

「おはんらにゃ気の毒だが、この利秋は、最後の最後までやりもすぞ」

一閃《いっせん》、また一閃!! 凄《すさ》まじい気合いとともに官兵は斃れたが……。

利秋の四十歳の生涯も、官軍の弾丸と銃剣を浴びて息絶えたのである。

利秋の屍体《したい》検査書には――。

(創所)左大腿部《だいたいぶ》内面銃創。右脛骨《けいこつ》刀創。左中指断切痕。下腹部より腰部《ようぶ》貫通銃創。前頭より顳顬《こめかみ》へかけて貫通銃創。左前頭より傾頂部へ刀創。左中指端傷

とある――如何《いか》に凄惨《せいさん》な血闘であったかが知れよう。

官軍の大佐として攻撃軍を指揮していた佐土原英助は、崖道へ登って来ると利秋の死体を抱き起した。

「おはん、フランス香水の匂《にお》いしちょるな。良か匂いごわす――桐野どん!! おはんは、この世に遅く生まれすぎた人ごわすなあ――秀吉《ひでよし》や信長の世に生まれたら、賊将の汚名も着《も》ずに済んだことじゃろうに……」

木の間を洩れる朝の陽を受け、血みどろになった利秋の両眼は活と見開かれたまま、東京政府への恨みと怒りをこめて、静かに言いかける佐土原を見返しているかのようであった。

佐土原英助は、その両眼の瞼《まぶた》をもみほぐして閉じてやり、立ち上って振り向くと、

「ラッパ手はおらんかっ!! ラッパ手は――」

「はっ」

「吹けい!!」

不思議そうに見返したラッパ手が、この賊将に対して厭々ながら葬送の曲を吹き出

すと、佐土原は言った。

「いや葬送の曲じゃなか。桐野どんの好きな進軍ラッパを吹いてやれ」

（「小説倶楽部」昭和三十四年五月号）

将軍

一

第三軍司令官、陸軍大将乃木希典《のぎまれすけ》の次男で、友安旅団副官をしている乃木保典少尉《やすすけしょうい》戦死の報が司令部に届いたのは、明治三十七年十一月三十日の夜である。

ロシヤに宣戦布告をしてから約十カ月になり、第三軍は、満州の遼東《りょうとう》半島の突端にある旅順《りょじゅん》港の要塞《ようさい》を占領する重大使命を帯び凄惨《せいさん》な苦闘を重ねていたのだ。四万に近い死傷者を出した四回にわたる総攻撃にも要塞は頑強《がんきょう》な抵抗を持続している。

軍司令部は、柳樹房《りゅうじゅぼう》といって旅順の北東部にある寒村の、泥《どろ》と石とで建てられた農家に駐在しており、ロシヤ軍の着弾距離内に深く入っていて、昼夜、砲声が、この小さな薄汚い満州家屋の壁を震わせている。

「津野田、頼むぞ。いいな。貴公に頼んだぞ」

乃木少尉戦死の報告を持って部屋へ入って来た高級副官の吉岡中佐は、そのとき、司令部で留守番をしていた参謀の津野田少佐へ押しつけるように言った。

「そうですか——保典さんが、戦死か」

豪胆で、血の気が多く、茶目気も盛んな津野田なのだが、武者人形の稚気を思わせる濃い眉《まゆ》と丸い鼻をぴくりと震わせて、呆然《ぼうぜん》とテーブルの地図の上から体を起し、ポツンと呟《つぶや》いた。

「乃木家も、これで断絶したわけか」

「勝典《かつすけ》さんは、あれア、確か……」

「南山の戦いでした。五月の、二十七日です」

また二人は黙然と眼《め》を見合った。

室内には卓上の蠟燭《ろうそく》の灯《ひ》がゆらめくばかりだったが、窓外の満州の山々は蒼白《そうはく》な薄月の光を浴びている。

津野田は煙草《たばこ》をつけ、吉岡副官にもすすめると、また、ぼんやりと椅子《いす》にかけた。

満州に向う第三軍が広島に到着した五月二十九日の午後——それを待っていたかのように司令官《おやじ》の長男、勝典少尉戦死の電報が飛び込んできた、あの日のことを津野田は思い起してみた。おやじはみじんも動揺しなかった。冷然と、あの細くも、ときには円くも見える小さな眼で、弔詞を述べに出た幕僚達を見廻《みまわ》してから、

「当然のことだ。軍人が戦場に出たのだからな」ハッキリと言い切った。しばらくしてからおやじの従兵が電報を打ちに行くのを見かけた津野田がつかまえて電文を見ると、それは東京の夫人に当てたもので——カツスケ、センシ。マンゾクニゾンズ——と書いてあった。

（さすがだなア）と思ってはみたが、いかにも平然と、冷酷な程に落ちつき払って息

子の死を受け入れたおやじが小面憎《こづらにく》くもあった。(おれに子供があって、もし戦死したら——おれは、あれだけ冷めたくなれるだろうか。いや、おれは泣く。見得も体裁もなく泣き哀《かな》しむに違いない)と、津野田は目前に迫った戦闘の凄《すさ》まじさを物語る、この悲劇に直面してわけもなく身ぶるいしたものだ。

「おやじも大変ですなア」と、津野田は溜息《ためいき》を洩《も》らした。

「うむ。子供をみんな死なせた上に、旅順港攻略の責任を一身に背負わされ、こんなにひどい戦いをやらにゃならんのだからな」

数人の馬蹄《ばてい》の音が司令部に近寄って来た。二〇三高地攻撃を督戦していた乃木司令官が帰営して来たのだ。

「お帰りだッ」吉岡副官が狼狽《ろうばい》を隠せなくなり、

「た、頼むぞ。津野田」と、隣室へ消えると同時に、幕僚を従えた乃木が入って来る気配がした。

司令部は入口の土間からの通路をはさみ、その左右に数室を区劃《くかく》してある。津野田は司令官《おやじ》の足音が自室の前に止るのを聞いたとき、氷で腰のあたりを撫《な》でられたような気がした。扉《とびら》が開き、鞭《むち》と軍帽を片手に持った、乃木の瘦《や》せた体が薄暗い灯の中に立った。土がこびりついた黒の軍服の上の、白い頭髪と髭《ひげ》に囲まれて、この数カ月のうちに、めっきりと骨張った顔が津野田に笑いかけた。

「参謀。何か重要な情報はなかったか？」

瞬間、返事が出来ずに口ごもっていると、乃木は、子供に菓子を与えるようなやさしい口調で、

「一人で残留しとったのか。淋《さび》しかったろう。うむ……？」

「いえ……」

しばしば、親愛の情をおぼえるあまりに司令官と幕僚という関係を忘れて我儘《わがまま》や失敗を重ねている津野田だけに、こんな言葉をかけられると、わけもなく少年のように甘えた気持になるのだが、今夜だけは、それどころではなかった。

「二〇三高地の東北及び西南角の占領地帯を、午後七時、再び敵軍に奪還されたとの報告がありました」

津野田はやっと言った。

「それは、帰る途中で聞いた。安心して引上げて来たのだが、また奪《と》られた――」

「はッ」

「今日こそは、うまくいったと思ったのだがね」

乃木の沈痛な言葉が、津野田を息苦しくさせた。

乃木が自室へ入ってから、五分ほど、津野田は立ちつくしたまま、何度も大きく息を吐いたり吸ったりしていたが、やがて思い切って司令官の部屋へ入って行った。

狭苦しい土間にアンペラと毛布を敷いた寝床に、乃木は仰臥《ぎょうが》していた。蠟燭が、その囲《まわ》りの小机や陶製の火鉢《ひばち》、軍用鞄《かばん》などを黄色い微光に、ようやく照らし出している。十一月の満州の寒気は、外套《がいとう》一枚を引っかぶっただけの乃木の黒い寝姿を凍りついたように見せている。

「誰？――誰かい？」と、乃木が仰臥したままで声をかけてきた。

「津野田であります」

「何か起ったのか？」

「は――」

「何かあったのか？」

「はッ――誠に、悲しむべきことを御報告……」絶句した津野田へ、

「わかっとる。よく戦死してくれた」と、乃木が言った。

「は――」

「途中で聞いたよ、津野田――わしも、いくらか気が楽になった」

「時刻は八時近くかと思われます。場所はS字坑道の中央部あたりで、遺骸《いがい》は完全に収容したそうであります」

「そうか――有難う」

沈黙がきた。その沈黙に耐えられず津野田が通路へ出ると、吉岡副官が待ち構えて

いて、津野田の肩を摑《つか》み、ぐいぐいと入口の土間の近くまで引張って行くと、震える声で、

「報告したか」

「しました」

吉岡副官の眼に涙が溢《あふ》れそうになっているのを見ると、津野田も我慢が出来なくなって来た。

二人で黙って泣いて、また通路を司令官の部屋の前へ来て扉の隙間《すきま》から中をうかがうと、蠟燭の灯は消えていて、死のような闇《やみ》がおやじを包んでいた。

二

明治維新という凄まじい内乱の試練を切り抜け、どうやら起《た》ち上った日本の新政府は、日本列島に向って短刀を擬したような形で横たわる朝鮮半島をはさんで、外国の勢力と対決しなくてはならなかった。

朝鮮が支那《しな》やロシヤに占領されたら、日本は絶えずその生存を怯《おび》やかされることになる。

日清《につしん》戦争も、この日露戦争も、全く朝鮮問題を中心にしてひき起されたものだ。

朝鮮は明治十五年、アメリカに開国してから、英、独、露、伊とも通商条約を結ん

だが、ロシヤの軍事的な侵出は露骨なものになり、もともと朝鮮を、その属国だ位にしか考えていない清国（中国）も、宗主国としての圧力をかけてロシヤの勢力を阻止しようとする。これらの勢力と新興国の日本が朝鮮を間にして表裏さまざまに争わざるを得なくなり、朝鮮もまた、相次ぐ内乱を起して、国際問題を紛糾させていった。明治十七年十二月、朝鮮京城に兵乱が起って、支那の駐屯兵《ちゆうとんへい》と朝鮮軍の暴動から日本人男女四十余人の惨殺《ざんさつ》という事件が起り、日本は朝鮮に出兵した。

この事件について清国と日本の間に結ばれたのが天津条約だが、この頃《ころ》から、日本の国内では自国の生存を護《まも》る為《ため》の敵愾心《てきがいしん》が強く昂騰《こうとう》してきた。

十年後の日清戦争勃発《ぼつぱつ》に際して、欧米列国は、各々《おのおの》の利権を侵されるのを怖《おそ》れ、強硬な反対を示してきたが、ロシヤは最も激しい決意をもって日本の軍事行動の中止を試みている。欧米列強に比べて、当時の日本の国力というものは、ときの外相、陸奥《むつ》宗光《むねみつ》の回想録に「当時を想起するだに、膚《はだ》に粟《あわ》を生ず」とあるのを見てもわかるが、とにかく軍事と外交の密接な協力によって半年余のうちに勝利を得た日本は——朝鮮の独立。遼東半島、台湾、及び澎湖《ほうこ》島の割譲。償金二億テール——を条件として、清国との和議を成立させた。国民は勝利の歓声に酔った。しかし、それも一週間と続かなかったのだ。露、独、仏の三国は強硬に、日本が遼東半島を得ることに干渉してきたのである。

ロシヤの蔵相ウイッテの回想録には——ロシヤの隣接国には、鋒《ほこさき》のような日本より、活動的素質のない支那の方が有益である。故《ゆえ》に日本が大陸に根を張り、遼東半島のような、支那を制するに足る地を領有することは、到底われわれの容認し得ないことだ——と記している。

三国、ことにロシヤの高圧的な軍事的行動に訴えても、という態度に、種々な曲折はあったが、遂《つい》に、日本は遼東半島を放棄した。小さな島国の、ことに戦後の疲れ切った国力をもっては、どうすることも出来ないわけだったが、国民は憤激して政府の外交の失敗を攻撃した。

この時、首相、伊藤博文《いとうひろぶみ》は、妻の梅子に当てて、こういう手紙を書いている。

「……此《こ》のせつの、めんどうは、ろしや、どいつ、ふらんすの三国が、支那より日本が、朝鮮と支那の境にある土地をとりたりとて不承知を申出《もうしい》でたることとなり。いま再び戦さをはじめて数万の人をころすより、とりたる土地をかえすほうがよきことなれば、お上（天皇）におかせられても、そのとおりにせよとのおぼしめしにつき、すでにとりきめたり。日本人のわからぬものは、彼《か》れこれとやかましくいうなるべしといえども、われは日本の為に、これよりほかに仕方なし……」

ロシヤは、この後、朝鮮に於《お》ける多くの利権を獲得し、明治三十一年には遼東半島の旅順、大連を支那から借り受け、着々と、その要塞《ようさい》化を実行に移しはじめた。ロシヤの勢力が満州から朝鮮にまで伸びてくると、英、独、仏の東洋への勢力伸張も油断なく行われはじめた。

こういう状況では、小さな海一つ隔てただけの日本が苦しまずにはいられない。目《ま》のあたりに支那や朝鮮が列強の勢力の前に押し潰《つぶ》されかかるのを見ては、対岸の火事だと居眠りをしていられる状勢ではなかった。

日本は、必死に軍備の拡充と国力の増進に拍車をかけた。

日本とロシヤの交渉は、この間にも絶えず行われていたが、その最終提案は、日本の控え目な要求に対して、ロシヤは満州を独占支配しようとし、満州に対する支那の主権も保障しなかった。

明治三十七年一月、ロシヤの最終提案、二月六日、国交の断絶があって、遂に日本は苦しい戦争を始めることになった。

数回に渉《わた》る御前会議に、仲々、開戦の裁可が得られなかったのは、明治天皇が国と国民とを戦争の惨害に直面させなくてはならない苦悩に、細心で慎重な考慮を重ねられた為である。

開戦と同時に、伊藤首相は早くも講和のことを考え調停して貰《もら》う国をアメリカに選んで、使節を送るに際し、

「この戦争は廟堂《びょうどう》に於《おい》ても唯《ただ》一人、成功を確信する者はいない。陸海軍も、大蔵省も、

日本が確実に完全に勝てるという見込みを立てている者は一人もおらんのだ。しかし、このままでおれば、ロシヤは満州、朝鮮を侵し、九州へもやってくる。事、ここに至れば起ち上るより仕方はないのだ」と、決意を語っている。

内務大臣の児玉源太郎は、久しぶりに軍服をつけて、見得も外聞もなく、さっさと大臣より格の低い参謀次長という職についた。当時の状勢が彼を適任としたからである。

二月九日の仁川《じんせん》沖の海戦に続いて、陸軍（第一軍）は京城に出兵して朝鮮を押え、海軍は旅順港口を閉塞《へいそく》して制海権を握ると共に陸軍（第二軍）を遼東半島の塩大澳《えんたいおう》へ上陸させた。

第一軍が九連城に大勝した五月二日、陸軍中将、乃木希典は第三軍司令官として親補されることになった。

その前日、乃木は、児玉参謀次長に呼ばれて、参謀本部へ現われた。三年前に第十一師団長を休職して以来、乃木は那須野《なすの》の別荘に引きこもっていたのだが、この二月に動員令を受け、留守近衛《このえ》師団長に補せられていたのだ。

児玉源太郎は乃木と同じ山口県の出身だし、西南戦争以来の親友だ。率直で明朗で、機智《きち》も鋭いし政治家としての才腕を外国にまで謳《うた》われていた。激情家なのだが、その激情を何時《いつ》も沈痛に押えて律気《りちぎ》一方な武人気質《かたぎ》の乃木希典とは対照的な児玉である。

「おう、乃木《のぎ》か。いよいよ始まったな」

児玉が、元気よく出迎えて手を握りしめると、乃木もギラギラと眼を光らせ、

「待命の老軍人がお召しにあずかり、この国難に死なせて貰えようとは思わんかった」と叫ぶように言った。

「参内は明日だそうだな」

「うむ――」

「覚悟しておけよ、乃木――」

「何がだ？」

「フフン。お上から、よっぽどの大命が下るのではないかと、おりゃ拝察しとる」

乃木は不審そうに、そして湧《わ》き上ってくる昂奮で見る見るうちに頬《ほお》に血をのぼらせながら、

「わしはどんな部署でもよいのだ。砲丸を運んでもよいのだ。児玉ッ。わしも前線へ行けるのだろうな？」

「おりゃ知らん」

児玉はニヤニヤして、

「御子息は二人とも第二軍だそうだの。おぬしだから打明けるが、二、三日うちには敵地へ上陸するじゃろう」

「そうか……」

乃木は、内ポケットに入れて肌身《はだみ》を離さないでいる勝典と保典の写真の原板の重味を感じた。これは戦地へ向う一カ月ほど前に、二人が広島で写して送ってよこしたものだった。兄弟が軍装に身を固め肩を並べて写っているこの写真は家においてあるが、原板だけは密《ひそ》かにポケットへ忍ばせてある。このことは勿論《もちろん》、妻の静子にも知らせてはいない。

翌日、参内した乃木は、戦争の勝利の鍵《かぎ》ともいうべき旅順港攻略の重任を帯びた第三軍の司令官に補せられたことを知ると、激しい感動に体が震えるのをどうすることも出来なかった。単に輝かしい大命を拝したというだけではなく、乃木にとっては、乃木だけしかわからない異常な強烈な感動があったのである。

明治天皇は、任命の式が終ると、乃木を近くに進ませて、静かだが、沁《し》み透《とお》るようなお声で、

「頼むぞ、乃木――」

「はッ――」

「勝たねばならぬ。よいか、勝たねばならぬ」

「はい」

天皇は、厚い冬服のままで、初夏の蒸れるような温気《うんき》に、うっすらと額に汗をにじ

ませておいでになったが、

「平和を願っても、今はいかんともしがたい状況である」

ふっと、お声が途切れたので、乃木が顔を上げると、天皇は喰《く》い入るように乃木の眼を見詰めておられる。もともと体格も良く、たくましいお姿なのだが、乃木が見て、もし敗戦したときの、国と国民はどうなるか――という憔悴《しょうすい》と苦悩が、そのお姿を薄黒く包んでいる。

「乃木――」と、天皇は乃木を招き、傍の半紙に書きつけられた御製をお渡しになった。

〝四方《よも》の海、みな兄弟《はらから》と思う世に、など波風の立ち騒ぐらむ〟というのだった。

その日――赤坂、新坂町の質素な自邸に戻ると、乃木が妻の静子に大命を受けたことを告げ、静子の祝詞に対して、

「乃木は果報者です」と一言いった切り、二階の自室に引きこもってしまった。

静子は、このとき、二人の愛児よりも、まず良人《おっと》だけは生きては戻って来ないに違いないと感じた。

乃木は、二十数年前の西南戦争の折、第十四聯隊長《れんたいちょう》として九州に反乱軍と戦い、植木坂の激戦で、軍旗を敵軍に奪取された責任から何度も自殺を計ったが、部下や同僚の監視によって果せなかったことがある。

止《や》むを得ない状況の下に起った事件だとして処分は受けなかったが、このときに、天皇が、

「乃木のような男は、これから日本が当面する幾多の難関に必要な男である。自重するように――」と、暗に侍従を通しておっしゃったのが、乃木には大先輩の、当時は陸軍卿《きよう》だった山県有朋《やまがたありとも》中将から乃木の耳にも入った。

乃木は自殺することを思い切った。

三

乃木希典《まれすけ》の人生は、この西南戦争を境にして一変したようである。

植木坂の戦いは、明治十年二月二十二日の午後から夜に入り、薩《さつ》軍の猛撃に、乃木の率いる三箇中隊は悪戦苦闘に陥入った。

乃木は寡兵《かへい》をもって植木の部落を占領したが、早くも熊本を包囲した薩軍は八方から乃木軍を包んで斬込《きりこ》みをかけてくる。乃木は、戦況を着実に把握《はあく》し、一旦《いったん》、木葉《このは》街道を退却して官軍の後続部隊を待つことに決め、夜に入ってから移動を開始したが、薩軍は闇《やみ》にまぎれて乃木軍に突入し、めちゃめちゃな混乱戦になった。

流弾と白刃を浴びながら木葉へ退却して、始めて聯隊旗手の河原林少尉《しようい》が行方不明になったことがわかり、乃木は血相を変えて敵軍の中へ飛び込んで行こうとする。

部下が必死にこれを制して、止《や》むなく後退したが、軍旗は河原林少尉の戦死と同時に敵軍に奪われてしまった。

それから後、西南戦役に於ける乃木は、数度の負傷を受けながら狂人のように前線の危地を選んでは〝死〟を求めて戦った。

当時、高級参謀をしていた児玉源太郎が、陣中の深夜に、乃木の切腹しようとするのを発見して危く制止したこともある。

児玉や、熊本鎮台司令長官の谷干城《たてき》などの尽力もあって、乃木は軍法会議に於ける厳刑を望んだにもかかわらず、戦況上止むを得ずということで不問になったばかりか、乃木の戦功を重く見られて中佐に進級し参謀長に栄転した。

乃木は、しかし憂悶《ゆうもん》の情止み難い様子で、何時また自殺を計るかも知れないと感じた児玉が、

「おぬしは神経が細すぎるんじゃ。お上からのお咎《とが》めもなく新しい軍旗が御下附になった今、おぬしもさっぱりとして、何も彼《か》も忘れて、みんなに心配をかけるな」

「軍旗を奪われたのは、不可抗力だというのか？」

「誰が見てもそうじゃないか。おぬしが何も悩むことはないのだ」

「軍旗は聯隊の標目だ。その軍旗の尊厳を……」

「もうよいわ。やめいやめい」

「成程。あのときの、我隊の悪戦苦闘と兵達の忠勇無双の働きの中で、軍旗を失った不可抗力は、お上におかせられてもお認め下されたかも知れぬ」

「ならば、それでよいじゃないか、乃木――」

「しかし……しかし……」

乃木は涙一杯浮かべて児玉に何か言いかけたが、絶句して、そのまま口を噤《つぐ》んでしまった。

口には出さなかったが――乃木は、この自分の聯隊長としての過失を一生、忘れまいとした。

軍旗喪失の不名誉、責任が、いかに不可抗力にあったとはいえ、天皇のお咎めがなく、この前例が、のちのちに、軍旗は再交附を受け得るもの、敵に奪われても仕方がないもの、という考えを軍人達に植えつけはしないか――それをおそれ、その前例をつくった責任者としての自分を生涯《しょうがい》ぬぐうことの出来ない過失をおかした男として、乃木は受け入れたのだ。

その後――明治十一年に元薩州藩士、湯地《ゆち》定之《さだゆき》の四女、静子と結婚して、二児をもうけ、十六年には東京鎮台参謀長に補せられた。

明治十九年から二十一年にかけてヨーロッパへ留学。

二十五年には歩兵第一旅団長、二十七年の日清戦争には部下旅団を率いて出征した。

このとき、乃木は四十六歳。陸軍少将だったが、遼東《りょうとう》半島に戦って、旅順《りょじゅん》に迫り、一日でこれを陥落させた。

当時の旅順は旧式な訓練しか受けていない支那《しな》軍が守備していたことだし、要塞《ようさい》化も不完全だったが、このときの乃木の経験と戦功が、日露戦争に於ける旅順攻囲軍司令官に任ぜられる原因の一つになったのだ。

日清戦争後は中将として、台湾総督をつとめ、乃木は妻と母を伴って赴任した。母の寿子《ひさこ》は二カ月後に熱病で台湾に歿《ぼっ》している。

二年後に乃木は第十一師団長に補せられ、明治三十四年に休職して那須野に引こもったのだが――この間、乃木は軍旗喪失の過失を――ただ天皇と国家の為《ため》に死ねる死場所を得る機会を切望し、それに向って仮借《かしゃく》なく自分を鍛練することによって忘れまいとした。

第三軍司令官として広島に待機中、長男、勝典の戦死を知ったとき、乃木は、留守宅の妻にあてて、

「葬式は、父子三典（希典、勝典《かつすけ》、保典《やすすけ》）の同葬をもって後に行うべし」と手紙を書いた。

四

トロトロしたかと思うと、津野田参謀は、外套《がいとう》を頭からかぶったまま机に突伏している自分の全身が、沁《し》み透るような暁の寒気に抱きすくめられているのを感じて眼《め》をさました。

砲声は全く聞えず、不気味なほど司令部内は静まり返っている。板のようになった体を無理に伸ばして立上り、津野田が赤い眼をこすったとき、電信室から電信機の音が、低く鮮明に刻みはじめるのが聞えた。

通路に足音がして、

「津野田、おるのか?」

「おる」

「入るぞ」

参謀の山岡中佐だった。もともと肥《ふと》ってはいるのだが、顔も青黒くむくんだようになり、唇《くちびる》が隠れるほどに伸び放題の髭《ひげ》が、鼻から顎《あご》まで垂れ下っている。

「司令官《おやじ》さん、どうだ?」と、山岡は言った。

「わからん」

「今、扉《とびら》の前で耳をすましたが、しいんとしとった。眠っとられるのかな」

「バカ。司令官《おやじ》が眠れるものか」

「ふむ――国民も軍当局も、日本人のみんなが、旅順攻略の遅いことを非難しとる。

その非難を司令官《おやじ》さん一人の責任に向けてくるのだから敵《かな》わんな」

「大本営でも、乃木を更迭《こうてつ》しろ、という意見が大分強くなってきたらしい」

「そのことだがな」と、山岡は椅子《いす》にかけて煙草《たばこ》をつけ、津野田にもすすめた。

「何のことだ？」

「うむ。山県元帥《げんすい》が、思い切ってお上に申上げたらしい。一寸《ちょつと》耳にはさんだのだがな
……」

「本当か、おいッ」

「らしいな。そうしたら、お上が、こうおもらしになったそうだ。乃木を更迭すれば乃木は死ぬ。旅順攻略が乃木に不可能なれば他《ほか》の者にも不可能であろう、とな。元帥は恐れ入って引下ったそうだよ」

「そうかア――」

津野田は、もう顔中をくしゃくしゃにして感動し、

「有難いことだ。そのお上の御言葉をおやじに知らせてやりたい」

「全くだ。だが津野田。どうしたらいいのだ。どうしても旅順は落ちんのだろうか」

「十年前の旅順とは違うさ」

「貴様は、そういうことを平気で言えるのか」

「仕方があるまい、我々は全力をつくしているんだ」

「バルチック艦隊がヨーロッパを廻《まわ》って何時《いつ》日本近海に出現するかわからんので、海軍側も、そうそう旅順港内の敵艦を封鎖しているわけにもいかんらしい、といって旅順を占領出来んうちは引上げるわけにもいかんしな」

「痛し痒《かゆ》しだ。聯合艦隊も毎日のようにおやじを電報で責めてくる。そればかりか、内地から直接に司令官に宛《あ》てた手紙が、今までにざっと二千通余りも来ている。みんな切腹しろ辞職しろというのだ。みんな、どいつもこいつも、おやじが無能だと責める。陛下の赤子《せきし》を何万も無駄《むだ》に死なせた鬼だ、切腹しろ、と言ってきやがる。それをな、そういう手紙をなおやじはまた、いちいち読むのだよ、山岡――そうして自分を苦しめている。そうして、その苦しみをおれ達へは気ぶりにも見せまいと我慢している。たまらんよ、おりゃ――」

あたりが白みかけてきた。

電信兵が入って来て、津野田に電文を渡して、去った。

「何だ？」

のぞき込む山岡へ、津野田は、

「わからん」と、電文をつきつけて見せ、

「貴公わかるか？」

長文の電報である。

暗号電報だと思い、二人は額を集めて解読にかかったが、どうしても翻訳出来ないのだ。

夜が明け切って、朝食も済んだ後も、二人の参謀は首をひねって電文の上に屈《かが》み込んだまま、ようやく焦《あせ》り出してきた。

「何だ、こりゃ——どうしても解けん。訊《き》き返してみるか」

「バカなことをいうな。それでなくても総司令部では御機嫌《ごきげん》が悪いのだ。見ろよ、これを——」

津野田は机上の電文の束を指して、

「昨夜、二〇三高地の一角を占領したとき、おれがすぐに総司令部へ報告したものだから、各方面からの祝電が、こんなに来たんだ。そいつが数時間後には奪回されとるんだもの、今頃《いまごろ》は、みんなカンカンになっとるだろう」

津野田は大声に笑った。

「貴様は笑えるからいい」と、山岡は、一寸うらめしそうに津野田を見て肩を突ついた。

「たまには笑いたいよ、おれも——」

「それにしても、この暗号は……」

二人が、また電文に熱中していると、何時の間にか扉が開いて、乃木が後に立った。

気づいて立上り敬礼する二人に、乃木はキチンとした挙手の礼を返した。乃木の眼も瞼《まぶた》も赤く腫《は》れ上っている。

「何かね？　それは——」と、電文に屈みかけて、乃木は微笑した。

「おう、そうだ。口出しをすると、また津野田に叱《しか》られる」

「いや——閣下」と、津野田は狼狽《ろうばい》し、真ッ赤になった。

数日前のことだったが、三箇師団の突撃が失敗に終って、一万に近い死傷者を出した日のことで、幕僚達が固まって作戦地図を前に仕事に没頭していると、乃木が出て来て幕僚達の論争に割って入り、熱心に議論しはじめたことがある。乃木には度び度びこういうことがあった。作戦の如何《いかん》にかかわらず、出来るだけ兵員の死傷を防ぎたいと懸命になるのである。そのとき、津野田は思わず、

「閣下ッ。あまりチョコチョコと口を出さんで下さいッ。仕事がやりにくいですから評議は我々に一任して下さい」と叫んでしまったのだ。

乃木は、さすがに黙然となり自室へ去ったが、丁度参謀長の伊知地《いじち》少将が入って来て、これを目撃したので、津野田は、さんざんに油をしぼられ、

「貴様のしたことは正に軍紀を紊《みだ》すものだ。内地に送還して査問に附すぞ」と叱りつけられた。

副長の大庭中佐が釈明につとめてくれたので、どうにか少将の怒りも納まり、その

夜更《よふ》け、津野田が乱暴を咎《とが》められた駄々ッ子のように、首をすくめて乃木の居室へ謝まりに出向くと、

「みんな気が立っておるからな。貴公の直情径行を、わしは悪いものだとは思っておらん。少しも意に介せんが、今後は人を見てやらぬと損をするぞ」

　静かに言われて、津野田は、

(この司令官の為なら、今、死んでもいい)とハッキリ決心したのだ。

「閣下——どうしても解読出来ないのであります」

　頭を掻《か》きながら津野田が電文を差出すと、乃木は、

「発信者は誰か？」

「参謀総長からであります」

「何、山県閣下から——よし」

　乃木は電文には眼もくれず、すぐに机上の紙と硯箱《すずりばこ》を引寄せ、

「ゆっくりと一字々々読め」

「はッ——では……」

　津野田が「ヒ、ヤ、ク、ダ、ン、ゲ、キ、ラ、イ、テ、ン、モ——」

と、読み上げていくと、乃木は筆を走らせて書きとめながら、

「そりゃ、詩だな」と呟《つぶや》いた。

電文は七言絶句《ごんぜつく》だった。

乃木は、書きとった紙を喰《く》い入るように見入りながら、二人の参謀に読んで聞かせた。

「百弾激雷天もまた驚き、合囲半歳万屍《ばんし》横たわる。精神到《いた》る処《ところ》鉄よりも固し、一挙直ちに屠《ほふ》れ旅順の城――」

読み終って、乃木は石像のように立ちつくしたまま、唇のあたりを微《かす》かに震わせ、山県有朋からの贈詩を嚙《か》みしめていたが、やがて重苦しく、呟くように、

「山県閣下もわしを責めている。早く奪《と》れ、早く奪れと責めている」

砲声が聞えはじめた。

変に鈍く聞えた。今日はじめての第一発が、津野田の腹の中へ、ゆっくりと響いてきたかと思うと、続けざまに、敵の砲台が、みじめにその山腹の下に取りついている日本軍の外濠《そとぼり》に向って火を吐いたらしく、司令部の前庭にある天幕《テント》のあたりにいた将校のざわめきが急に色めき立ってきた。

ふと気がつくと、乃木がこちらを見ていた。火のような激情が双眸《そうぼう》に閃《ひら》めいている。

「閣下ッ」

山岡参謀が一歩出るのへ、乃木は凜々《りんりん》と言った。

「二百三高地、最後の突撃――最後の総攻撃を開始する。参謀長及び全参謀を召集し

て下さい」

五

旅順の要塞《ようさい》は、明治三十一年にロシヤが支那から借り受けて以来「これを陥落させるには、ヨーロッパの最強の陸軍でも三カ年はかかる」と、ロシヤ側に豪語させたほどの完璧《かんぺき》な構築をもって、ジブラルタルの要塞に次ぐ世界的なものになってしまっていた。

ロシヤは、旅順の要塞化に巨費を投じ、その蜿蜒《えんえん》たる丘陵と山々にペトンを固めて厚さ六尺余の堡塁《ほうるい》約六十を構築している。日清《につしん》戦争のときの旅順とは丸で比較にならない面貌《めんぼう》を体していたのだった。

勿論《もちろん》、日本側でも完備した諜報網《ちょうほうもう》によって内偵《ないてい》してあったし、作戦も充分にたてておいたのだが、戦闘に直面してみると、簡単にいかないことがハッキリとわかってきたのである。

出発前に、緒戦の進撃の円滑さに思わず酔いかけている参謀達に囲まれ、東京の参謀本部の一室に旅順の作戦地図をひろげたとき、乃木は、この戦闘の悲劇と惨苦を、まざまざと感じとっていた。

だが、彼は無言だった。あくまでも無言で、この惨苦の主人公になる為に海を渡っ東半島の突端から延長四里半に渉《わた》り、丘脈に縫った堡塁の波の彼方《かなた》に、要塞司令官のステッセル中将は、歩兵三十六大隊と三中隊、野砲七中隊、砲兵三大隊、その他を率い、備砲五百余をもって陸上から迫る日本軍を迎えた。

半島突端の港内には、東洋艦隊の主力をもって海に備えたが、この港口を日本の聯《れん》合《ごう》艦隊はいち早く封鎖するのに成功した。

旅順は満州の喉元《のどもと》に当る。日本がロシヤと満州の原野で決戦を行う為には一日も早く、絶対に旅順を、遼東半島を制圧しなくてはならなかった。

先発の第二軍は金州南山の戦闘に成功したが砲弾の消耗が激しかった為、後から遼東半島に上陸した乃木の第三軍は戦備の補充と守備陣地の構築によって約二カ月を経過した。

このとき攻城材料と兵員を満載した日本の常陸《ひたち》丸と佐渡丸がロシヤの艦隊のゲリラ戦で沈没と損傷を受けたことは乃木軍にとって痛烈な打撃だった。

砲弾は、とにかく不足していた。内地の工廠《こうしょう》が必死に製造してはいるが、とても間に合うものではない。砲弾の不足は日露戦争の全期間を通じての現象であり、のちの奉天会戦にも乃木軍は、みすみす敗走する敵兵を満載した列車を目のあたりに見ながら、指をくわえて見逃さなくてはならなかったのである。

八月十九日、第一回の旅順総攻撃が開始された。

このときに当って、天皇は、乃木に対して、「旅順要塞内の非戦闘員に過ちのないよう退去させよ」と命ぜられた。

乃木は、この天皇の、戦争を越えた人間への愛情を、戦争の全期間を通じて具現することに全力を尽した。乃木は戦闘的名将でなかったかも知れないが、惨酷《ざんこく》な戦争を人類愛のヴェールで包み、この旅順攻囲戦を、日本人が現在かえり見て悔のない立派なものとしたと言えよう。

そして、人間と人間が、その力と精神の美をもって闘い合う戦争は、この日露戦争をもって終焉《しゅうえん》を告げたといってもよい。

科学兵器の進歩は、大量殺人を事も無く行うようになっていったし、人間の〝死〟の尊厳が消滅して、その後〝戦争〟の本体を全く変えてしまったからである。

ロシヤ軍は旅順の市内に、将軍、高級将校の家族を居住させていたが、勿論、日本軍の勧告を一蹴《いっしゅう》した。

第一回総攻撃は日本の参加兵力五万七百余。死傷一万六千。

第二回では参加兵力四万四千。死傷三千八百。砲弾約四万発、小銃弾百九十余万発を費消したが、戦局は少しも進展しなかった。

当時、砲弾は一個二十五円ほどで普通の家庭の一ヵ月の生活費に当る。

日本は英、米、独から軍事公債の起債に成功した。

旅順前面のクロパトキン砲台、盤竜山《ばんりゅう》、海鼠山《なまこ》、その他各砲台の丘や山は両軍の死体に埋めつくされ、砲弾の爆発に引っくり返されては、又新しい死体が積み重なっていった。

ロシヤ軍は砲台の前面に電流鉄条網を張りめぐらし、随所に地雷を埋設して突撃隊が山を押し登るのを丘の上の砲台から見極めては電流ボタンによって、これを爆発させ数十の将兵を、一挙に斃《たお》してしまう。そして機関銃に装備された散兵壕《さんぺいごう》の威力にはどうしようもなかった。

日本には機関銃がまだなかったし、肉弾突撃の兵士達は玩具のように薙《な》ぎ斃されてしまう。

夜は夜で探照燈とマグネシュウムをふんだんに使用して夜襲の日本軍を寄せつけない。

まだ航空機さえ出現しなかった当時の戦争として、ロシヤは最新の科学兵器によって装備されていたのだ。

これに対して日本軍は、ただ将兵の肉弾に次ぐ肉弾が、援護砲撃のもとに、飽くことなく続けられたのだった。

津野田参謀は、終戦後、赤坂の乃木邸を訪問した際、乃木夫人の静子から、こんなことを聞いたものである。

「あの当時は、全くひどいものでした。民間の方々ばかりでなく軍人の方までも――忘れもいたしません、或《あ》る朝のことでございましたけれど、私が早起きをしまして二階の雨戸を開いたときに、家の門外に青年将校が一人、こっちを睨《にら》みつけているのでございます。私が見ると、いきなり怒鳴りつけてまいりました」

「何と申しました？　その奴《やつ》は――」

「はい――乃木のノロマめ、何をまごまごしとるか。我々が兵隊を送れば片っぱしから殺してしまう。しかるに自分一人は、今尚《いまなお》、生き残って平然としておる。もし真の武士であるなら、申訳の為《ため》、いさぎよく切腹せよ、切腹が痛ければ、せめて辞職せよ。一体、家族共も何をしておる。一時も早く乃木にそう言ってやらんか――そう申しました」

良人《おっと》は戦場で、妻は、このとき内地で、共に肉弾攻撃への痛罵《つうば》の中に生きていたのだ。

六

バルチック艦隊はロシヤを出発してヨーロッパを廻《まわ》り、日本へ近づきつつあったし、海軍も、そう何時《いつ》までも旅順を封鎖しているわけにはいかない。

財力も兵力も乏しい日本だけに永引けば永引くほど不利になるのはわかり切ってい
た。

焦《あせ》りの苦悩と、犠牲者の血と――すべての責任は司令官の乃木一人に集中した感じ
である。

別に乃木が肉弾攻撃の作戦をたてて強行したわけではなく大本営としてはトンネル
を掘っては堡塁に近づき肉弾をぶつけるより仕方がないのである。

ただ、第二回総攻撃のときから、内地の砲台に据《す》えつけられた二十八珊《サンチ》砲が六門
外されて戦地へ運ばれて来た。この巨砲の威力は凄《すさ》まじく、ロシヤ軍を恐怖させ、今
までの重砲では歯の立たなかった敵堡塁のペトンも、この巨砲の砲弾が命中したとき
には一たまりもなかった。

二十八珊砲は移動不可能とされ、もしうまく運んでも、塗り固めた砲床のペトンが
乾くまでには二カ月もかかるというので、苦しまぎれに、この海岸の備砲を野戦に使
うことを提案した陸軍技術審査部の有坂成章《ありさかなりあきら》は大いに反対を受けたが、参謀次長の長
岡少将の口添えで、遂《つい》に、この巨砲を戦地へ送る許可を得た。

そして、この六門の巨砲は、砲床構築班長、横田穣大尉の超人的な努力で、九日の
うちに発射準備を完了したのである。

巨砲の威力は敵を悩ましたが、十月二十六日に開始された第三回総攻撃も決定的な

戦果は得られず、日毎《ひごと》に近づいてくるバルチック艦隊を迎え撃たなくてはならない大本営では、全く苦悩の色が濃くなるばかりだった。

陸正面の攻撃が失敗の連続になり、

「旅順の正面攻撃は、どうしても成功出来ない。それよりも北面の二〇三高地を先ず《ま》奪って、ここから旅順港内を俯瞰《ふかん》し二十八珊砲の砲撃を行うべきだ」

という意見が強くなってきた。

そのうちに十一月二十六日、第四回総攻撃が行われたが、全日本の息詰まるような期待も、熱望も、両軍の凄絶《せいぜつ》な砲火と屍《しかばね》の前に挫折《ざせつ》した。このときロシヤ側の砲撃は目を蔽《おお》うばかりに激しいもので、日本側の師団長が重傷を負ったほどの苛烈《かれつ》な戦闘だった。

遂に、乃木軍は正面攻撃を捨て、北に移動し、二〇三高地攻略に全力を傾注することになった。

二十七日から九昼夜にわたり、日本軍は三度、その頂上を奪い、露軍は三度、これを奪還した。

乃木の次男、保典の戦死もこのときである。

当時、従軍記者として第三軍司令部に属していた志賀重昂《しがしげたか》は、

「二〇三高地を眺《なが》めると、山頂には敵兵敢強に踏張りて我を瞰射し、われまた山下より二十八珊砲を間断なく射撃し、命中正確にして弾の地に落つる毎に、敵兵は空中に飛びて粉砕さる。かくて二〇三高地は、元来素直なる二子山なりしに、二子の上は幾百の極小なる山が出来て凸凹の多い醜い山となり、その形を一変した。尤《もっと》も初め七日間は、この凸凹も判然と見えたが、味方の屍の上に敵の屍が積み重なり、敵味方の屍が五重になって赤毛布を敷き詰めたようになった」と言っている。

赤毛布の〃赤〃は、勿論、血のことだ。

七

「閣下ッ。あまり無茶をせんで下さいッ。困る、実に困るッ」

津野田は塹壕《ざんごう》へ乃木を引っ張り込むと泣くように叫んで、足を踏み鳴らした。

乃木は微笑したようだったが、黙って、また二〇三高地を包む闇《やみ》の中へ視線を向けた。

「明朝が最後の総攻撃だというのに、閣下の身に、もし万一のことがあったら、津野田はどうしたらよろしいのです。少しはお考え下さいッ」

「よし、よし——わかった、わかった」

一時間ほど前に、乃木の姿が見えなくなったので、津野田は「またか」と狼狽《ろうばい》して、木は視察に出て行くのである。死臭と流弾に蔽われた高地の戦場に、隙《ひま》さえあれば、乃木は視察に出て行くのである。むしろ流弾に当る機会を願うかのように、平然と、無謀に唯《ただ》一人で出かけるのだった。

壕にいた二十名ほどの将兵が、びっくりして起立したまま、乃木に注目しているのを、気配で知ると、乃木は、

「御苦労。御苦労――」

暖く言ってから、津野田と共に壕を抜け、高崎山中腹の土壕に昨日から設置した仮司令部へ向かった。

ときどき、遠くから山砲の響音が、マグネシュウムの照明弾の映光と共に、漆のような闇を引裂いた。

「あの連中も、明日は死ぬ」

石塊《いしくれ》の山肌《やまはだ》を、少しずつ、すべるように降りながら、乃木が、ふっと呟《つぶや》いた。

「戦争です、閣下。仕方がありません」

「そりゃ、そうだが――しかし、津野田。これが、わしの性格なんじゃよ。何万という戦死した将兵の一人々々の、その〝死〟をわしは想《おも》わずにはいられないのだ――その一人々々の家族の哀《かな》しみを想わずにいられないのだよ」

「しかし、それは閣下の責任じゃアない」

「いや、わしの責任だ。わしが命令したのだ」

「しかし――」

「内情はどうでもよい。軍司令官のわしの命令の下に彼等は死んだんじゃ。だから、わしの責任なのだ」

「では、閣下一人が悪者で、兵隊を殺したのだとおっしゃる……」

「いや。彼等の戦死という事実の、わしは責任者だということだ」

「しかし……」

「もうよい――津野田そこは危いぞ、崖《がけ》が崩れとる」

司令部の壕へ戻ると乃木は心配していた幕僚達が安心の喜びに湧《わ》き立つのを押えるようにして、数時間の仮眠を命じ、自分も壕の奥のアンペラの上へ横になった。

隣りで、津野田は楽天的なイビキを早くも洩《も》らしはじめている。

眼を閉じると、怒濤《どとう》のように哀しみが乃木の胸に溢《あふ》れてきた。

(勝典《かつすけ》も保典《やすすけ》も、死んだか――東京で、静もこの哀しみに耐えていてくれる。だが……)

だが、やはり哀しかった。保典が戦死してから、もう五日になるのだが、戦死する二日ほど前、柳樹房《りゅうじゅぼう》の司令部へ訪ねて来てくれた保典の声や顔が、もうこの世のものではないということは夢のような気がした。

あの日——保典は連絡用務の帰りに立寄ったので、乃木は叱《しか》りつけた。

「気儘《きまま》な行動をしてはいかん。早く帰れ」と、乃木は叱りつけた。

「帰ります。一寸《ちよつと》、お父様のお顔が見たくなったもので——」

保典は、臆《おく》せずに微笑した。長男の勝典は乃木の厳格な教育法を、自然に受け入れて二十四歳にしては重厚謹厳な将校になったが、保典は闊達《かつたつ》で明朗で、ものにこだわらない、いかにも若々しい力が全身に躍っているような陸軍少尉だった。

帰り際《ぎわ》に、乃木は、東京の静子から送ってきた飴玉《あめだま》の鑵《かん》をそっと渡してやると、

「お母様からですか、そりゃ有難い」

すぐに、ポケットへ仕舞い、敬礼をしかけたが、保典は、急に引きしまった表情になり、

「保典を前線へ出して下さい。旅団副官などは、もう厭《いや》です」

「まあ、待て——」

「しかし、お約束をした筈《はず》です」

「わかっとる」

保典を比較的後備の旅団副官に廻したのは、参謀達の計いである。長男を失った乃木のことを考えると、出れば必ず死ぬ前線へ、ただ一人の乃木家の後継者である保典

を配属させ得ない気持からだ。

乃木は、これが苦しかった。将軍の子だけが、この特典にあずかることは断じて出来ない。何万もの兵士は、それぞれの家庭に在ってかけ替えのない大切な〝人間〟なのに——何度も幕僚達と争ったが、幕僚達も、これだけは頑強《がんきょう》に言うことをきかない。

乃木の、その苦しみは保典にも同じように反映していたのだ。

その保典が死んでくれた。あの夜、津野田に「いくらか気が楽になった」と言ったのだが、苦しみの替りに哀しみが、個人として父親としての哀しみが何倍もの強さで、乃木に襲いかかってきた。

ただ武人として育てる為に、寸毫《すんごう》も仮借しない厳格さで鍛えあげてきた自分の、二児へ対する教育法は、そのまま、自分が亡父から受けた教育だった。

(だが、わしには、あの教育法しかない。少くとも吾子《わがこ》を育て上げるには、あの道を撰《えら》ぶより他《ほか》に、わしは何も知らなかったのだ)

乃木希典《まれすけ》は、嘉永《かえい》二年(一八四九年)に、長府の毛利家の江戸藩邸に生れた。

父の十郎希次《まれつぐ》は文武に長じ、馬廻役《うままわりやく》を勤め、武人として針ほどの隙《すき》も見せず、典型的な武士の模範のような人で、体力の限度を試験する為に、年老いてからも、昼夜ぶっ通しに自邸の庭を少しの休みもなく駈《か》け廻る、というようなことを平気でやるだけに教育は峻厳《しゅんげん》を極めていた。

乃木は生来、ひ弱な体質でもあり、気も優しく弟妹達を実によく可愛《かわい》がり、妹の髪なども結ってやる位に温順な性格だったので、この父親のスパルタ式の教育に、幼時は、一日中泣き通していたのである。

幼名は無人《なきと》というのだったが、泣人とあだ名されたほど泣き虫だった。

感情が豊かで、細やかであり、詩文を好んで、のちに長州の国許《くにもと》へ一家と共に戻ってからも漢詩は得意で、よく自作した。

詩人としての乃木は後世、あまりにも有名だが、よく知られている「南山」や「爾《に》霊山《れいさん》」の詩を紹介するよりも、彼が二十八歳、熊本鎮台の聯隊長《れんたいちょう》をしていたときに、軍務の為、博多《はかた》へ出張し、その途中、九州の村を通ったときにつくった漢詩をあげてみよう。


満《まん》郊《こう》麦緑《ばくりょく》菜《さい》花《か》黄《きいろ》。

風《ふう》暖《だん》落《らく》梅《ばい》春日《しゅんじつ》長《ながし》。

旅情《りょじょう》忽《たちまち》チ遺却《いきゃくす》ス人事《じんじを》ヲ。

笑看《しょうかんす》ス燕雀《えんじゃくの》争《あらそうを》ニ飛揚《ひように》一。


春の田園風景の中を人力車にゆられながら、麦の緑や菜の花の黄色の鮮やかさに、暖い風の中を飛び交う燕《つばめ》の姿に、旅情に陶然としている青年将校、乃木希典の姿がほうふつとして浮んでくる。

乃木の一番、幸福な時期だったろう。

泣人の泣虫が忍耐の虫に押し潰《つぶ》され、乃木は、次第に武士として成長した。徹底的に自分の弱さと闘って、これを押えて行く修練は、全く父親によって得たものである。

明治維新の混乱期を藩主や藩士と共に切り抜け、二十三歳の明治四年には、官軍の陸軍少佐として信州の各藩の城郭、兵器を収めに出張している。

この頃《ころ》から明治十年の西南戦争まで、乃木は一人前の軍人として父親の厳しい監督下から脱し、東京、名古屋の軍人生活の中で思うさま、酒を飲み、女と遊んだ。美男で、その上に服装などにも凝った方だし、感情家なので女達には、実によくもてたようである。

柳橋や品川の旗亭に、毎日、必ずといってよいほど馬を乗りつけては大酔したものだ。

軍人が、こんなことではいかんという自責を、ひしひしと感じながら、又、それを決して忘れ切れないままに、乃木は官能の悦楽に酔った。

酔ったが溺《おぼ》れることは出来ない性格で、軍務の精励と遊興の両立を、もともと頑健ではない乃木は無理にもやってのけた。

そして、西南戦争——軍旗喪失事件となるのだが、その後、静と結婚してからも自殺を果せなかった苦しさを大酒にまぎらわせ、かなり自棄《やけ》気味な時期を送ったこともある。

ヨーロッパ留学から帰ってからは、全く、乃木の生活は一変した。

外国の腐廃した文明を見て大いに発憤したのだ、というのが通説となっているが——むしろ、外国列強の国力の大きさを知り、軍人として祖国に殉ずる決意を固めたからだといってもよい。

粗食、粗衣に甘んじ、自己の鍛錬に明け暮れする生活を、乃木は激しく己れに課した。

しかし、それを決して他人には押しつけず、寛容だった。他人には他人の人生がある。だが自分の人生はこれしかないのだと、乃木は思っていたのである。

八

旅順攻略の最後の総攻撃は、十二月五日の早朝から開始された。

乃木は、数日を費やして、精密な砲撃の測定と作戦計画に全力を尽し、この日は二十八珊《サンチ》砲の砲弾を一個も残らず射《う》ちつくせ、と命じた。

敵味方の重軽砲の砲声が鼓膜を切り裂くかと思われ、轟音《ごうおん》と、飛び散る石塊の中を、津野田が連絡用務を済まして高崎山の土壕へ戻ってくると、入口に山岡参謀が腫《は》れぼったい眼《め》を充血させて、せわしなく煙草《たばこ》をふかしている。

「津野田。児玉参謀長が来とる」

「おやじのところか?」

「うむ。今日のおやじさんは、実にすばらしいぞ。ま、行ってみろ」

伝令が行き交い、参謀部員の切迫した往来で、土壕附近の山道は殺気立っていた。流弾が、鋭い笛のように鳴って飛び、曇っている空から吹きつけてくる寒風も、砲煙と、弾音に引っ搔《か》き廻されて何処《どこ》かに消えてしまい、地上には得体の知れない熱気と臭気がたちこめている。

津野田が土壕へ入って行くと、机上の作戦地図を囲み、乃木と児玉が向い合っていた。

「歩兵第十四旅団、及び第二十五聯隊の一大隊。第一師団の三中隊、第十六聯隊の三中隊、工兵五中隊の突撃準備、完了いたしました」

津野田の報告に、乃木はうなずいた。

児玉も、ここ数日は、煙台の総司令部から出張して乃木と共に指揮に当っていたが、今日の児玉は、何時ものように豪放な笑いもなく、むしろ蒼白《そうはく》な面持《おももち》で、しきりに肥満した体を揺すり、地図と乃木の顔を見比べては、幕僚に質問を浴びせかける。

乃木は、着陣以来、着古した黒の軍服に白木綿のズボン、すでに灰色になった黒皮の長靴《ちょうか》をつけて、毅然《きぜん》としている。陽《ひ》に灼《や》け焦《こ》げた顔を埋めた髭《ひげ》は、真白になっていて、その対照が異様に見える。乃木の眼は煌《きら》めいていた。

何となく落着かず緊張に耐え切れない様子が何処となく見える児玉にも、児玉らしくない異様なものを感じたが——津野田は、自信に満ち溢れて、少しの感傷もない堂々たる大将軍ぶりを、無言で坐《すわ》ったまま軍刀の柄《つか》を握っている乃木の体軀《たいく》からハッキリと感じて胸がときめいてきた。戦いに勝つ為《ため》には何物も犠牲にしてかえりみないという凄絶《せいぜつ》さを津野田は感じた。従軍以来、これほど大将軍らしいおやじを見たことはないと、津野田は思った。

「何時か？」と、突然、児玉が言った。

「九時五分前であります」

津野田が答えると、

「もうじきだな、乃木——」

児玉は体を乗りだして、地図に屈《かが》み込んだ。

午前九時を期して突撃隊は一斉《いっせい》に、二〇三高地へ進撃することになっていた。

砲火は、土壕《どごう》内の会話を消し飛ばすように激しくなってきている。

やがて——突撃隊のどよめきを縫って、ラッパと敵の機関銃音が聞えはじめた。

乃木が、いきなり突っ立ち、力のこもった声で叫んだ。

「必ず陥《お》ちる。必ず陥とす」

この日、二〇三高地頂上の堡塁《ほうるい》に集中された日本軍の砲撃の凄《すさ》まじさは、この攻略戦中に比を見なかった。

乃木は、日本軍は、この日の総攻撃に総《す》べてをかけたと言ってもよい。

正午近く、突撃の一隊は高地西南角を奪って集結し、午後になると東北角と中間の鞍部《あんぶ》を占領した。

敵軍は、逆襲の力を失っていた。

数カ月にわたる正面攻撃の成果が、やっと今になって現われてきた、というべきだろう。

「見えた。見えたそうですッ。西南角を占領した一隊は、旅順港内の景観を——市街地、病院、弾薬庫、それに港内に投錨《とうびょう》中の敵艦まで、ハッキリと……」

伝令の報告を伝えた山岡参謀は、足を踏み鳴らして絶叫した。

数日前、高地の山腹の塹壕《ざんごう》から一将校が兵士の肩車に乗って旅順港の一部を見た、という報告はあったが、今や要塞《ようさい》の最後の拠点の高地に立って、旅順の全貌《ぜんぼう》を見下ろすことが出来たのである。

乃木は、すぐに高地の一角に観測所を急設せよ、と命じた。

この観測によって、こちら側の陣地に在った二十八珊砲が、その第一弾を港内の敵艦に送ったのは、午後四時頃だ。

夜に至り、高地の頂上は全面的に占拠されたが、乃木も幕僚も、敵の逆襲を予期して、素直に、この勝利を喜ぶことは出来なかった。

翌、六日の早朝――正式設備による二十八珊砲の港内への射撃と同時に、突撃隊は進撃を開始し、午後三時には寺児溝北方、及び三里橋の高地にまで進出した。

巨砲の港内砲撃は、完全にロシヤ側を恐怖させ、沈黙させてしまったらしい。

津野田は馬を飛ばして督戦に駈け廻っていたが、夕暮れ近く、司令部へ戻って来ると、いきなり児玉参謀長に呼ばれた。幕僚一人が附添っているだけで壕内は、妙にしいんとしている。砲声は一時途絶えていた。

「津野田。司令官は一緒じゃないのか!?」

「いえ――」

「居《お》らんのだ、乃木が――」

児玉の瞳《ひとみ》が切迫したものをふくんで、もどかし気に、

「当番兵は用便に行ったらしいと言っとる。貴公、一寸《ちよつと》見て来い」

乃木は便所にも居なかった。

さすがに津野田も狼狽《ろうばい》して、しばらくは山道をウロウロしていると、土壕から児玉が、ぬっと現われて、

「何をまごついとるッ。司令官は——乃木は居らんのか？」

「はッ」

児玉が、ツカツカと近寄って来て、津野田は肩を掴《つか》まれた。

「司令官は死処を求めておるようである。注意せよ」

児玉は囁《ささや》くように言って、さっと土壕の中へ引返して行った。

津野田は全くあわてた。

夢中で前哨線《ぜんしようせん》に急行して、兵士に訊《き》くと、

「はッ。将軍は、しばらく前に徒歩で、前方へ行かれましたッ」

「何ッ、徒歩で——何故《なぜ》、止めんか、馬鹿《ばか》ッ」

怒鳴り捨てて、津野田は返事も聞かず、汗みどろになって二〇三高地を登った。また砲声が鳴り出し、小銃弾が不気味にあたりを流れている。

八合目の山腹に、乃木は一人で立ちつくしていた。

「か、閣下ッ」

よろめくように近寄って行く津野田の頰《ほお》を、ピューンと流弾が掠《かす》めた。

この辺は敵軍の散兵壕の附近で、その掩蓋《えんがい》の余燼《よじん》も消えてはいない。負傷者の唸《うな》り声と血の匂《にお》い――腕や足や、中には首がもげ飛んでいる死体が積み重なり、肉片のこびりついた鉄片や石塊が、火薬の臭気と死臭に蔽《おお》いつくされて、津野田も胸苦しくなってきた。

「お、お帰り下さい、閣下」

振り向いた乃木の眼は、一瞬、明らかに、津野田を邪魔ものと見た。しかし、すぐに、その眼のいろは淋《さび》しく哀《かな》しみをたたえて来て、――乃木は無言で、自分の前の地面を指した。

津野田は見て、息を呑《の》んだ。

土中から、敵軍の戦死者の腕がヌッと突き出しているのだ。体は砲撃に崩れ飛んだ土と石塊に埋めつくされている。

その腕に、電話線が絡《から》みついていた。

乃木が、低い、しわがれた声で言った。

「この山の石塊を割ったら、中から血が流れてくるだろう」

流弾の飛ぶ山腹に、乃木は身じろぎもしない。

乃木の姿は、流弾が怖くない、というのではなく、流弾を甘受したいというように見えた。

ロシヤ側でも、糧食弾薬、傷病用の薬品も尽きようとしていたのだ。

半歳余の肉弾攻撃は、ようやく補給路を絶たれていた敵の科学兵器を制することが出来た。

九

二〇三高地の占領と、適確な観測による砲撃に、敵艦は沈没、大破し、十二月十八日の東鶏冠山《ひがしけいかんざん》堡塁を占領してからは、戦況は、かなり順調に進み、激しい戦闘のうちに、二十八日は二竜山を三十一日には松樹山《しょうじゅさん》の堡塁を陥落させた。

翌明治三十八年一月一日の夜――旅順要塞司令官、ステッセルの信書があって開城の申込みがなされた。

日露両軍全権の間に、開城談判の議了調印が終了したのは二日の午後四時頃である。

連日の徹夜で疲れ切った津野田は、ようやく勝利の歓喜と、悪夢のようだった半歳の戦闘から解きほごされた思いに意地も張りもなく寝台にもぐり込もうとすると、乃木から呼ばれた。

司令部は、再び柳樹房《りゅうじゅぼう》の田舎家に移っていた。

乃木は、すぐに立上って机上の紙片をとり、参謀総長からの電文を読み上げた。

「敵将ステッセルより開城の提議をなしたる趣伏奏せしところ——陛下には、将官ステッセルが祖国の為に尽したる勲功を嘉《よみ》し賜《たま》い、武士の名誉を保持せしむる事を望ませらる——右、謹んで伝達す——参謀総長、侯爵《こうしやく》、山県有朋《やまがたありとも》」

読み終ると、乃木の面上に、しみじみとした微笑が浮び上り、

「このことは敵将ステッセルにとって無上の光栄だな、津野田——貴公を城受取りの軍使として、特派するから、この陛下の御言葉をステッセルに伝えて貰《もら》いたいのだ。わしも、機会があれば彼と会見したい、会って、お互いに苦しかったこの戦いを……」

そこまで言って、乃木は一寸黙り、急に姿勢を正して、

「頼むぞ。わしと彼との会見は、貴公自身の思いつきとして計ってくれ。いいな」

一月三日、四日と、津野田は旅順と柳樹房の間を何度も往復した。

乃木は、ステッセルに、

鶏三十羽、

葡萄酒《ぶどうしゆ》の赤白を各一ダース。

野菜（荷車二輛《りよう》分）を贈り、防戦に疲れ果てた敵将夫妻をなぐさめた。

ステッセルもまた、使者にたった津野田に午餐《ごさん》を饗《きよう》し、乃木の暖い心を嬉《うれ》しがった。

一月五日、午前十一時三十分——丘脈に囲まれた小さな草原——水師営《すいしえい》で、数日後に旅順を退去し敗軍の将として祖国へ帰るステッセルは、乃木と会見した。

風も無く見事に晴れわたった暖い日で、津野田は二騎を従えて旅順へ行き、ステッセル一行を、山間の道を縫って水師営に導いた。

ステッセルは参謀のレイスと二人の幕僚と共に、滴《したた》るように鮮やかな水色の外套《がいとう》をゆるやかにまとって、コサック兵七騎を従え、速歩の馬上にゆられつつ、ときどき、津野田が振り向くと、静かにうなずいては、ゆったりと微笑を送り返してきた。

砲声も、突撃のどよめきも、今はない満州の山は、荒涼として、砲痕《ほうこん》と太陽の光の中に横たわっていた。

会見所は、前に日本軍の衛生隊本部になっていた中国人の民家で、低い土塀《どべい》の門を入った前庭に棗《なつめ》の喬木《きょうぼく》が一本植えてある。

津野田は、ふッと祖国の郷家の庭にもあった、この木が、夏になると黄白色の可愛《かわい》らしい花を咲かせることを思い出した。

会見所へ入ると、渡辺砲兵少佐が出迎え、フランス留学中に体得した優雅な手捌《てさば》きで、ステッセルの背後から外套を脱がせてやりながら控室に案内した。

乃木は、一足遅れて水師営に到着した。伊知地《いじち》少将と幕僚数名が従っている。

控室から会見室へ入り、二人の将軍は、がっしりと手を握り合って——何時《いつ》までも、

何時までも、お互いの眼を見合っていた。

肥満して、品のよい田舎の村長のようなステッセルの瞳から、涙が一筋、ゆっくりと尾を引いて小鼻を伝い、鼻下の見事な黒い髭の中へ消えた。

乃木の瞳も、うるんでいた。

乃木は黒の上衣《うわぎ》に白のズボンという、何時もの軍装だったが、一等勲章と金鵄勲章《きんしくんしょう》だけを、ひっそりと胸につけ、黒一色の軍装をつけたステッセルも、やはり二つの勲章を飾っている。

川上事務官の通訳で幕僚達の紹介が済み、二人は語り始めた。

「昨日は、使者をつかわされて、情け多い御慰問と贈物を頂き、私は、敗後の面目を得ました。また貴国皇帝陛下より、このような優遇を賜わりましたことは私にとって無上の名誉でした」

ステッセルが、軽く一礼するのへ、乃木は、

「永い間籠城《ろうじょう》で、夫人やお子達も、随分とお困りでしたろう」

「いや」と、ステッセルは一寸淋しそうに笑って、

「私の子供は一人も旅順にはおりません。ただ籠城中に孤児となった子供を六人、養っております」

「すると、御子息は……」

「一人おりますが、近衛《このえ》士官としてペテルスブルグに勤務しております。戦争中、私と共に戦うといって何度も手紙を寄こしましたが――」

そう言ったとき、またステッセルは涙ぐんだ。白いハンカチで一寸眼を押えると、彼は、

「乃木閣下は御子息を、二人まで、この戦いで喪《うしな》われたと聞いております。御同情にたえません。閣下の御心中を……」

乃木は手を上げて制した。

「軍人として名誉なことです。私もよろこび、彼等もまたよろこんでいてくれましょう」

平然たるものだったが、今度は傍にいた津野田が、たまらなくなって、そっと部屋の外へ逃げて行った。

昼飯の仕度が整えられて、談笑のうちに、ステッセルは二十八珊《サンチ》砲の威力を、まさに怪物である、と叫んだりした。

葡萄酒の盃があげられ、幕僚同志も打ちとけて交歓するので、一人切りの通訳の川上は室内を踊り廻《まわ》るようにして、汗をふきふき往来している。

昼飯が済むと、前庭に出て、乃木とステッセルを中心に幕僚達も入り、清水大尉《たいい》が写真を撮影した。

津野田が、ステッセルの前にあぐらをかくと、泰西名画から抜け出したような美男で香水の匂《にお》いのするネベレスコイ副官が隣りへ横坐《よこずわ》りになり、人馴《な》つこく津野田の膝《ひざ》に腕をもたせかけて寄り添ってきた。

二人は顔を見合せて笑い合った。

そのとき、津野田は（一体、何の為《ため》に、あんなひどい戦いを俺《おれ》達はやったんだろう）と感じ、撮影が終るまで虚脱したようになった。ただ（ロシヤの連中は良い連中だ）と思い、二人の将軍と幕僚達が醸《かも》し出す親愛の雰囲気《ふんいき》に全身が溶けてしまいそうになっていた。

ステッセルは葉巻をくゆらしながら、乃木に、

「私は馬が好きで好きでたまらないのです。旅順には駿馬《しゆんめ》四頭を飼っておりますが、今日、騎乗してまいったのはアラビア馬です」

ステッセルはネベレスコイに指を上げて、愛馬を引張って来させた。

乃木も馬を愛することでは人後に落ちない。赤坂の邸内の厩《うまや》は乃木達の住む居館よりも立派な建築である。

乃木が、専門家らしい行届いた視線で愛馬を眺《なが》めているのを見たステッセルは、

「駿馬でしょう、閣下」

「いかにも――」と、乃木は大きくうなずいた。

ステッセルは嬉しそうに、この馬を記念として差し上げたいと、しきりに言う。

例のとおり、乃木は折目正しく、

「お志は有難いが、馬は武器の一つだから、直接、拝受は出来ない。一先《ひとま》ず馬匹《ばひつ》委員に引渡して下さいませんか。その上で、正式の手続きを踏み私が頂戴《ちょうだい》して、永く愛養したい」と答えたが、すぐに、眼を輝かせて言った。

「将軍。乃木は将軍が、この駿馬を乗りこなされるお姿が拝見したい」

ステッセルは、喜んで、また新しい葉巻に火をつけると、

「では、このアラビア馬が、どんなにすばらしいか閣下に見て頂きましょう」

ゆらりと、ステッセルは白芦毛《あしげ》の馬に乗った。

彼我の幕僚達の歓声と、暖い陽射《ひざ》しを浴びて、ステッセルは葉巻をくゆらしながら、何度も何度も庭を乗り廻しては、得意気に、乃木を見やった。

津野田の隣りに立っていた松平副官が、感にたえたように呟《つぶや》いた。

「善いじいさんだ。実に、全く善いじいさんだなア」

乃木は、溢れるような微笑で面上を輝かせ、見守っていたが、やがて、

「逸物《いちもつ》、逸物」と、馬上のステッセルに声を送った。

十

明治三十九年一月——二年の転戦を終えて東京に凱旋《がいせん》した乃木希典《まれすけ》は、市内沿道を埋める群衆の熱狂的な歓迎の中を、挙手の礼を返しながらも、哀しみに顔を上げ得ず、黙然と宮中に参内し、第三軍司令官としての復命書を、天皇に奏上した。

「今や凱旋し、戦況を伏奏するの寵遇《ちようぐう》を担《にな》い、恭《うやうや》しく部下将卒と共に、天恩の優渥《ゆうあく》なるを拝し、かえりみて戦死、病没者に、この光栄を分つ能《あた》わざるを傷《いた》む——」と読み上げたとき、乃木は絶句した。

読み終って顔を上げると、天皇は唇《くちびる》を嚙《か》みしめて、涙にうるむ瞳《ひとみ》を、乃木に、じいっと向けておられ、何万の国民の、〝死〟の責任を一身に浴びて戦って来た乃木の瘦《や》せて骨張った双肩《そうけん》を——いたわりをこめた御嘉納《ごかのう》のお言葉によって、一層重くした。

宮城から赤坂新坂町の自邸へ向う沿道も、昂奮《こうふん》した市民の歓迎で塗りつぶされた。旅順を陥落させた乃木は英雄だった。苦戦の最中の非難などは、誰も彼も、すっかり忘れ切ってしまっていた。

自邸の前は歓迎の人の波と万歳の声が満ち溢《あふ》れていた。

乃木は馬を降り、左手に軍刀の柄《つか》を握りしめ、俯向《うつむ》いたまま歓呼を浴びて門内へ、まっすぐに入って来ると、親類の人々に取り巻かれて玄関に立つ妻の静子の前に近寄って来た。

人々は、この感動的な一瞬に静まり返った。

乃木は、いきなり静子の手をとって握りしめた。

衆目の中で、全く乃木にしては破天荒なふるまいだけに静子は、むしろギョッとした。

「只今《ただいま》、帰りました」と、乃木は、むしろ鋭く静子を見守ってから、

「留守中は御苦労」と優しく言った。

静子は何か言おうとして何も言えず、頭をたれた。

その夜――乃木は、広島で勝典《かつすけ》の戦死を聞いた日の午後、市内の写真館へ出かけて撮影した一枚の写真を、黙って静子に渡した。

それは、あの二人の少尉が肩を並べて撮《うつ》した写真の原板を右手に低くかざして立っている、乃木の写真だった。その眼は哀しみに深く閉ざされ、唇には慈愛の微笑が、ほのかに漂っていた。

大正元年九月十三日――

明治大帝の御大葬の当日に、乃木希典夫妻は自決した。

うつし世を神さりまし し大君の
みあと慕いて我はゆくなり　（希典）

出てましてかえります日のなしときく
今日の御幸《みゆき》に逢《あ》うぞかなしき　（静子）

この遺詠と共に、発見された遺書の第一条に、乃木はこう書いている。

自分此度《このたび》御跡を追い奉《たてまつ》り自殺候《そうろう》段、恐入《おそれいり》候儀、其罪《そのつみ》は軽からず存じ候。然《しか》る処《ところ》、明治十年之《の》役に於《お》いて軍旗を失い其後死処を得《え》度《たく》心掛け候も、其機を得ず、皇恩の厚きに浴し、今日まで過分の御優遇をこうむり、追々、老衰し最早《もはや》御役に立ち候時も余日無く候折柄《おりから》、此度の御大変何共恐入り候次第。

ここに覚悟相定め候事に候。


なお、伯爵、乃木家は、くれぐれも断絶の目的をとげることが大切であるから――と、強く念を押している。

津野田是重は、乃木夫妻の殉死を、島根県の松江で知り、急いで上京して乃木邸へ駈《か》けつけたが、その後、しばらくして、乃木邸を訪問した際に、乃木の甥《おい》の玉木正之が、

「津野田さん。伯父は、戦争中に、旅順でロシヤの坊さんに、何か功徳《くどく》をほどこしたことでもありますか？」

と訊《き》くので、

「さあ――私は、別に、そういうことを知りませんが――何か、あったのですか？」

「実はねえ――モスコーの一僧侶《そうりよ》よりとしてですね、巨額の香奠《こうでん》がロシヤから送られてきたのですよ」

その瞬間、津野田は、すべてがわかったと感じた。

津野田は、厳粛な感動で身内が引締まるのを覚えながら、確信をもって答えた。

「それは、本当の僧侶じゃアありますまい。ステッセル将軍が、匿名《とくめい》で送ってよこされたに違いありません」

敗戦の将軍ステッセルは、戦後の軍法会議で一時は死刑の宣告を受けたのだが――

そのとき、これを伝え聞いた乃木が、丁度ヨーロッパに留学中の津野田に命じて、ヨーロッパの諸新聞に投稿させ、旅順戦の事実の闡明《せんめい》をはかり、ステッセルの減刑を熱烈に祈っていたものである。

ステッセルが其後、特赦によって出獄し、モスコー近郊の農村に住むようになったということを聞いたときの、乃木の満足そうな、そして安心と喜びに満ちた溜息《ためいき》を、津野田は忘れ得ない。

森閑《ひっそり》と、晩秋の夕闇《ゆうやみ》に包まれた乃木邸の応接間で、津野田はぼろぼろと泣いた。

そして彼は、七年前――あの水師営の庭に漂っていたロシヤ葉巻の香を、しみじみと思い浮べたのだ。

（「小説倶楽部」昭和三十二年八月号）

解説

八《や》尋《ひろ》舜《しゅん》右《すけ》

「多少の意地悪もこめて、わたしはいう」

と、ことわったうえで、

「君の作品には深さがあるが、広さがたりない。適当に深く、適当に広くということが必要だ。時がたてば、狭く深くという作家になるのもよいが、いまの若さで狭いところにたてこもってしまうのは、これは考えものだ」

昭和三十五年九月、『錯乱』によって第四十三回直木賞を受賞した池波正太郎に、師の長谷川伸は多くの作家、批評家、編集者が集まった受賞パーティの祝辞のなかで、あえてきびしい注文をつけた。

このとき、池波正太郎、三十七歳。

長谷川伸に師事してから、ちょうど十年ほどになる。その間、親身になって指導してくれた恩師の〔苦言〕を、池波正太郎は目をとじ、唇《くちびる》をひきしめて、聞いた。

池波正太郎は小学校を卒業すると、すぐに実社会にでて株屋などではたらき、戦争がはじまると徴用されて芝浦の工場で飛行機部品を研磨《けんま》する精密旋盤の作業に従事した。つづいて横須賀《よこすか》海兵団に入団、敗戦は米子《よなご》の航空基地でむかえている。

「しいていえば、こうした私の過去の生活が、私の文学修業の土台になっている」

と池波さんは『私の文学修業』という文章のなかで書いている。

長谷川伸、池波正太郎師弟は、幼いころに父母が離婚し、はやくから実社会にでて自活、独学で自分の文学世界を切りひらいたというところまで、まるでトレースしたように酷似している。それだけに、長谷川伸は、人生の、文学の先輩として、池波正太郎にいいたかったのであろう。

さまざまな実生活体験は、作家にとって無上の財産だ。テーマはおのずから、その身にきざみこまれた豊富な実体験の襞《ひだ》の底から醱酵《はっこう》してくるだろう。しかし、それだけで狭く固まり、職人芸におさまってはいけない。若いうちはとくに、より広い作品世界をめざして大きく冒険すべきだ、と。

師にいわれるまでもなく、もの書きを志してからの池波さんは、ひそかに、おのれの創作の領域を広めるために、人に倍する努力をしたとおもわれる。後年、そのころのことをふりかえり、

「それはもう、懸命にがんばったものだよ」

池波さんは、しみじみ述懐したものだ。

エピソードがのこっている。

ある作品を書くため、先達作家の山手樹一郎《やまてきいちろう》邸に資料を借りにいったときのこと。池波さんがあまりに徹底して借りだしていったため、書棚《しょだな》の一角がほとんど空になってしまい、さすがの山手さんもおどろいてしまった、というのだ。

ここにおさめられた『応仁《おうにん》の乱』などの作品を読むと、あえて大きなテーマに挑《いど》み、力をつくして史料を渉猟《しょうりょう》、構想に、推敲《すいこう》に心血をそそぐ若き池波正太郎の〔奮闘〕の姿が、行間から立ち現れてくるようだ。

この直木賞候補にあげられた三百枚をこえる長編は、昭和三十三年、「大衆文芸」の十一、十二月号に発表された。応仁の大乱（応仁元年・一四六七―文明九年・一四七七）は、日本歴史のなかでも、複雑な要因のからみあう、きわめてわかりにくい争乱で、小説に書くにはまことにやっかいなテーマである。

しかし、著者は、この、へたをすればシノプシスのように大味な叙述に陥りがちなむずかしい政争劇と四つにとりくみ、随所に巧みな仕かけをほどこすことで、中世特有の陰影をたたえた小説作品に仕立てあげた。

無能の将軍とされる足利《あしかが》八代将軍義政《よしまさ》の内面ふかくふみこみ、庭師善阿弥《ぜんあみ》との身分を超えたこころの交流、反目しながらも微妙な男女の機微をみせて睦《むつ》みあう富子《とみこ》との夫婦生活の描出など、新人とはおもえぬ鮮やかな筆さばきである。文章にはまだ、いくぶん生硬さがみられるものの、争乱の全貌《ぜんぼう》、時代全体を描こうという著者の意欲が全編をつらぬき、充実した味わいをだすことに成功している。

『刺客』は、信州松代《まつしろ》藩の藩内抗争事件に取材した好短編。

執政原八郎五郎は、後に書かれた『恥』『へそ五郎騒動』（新潮文庫『谷中《やなか》・首ふり坂』所収）にも登場する稀代《きだい》のやり手で、『真田《さなだ》騒動―恩田木工《おんだもく》―』を書くために松代藩の史料を渉猟するなかで見出《みいだ》した著者好みの人物といえる。一時代まえの通俗時代小説なら、藩費を蕩尽《とうじん》し、いたずらに策を弄《ろう》して藩の危機をまねいたうえ、生来の人たらしの腕で、多くの若い藩士の運命を狂わせたゆるしがたい男として、悪玉の標本のように描かれたであろう人物を、著者は「単純に白と黒では割りきれない」という人間観から、ふかしぎな魅力をただよわせた人物像に刻みあげている。

『黒雲峠』は、これまた池波小説独特の風合いをもった仇討ちものの逸品である。

築井《つくい》藩主築井土岐守《ときのかみ》の寵臣《ちょうしん》、奥用人の玉井平太夫《へいだゆう》が同藩の馬廻役《うままわりやく》鳥居文之進に討たれたところから物語ははじまる。五万石の小藩で財政が苦しいなか、小身から出世した平太夫は土岐守の寵愛をいいことに、遊蕩の世界にさそいこみ、民百姓からしぼりとった藩金を濫費《らんぴ》する。正義漢の文之進は、たまりかねて平太夫を刺殺し逃亡する。土岐守の命令で、平太夫の長男伊織《いおり》が五人の助太刀の藩士とともに敵討ちにでることになるが、肝心の伊織は最後まで文之進を討つ気になれない。それは——父の平太夫は出世のために賄賂《わいろ》をつかい、自分の妹を殿様の人身御供《ごくう》にさしだし、民百姓にまで多くの苦しみをあたえた。そんな父を文之進が誅殺《ちゅうさつ》したのは無理からぬことだ、とのおもいがつよいからだ。

苦心の追跡行ののち、黒雲峠で劇的な仇討ちが展開されるが……。

討つ者、討たれる者それぞれが、こころのうちにいだく故郷へのおもいや仇討ち後の思惑をヴィヴィッドに描きこんで、間然するところのないストーリーに仕上がっている。

『秘図』は、本文庫中白眉《はくび》の作品といってよい。

主人公の火付盗賊 改《あらため》徳山五兵衛《とくのやまごへえ》秀栄《ひでいえ》は、もちろん実在の人物である。『寛政重修諸家譜《かんせいちょうしゅうしょかふ》』の巻三百八に土岐氏の支流としてでている。徳山氏は代々美濃《みの》大野郡徳山を領し、はじめは「とくのやま」ではなく「とこのやま」と称していたらしい。秀栄より四代まえの五兵衛則秀《のりひで》は織田《おだ》信長の家来であった。関ヶ原役の年（慶長五年・一六〇〇）の正月に徳川家康《いえやす》に謁《えつ》して旧知五千石を認められ、その子直政のときから徳川の旗本に列した。秀栄の父重俊《しげとし》は、秀栄とおなじく「先手《さきて》鉄砲頭」に任じられ、赤穂《あこう》浪士討ち入り事件のあった元禄《げんろく》十五年（一七〇二）から、富士山大噴火の宝永四年（一七〇七）までの五年間、盗賊改方をつとめた。父子二代にわたって、江戸の警視総監をつとめたわけである。

大盗日本左衛門の召し捕りにもおもむいた、その〔こわもて〕の火付盗賊改五兵衛秀栄が、夜ごと、目をはらしながら男女交合の秘戯図を描くことに没頭する――この、一枚の皮膜の下に相反する性状を秘めた人間という生きもののおかしみ。ここには、すでに、後年の『鬼平犯科帳』の世界を彷彿《ほうふつ》させる人間解釈の妙と、天才的な小説作法の冴《さ》えがみられる。

かつて、ある批評家が池波さんの『仕掛人』シリーズを評して、「殺し屋を主人公とする物語にとって不可欠の、冷酷非情のすご味が感じられないのは、いかにも物足りない。これは、『鬼平犯科帳』シリーズについてもいえる欠点で、要するにこれは、気質からいって池波が犯罪小説にむいていない、ということなのであろう」と書いているのを読み、その独善的おもいこみと、的はずれのきめつけにあきれたことがあるが、この批評家がいだいているような固定観念への、まさに反定立《アンチ・テーゼ》として存在するのが、これらの池波作品といってよいのではなかろうか。

「昭和三十一、二年ころ『寛政重修諸家譜』のなかに長谷川平蔵の名を見つけ、芝居にしたいとおもったが、はまる役者がいないため、書きたくとも書けなかった」と著者がどこかの対談で語っていたのを記憶している。この五兵衛秀栄の存在も、おそらく、そのころ同時に見いだし、創作意欲を刺激されたものであったろう。著者自身も、初期作品のなかで愛着のある作品として、直木賞受賞作の『錯乱』とともに、この『秘図』をあげている。

「喫飯、睡眠し、交りをすることが人間の暮らしだ」という、池波小説の〔キイノート〕がはやくも現れているのも興味ぶかい。なお、この作品は『おとこの秘図』の題名で、十七年後の昭和五十一年一月から同五十三年八月まで「週刊新潮」誌上に長編として書きあらためられ、現在新潮文庫におさめられている。

表題作の『賊将』は薩摩《さつま》の暴れん坊中村半次郎、のちの桐野《きりの》利秋《としあき》陸軍少将の〔西郷一筋〕の生涯《しょうがい》を描く好短編。この作品では、薩摩ことばがみごとにつかいこなされ、いやがうえにも作中人物を躍動させている。

九州育ちのわたくしが、東京ッ子の著者にしては完璧《かんぺき》にちかい薩摩ことばだと感想をもらすと、著者は破顔しながらピース缶《かん》の蓋《ふた》をあけて両切りの一本をくわえ、

「そりゃあ、あんた、そのためにずいぶんと苦労したもの」

火をつけて、ふーっと煙をはいた。

いくども現地にからだをはこび、耳からの取材をかさねたうえで書いたのである。

このテーマもまた、さらに三年後の三十七年から、足かけ三年にわたって書きつがれた長編『人斬《ひとき》り半次郎』に発展し、テレビでも放映されて人気をよんだ。

『将軍』は、旅順攻略戦に乃木希典《のぎまれすけ》将軍幕下の参謀をつとめた津野田是重《これしげ》少佐の目をとおして、乃木という律儀《りちぎ》で誠実な明治の武人像を鮮やかに描きだしている。

「人間と人間が、その力と精神の美をもって闘い合う戦争は、この日露戦争をもって終焉《しゅうえん》を告げたといってもよい」

と著者は書いている。

さいわいに、この五十年、日本は戦争と無縁の時代をすごすことができたが、わたくしたちが生きるこんにちの社会のありようは、明治という時代が骨格としてもっていた「精神の美」のようなものから、あまりにとおくへだたりすぎたという感がしなくもない。

（平成四年十一月、作家）

「応仁の乱」「将軍」は東方社刊『応仁の乱』（昭和三十五年十一月）に、「刺客」「秘図」「賊将」は文藝春秋新社刊『錯乱』（昭和三十五年十月）に、「黒雲峠」は東方社刊『竜尾の剣』（昭和三十五年九月）にそれぞれ収められた。その後、「応仁の乱」は朝日新聞社刊『池波正太郎作品集第四巻』（昭和五十一年八月）に、「刺客」は立風書房刊『池波正太郎コレクション・槍の大蔵』（平成四年二月）に、「賊将」は同『秘伝』（平成四年四月）に収められた。

なお「黒雲峠」は雑誌発表時の「猿鳴き峠」のタイトルで講談社文庫『抜討ち半九郎』にも収められている。

表記について

新潮文庫の文字表記については、原文を尊重するという見地に立ち、次のように方針を定めました。

一、旧仮名づかいで書かれた口語文の作品は、新仮名づかいに改める。
二、文語文の作品は旧仮名づかいのままとする。
三、旧字体で書かれているものは、原則として新字体に改める。
四、難読と思われる語には振仮名をつける。

なお本作品中には、今日の観点からみると差別的表現ととられかねない箇所が散見しますが、著者自身に差別的意図はなく、作品自体のもつ文学性ならびに芸術性、また著者がすでに故人であるという事情に鑑み、原文どおりとしました。

（新潮文庫編集部）

賊《ぞく》将《しょう》

新潮文庫　い－16－65

平成 四 年十二月十五日 発 行
平成二十年七月 十 日 二十四刷改版

著者　池《いけ》波《なみ》正《しょう》太《た》郎《ろう》

発行者　佐藤隆信
発行所　株式会社 新潮社
郵便番号 一六二―八七一一
東京都新宿区矢来町七一
電話 編集部(〇三)三二六六―五四四〇
読者係(〇三)三二六六―五一一一
http://www.shinchosha.co.jp
価格はカバーに表示してあります。
乱丁・落丁本は、ご面倒ですが小社読者係宛ご送付ください。送料小社負担にてお取替えいたします。

印刷・二光印刷株式会社　製本・憲専堂製本株式会社

ISBN978-4-10-115665-1 C0193